市列珠玑

罗学敏 著

沈阳文化丛书

初国卿 主编

沈阳出版发行集团
沈阳出版社

图书在版编目（CIP）数据

市列珠玑 / 罗学敏著．-- 沈阳：沈阳出版社，2024.4

（沈阳文化丛书 / 初国卿主编）

ISBN 978-7-5716-3658-6

Ⅰ．①市… Ⅱ．①罗… Ⅲ．①散文集 – 中国 – 当代 Ⅳ．① I267

中国国家版本馆 CIP 数据核字（2023）第 197620 号

出版发行：沈阳出版发行集团|沈阳出版社

（地址：沈阳市沈河区南翰林路10号 邮编：110011）

网　　址：http：//www.sycbs.com

印　　刷：辽宁泰阳广告彩色印刷有限公司

幅面尺寸：170mm × 240mm

印　　张：17.5

字　　数：230千字

出版时间：2024年4月第1版

印刷时间：2024年4月第1次印刷

选题策划：张　闯

出版统筹：张　闯　赵长伟

责任编辑：张　晶　赵秀霞

封面设计：杨　雪

版式设计：润泽文化

封底篆刻：孙熙春

责任校对：邵彤彤

责任监印：杨　旭

法律顾问：张宝兰

书　　号：ISBN 978-7-5716-3658-6

定　　价：148.00元

联系电话：024-24112447

E - mail：sy24112447@163.com

瀋陽文化叢書

总序

文化是一个国家、一个民族的灵魂。党的十八大以来，习近平总书记深刻把握新时代历史方位，以坚定的文化自觉、宏阔的历史视野、深远的战略考量，创造性提出了一系列新思想新观点新论断，形成了习近平文化思想。中共沈阳市委深入学习贯彻习近平文化思想，扎实推进文化强市建设，加快打造区域文化创意中心，沈阳市展现出独有的文化风貌和文化魅力。

沈阳是闻名遐迩的历史文化名城，拥有11万年的人类活动史，7200多年的人类生活史，2300余年的建城史，勤劳、勇敢、智慧的沈阳人民创造了璀璨夺目的历史文化，斯文在兹，底蕴深厚。沈阳是一座英雄城市，在中国共产党领导下，沈阳英雄儿女为了国家独立、民族解放、人民幸福不屈不挠、奋起抗争，谱写了可歌可泣的壮丽诗篇。新中国成立后，沈阳人民担当奉献、开拓创新，积极投身社会主义革命、建设和改革的宏伟事业，创造了共和国历史上数百个“第一”。沈阳作为辽宁“抗日战争起始地、解放战争转折地、新中国国歌素材地、抗美援朝出征地、共和国工业奠基地、雷锋精神发祥地”重要承载地而名载史册。新时代以来，在以习近平同志为核心的党中央坚强领导下，沈阳聚焦建设国家中心城市、在辽宁打造新时代“六地”中当好排头兵，顽强拼搏、砥砺前行，全面振兴其时已至、其势已成、其兴可待。

2022 年 9 月，中共沈阳市委决定编纂“沈阳文化丛书”（以下简称“丛书”），旨在探求历史源流，提炼文化精髓，彰显城市魅力，赓续城市文脉。沈阳市政协荣膺此任，市政协党组高度重视，组织编委会成员深入学习习近平文化思想，弘扬社会主义核心价值观，严把意识形态关，认真研究丛书内容、结构、体例等。参编人员辛勤工作，钩沉史料，斟酌推敲，精心打磨，倾力为读者提供内容翔实、鲜活生动的高质量文化丛书。

丛书共 10 卷，采取文化散文体例，撷取精粹，探幽穷赜，全方位、多角度描绘沈阳历史与现实、艺术与人文、民俗与风貌，深入挖掘丰富内涵和时代价值，彰显了沈阳海纳百川、开拓进取的城市品格。其中，《名城沧桑》萃取沈阳先人筚路蓝缕、上下求索的文化记忆，记录城市变迁，张扬人文风骨；《峥嵘岁月》以凝重的笔触书写烽火硝烟的年代和英勇抗争的传奇，为英雄立传，为信念放歌；《名家风流》记述沈阳历史上重要人物、重要事件，尽展名士风范，彰显爱国情怀；《铁流百年》实录沈阳百年工业文明的铿锵步履，赞美沈阳人民主人翁的秉性、勇立潮头的天性、精工细作的品性，弘扬劳模精神、工匠精神；《山水形胜》描绘沈阳山川多娇、钟灵毓秀，触摸山水灵性，品味城市意蕴；《沈水文韵》赏鉴地域文学史、艺术史之精品力作，汲取文本精华，滋养城市文心；《建筑风华》让历史吟咏凝固的音乐，展现多元气象，熔铸城市性情；《市列珠玑》敷陈沈阳都市商业史、市井民俗史，呈现生活场景，尽显城市繁华；《巷陌至味》氤氲人情味、烟火气，记述围炉煮酒的饮食文化，盛邀四季客来；《物华天宝》讲述名物藏珍和民族瑰宝的前世今生，展现雍容气度，见证文化辉煌。相信这部丛书能够更好地以文化人，以文育人，传承文化基因，坚定文化自信，给奔跑的沈阳以智慧和力量，奋力谱写中国式现代化沈阳新篇章。

丛书编纂得到了省委宣传部、省委党史研究室、市委宣传部和沈阳出版社等省市部门、单位的热情帮助和鼎力支持，丛书编委会表示衷心的感谢和诚挚的敬意！丛书的出版是沈阳文化建设的一件大事。我们要认真学习贯彻落实习近平文化思想，坚定文化自信，坚持守正创新，在新的历史起点上更好担负起新的文化使命，推进文化繁荣，建设文化强市，续写无愧于先贤、无愧于时代、无愧于后世的文化新篇。

文章千古事，得失寸心知。尽管编委会做出了很大努力，但由于时间和水平所限，丛书不免有缺点和不足，敬请指正。

沈阳市政协主席 于云利

2024 年 4 月

引言

不一样的烟火

20 世纪 90 年代初，我第一次在沈阳过春节。大年初二，到北行农贸市场去买菜，结果大厅关门。只有几个裹着大衣和头巾的小贩，蹲在大厅门口卖菜，棉被包裹着的菜筐上面，搁着一小截冻冰的芹菜或黄瓜做招牌，那一点点的新绿，永远地留在我的记忆中。

作为一名记者，我特别关注有关老百姓菜篮子的新闻。那时候逢年过节，报社都会组织关于副食市场节日保供应的报道，什么节日菜肉蛋奶供应量、销售渠道、商品价格、今年的新品种啦，都是报道的重点。不知道从什么时候起，沈城超市、农贸市场新鲜的蔬菜水果琳琅满目，报纸也不再报道保供应、新品种的新闻了。

如今 30 多年过去了，我依然关注沈阳的商品市场，但关注点已然不同。刚到沈阳的时候，报到时还要办粮食关系，到粮站去买粮要拿粮本，其中规定每月可买粗粮多少斤、细粮多少斤。但很快这个粮本就不用了，到粮站或市场上买什么粮随便。当时不觉得有什么，现在想起来才知道这个变化的意义有多么重大。

假如你问一个沈阳人，最能感受沈阳烟火气的地方是哪里？不同的人会给你不同的答案，大概率都会提到中街、太原街、西塔、皇寺庙会、彩塔夜市、小河沿早市、蒲河大集等等，还有人会说夏天的沈阳，大街小巷的烧烤店烟火气最浓。在这些地方，人们看到的、感受到的，都是一幅幅人潮涌动、活色生香的市井生活图景。

其实，沈阳这座城市的商业繁华，还有很多场景是我们平时不容易看到或注意到的。比如午夜的十二线、北大营、八家子等各大副食品批发市场，场院里停满货车，大厅灯火通明，一片繁忙；浑南、沈北各大电商的东北仓、沈阳仓，货物如山，码垛机器人、分拣机器人 24 小时不停地往来穿梭、智能分拣；桃仙机场货运航班密集起降，大成站货运列车装卸繁忙，沈阳中欧班列集结中心中欧班列满载待发；每到年底，银行、税务部门的结算中心彻夜忙碌，汇总一年的消费数据……

这些繁华的表象背后，有着沈阳作为东北商业中心的深厚历史积淀和文化底蕴。回顾城市历史，我认为沈阳成长为东北商业中心城市，得益于七次重要的历史机遇——

第一次是 2300 多年前，中原政权首次在这里实施管辖，使位于东北地区水陆交通要道的一块边鄙之地，一跃成为一个至关重要的军事障城，随后设县，大量军队和汉民的迁入，开启了这里的市井商业生活。

第二次是辽代初年阿保机建立沈州城，大量人口的聚居使沈阳的商业发展获得了一个重要机遇期。辽代沈州作为节度州，又曾是辽太宗的斡鲁朵（宫帐），是东北地区多民族聚居的重要商贸城市。金代沈州城是东北地区仅次于东京路（今辽阳）的第二大城市，人口繁庶，工商业发达。到元代，沈阳由州城升格为路城，驿路发达，城乡经济、与中原地区的商业贸易活跃。

第三次是明代建立沈阳中卫城，大规模屯垦和辽东马市的繁荣，给沈阳商业发展带来了新的历史机遇。沈阳临近开原、抚顺、广宁（今北镇）马市，又位于南北贸易和女真各部进京朝贡的必经之路，商贸兴旺，成为东北地区除辽阳、广宁两镇城之外最重要的商业城市。

第四次是大约 400 年前，后金努尔哈赤迁都沈阳，其子皇太极在此建立清王朝，并扩建城市，建立四平商业街（今中街），将沈阳由过去的县城、州城、路城、卫城一跃而提升为都城，成为东北的政治、军事、交通、经济、文化中心，水陆交通便利，南北商贾云集，城市商业日益繁华。

第五次是 100 多年前的清朝末年，沈阳自开商埠，在老城之外开辟商埠地，吸引国内外投资，民族工商业蓬勃发展，使沈阳从传统的消费型封建都城转型为近代化的工商业城市，并进一步发展为国际化都市，商业辐射东北亚乃至欧美地区。

第六次是 1948 年沈阳解放，作为东北大区党政军领导机关所在地，沈阳作为东北地区政治、军事、经济、文化中心和交通枢纽的地位进一步强化。社会主义改造激发了民族工商业的活力，城市商业和对外贸易得到崭新的发展。

第七次是 40 多年前的改革开放，沈阳领时代风气之先，在全国率先恢复农贸市场，建立五爱服装、九路家具等大型批发市场，一批老字号商业焕发出新活力，中兴、商业城两家大型商业企业上市，中街、太原街成为全国著名商业步行街，城市商业发展步入快车道，与东北亚商业合作更加紧密。

在对沈阳商业文化的观察中，我慢慢发现，资源禀赋和历史机遇固然重要，但一个城市商业发展的核心还是文化。历史上沈阳的貂裘文化、金玉文化、饮食文化、酒文化、洗浴文化就很发达。只要把这些传统商业文化研究透了，顺应时代改良创新，自然就能把生意做得风生水起。别的不说，就说东北人吃了几辈子的酸菜、饺子、雪糕、冰糖葫芦，沈阳商家都能把它们做成产品推向全国，做成全国数一数二的品牌，这是需要文化底蕴的。沈阳的老字号企业坚守“货真价实，童叟无欺”的价值理念，在日常经营中坚持从细节做起，比如天益堂药房只做道地药材，诊脉抓药，明档炮制，任人观看；萃华金店对本号售出的产品终身保修，不取分文。这些老理儿说起来容易、听起来普通，但能落实到行动上、细节上，坚持百年如一日做下去却不容易，能坚持下来的都成了老字号。

最让我感动的，是沈阳商家的公益精神、民族大义。在沈阳商业历史上，不乏商家捐资助学、修建庙宇、购买义冢、赈灾济困的记载。沈阳最早的消防队——奉天水会，就是由当时的奉天总商会集资组建的，负责市区内的消防工作。20 世纪 20 年代，面对日货、洋货的大量倾销，沈阳民族工商业者自强不息，纷纷建厂生产国货进行反击，张志良的惠临火柴、八王寺汽水，杜重远的肇新瓷器，刘凯平的老火车头牌牙粉，一经面世便以质优价廉广受欢迎，成为国人为之骄傲的国货之光。刘凯平、杜重远还因为爱国抗日，被日寇和反动军阀杀害。沈阳解放后，沈阳商家为支援全国解放和抗美援朝，纷纷捐款捐物捐飞机。改革开放后，沈阳商家为希望工程、为家乡建设、为抗洪救灾、为光彩事业慷慨解囊，捐资巨万。我认为，沈阳商家这种集体的利他、爱国精神，体现了商业文化的最高境界，也是沈阳商业之树长青的根源所在。

借着写作这本书的机会，我想和您一起走访沈阳市井商家，共享城市商业成长故事，品味沈阳独特的商业文化，一起感受沈阳不一样的烟火。

目录

市井两千年

行走在沈阳商场林立的中街、太原街，流连于时尚前卫的中兴、万象城等大型商厦，逛吃于烟火气十足的小河沿早市和北市场夜市，脑海中时常会冒出这样的问题：沈阳城的商业到底始于何时？那时的商业是个什么样子的呢？

| 沈阳故宫地下沉睡着两千年前的市井　门中卫摄 |

史书上的回答，简洁直白。《奉天通志》曰：“奉省自古为边徼，老氏所谓安其俗乐其业，老死不相往来者，近之商业无得而详矣。秦汉以降，稍通市焉。货殖传称，燕东北边，上谷至辽东，地踔远，人民稀，有鱼盐枣栗之饶。”其所称“秦汉以降，稍通市焉”，对于沈阳城市商业历史而言，这当然是一个非常重要的判断，只是不知道，其所依据的事实是什么。

近日翻阅沈阳考古方面的书籍知道，关于城市历史文化的很多未解之谜，原来都埋在地下。20 世纪 70 年代，人们偶然间在沈阳故宫和一路之隔的沈河区公安分局的院子下面，发现了两处遗址，文化层均厚达 6 米，可清楚地看出四个叠压层：第一层为现代表土层，厚约 1 米；第二层为明清层，厚约 1.5 米；第三层为辽金元层，厚约 2 米；第四层为战国汉代层，厚约 1.5 米。在战国汉代文化层发现一处夯土台基，平面呈凸字形。南北长 10 米，东西宽 8 米，最高处存高约 3 米。出土大量战国晚期的绳纹板瓦、筒瓦及汉代的“千秋万岁”瓦当等建筑构件。另外，还发现古井两口，一口用青砖砌成井壁，另一口用十五节釉陶井圈上下套接而成，陶井井口直径 2.1 米，残存深度 6 米。陶井附近出土了一只陶罐，罐中满是战国晚期的流通货币“一化（一刀）”小铜钱。铜钱以线绳穿系，发现时已锈结在一起，估计在千枚以上。遗址还出土战国、秦、汉时期的陶器残片、钱币等生活用品。考古工作者们认为，这两处遗址其实就是相连的同一个古代文化遗址。1993 年，沈阳故宫北侧在修建“东亚商业广场”时，意外地发现一道古城墙遗址，墙体内外发现了大量战国及秦汉时期的板瓦、筒瓦、瓦当、钱币及陶器残片，判定这道城墙始建于战国后期，两汉时又两次续修。它以确凿的实物资料证明，沈阳城最早建于战国，汉代辽东郡十八县之一的候城也位于此。

这一重要的考古发现，揭示了沈阳“城”与“市”的源头。沈阳位于东北地区南部，2300 多年前的战国时期，这里是东胡和貊族活动地域，社会经济比较落后。燕国大将秦开破东胡、击朝鲜，将辽西、辽东的广大地域并入燕国版图，设置郡县，建城屯兵，并筑辽东长城以为屏障。沈阳历史上最早的“候城”就是在这时候始建的，为县一级建置的军事障塞。秦灭燕后，在辽东地区实行郡县制。汉因秦制，在辽东地区仍实行郡县制，候城县为辽东郡下辖的18个县之一，是辽东郡中部都尉治所，居民可能达到2万以上。在沈阳故宫附近发掘出的古城遗址，其中的城墙、房址、水井、钱币，清楚地向我们揭示了2300多年前沈阳人的市井生活的场景。古人把市场称为“市井”，《管子·小匡》曰：“处商必就市井。”沈阳古城城墙和房址的位置，说明市场就在城内；水井的密度、口径和深度，说明城市用水量很大，人口众多；大量的窖藏货币，说明商业贸易发达。在沈阳市区更多历史遗址中，还出土了秦汉时期的铁制农具，剪刀、镜子、顶针等铁制生活用具，以及各种陶制的生活用具等，展现了当时人们丰富的物质生活和细致的生产分工。还有战国及秦汉时期大量钱币，如燕国“襄平布”、赵国刀形币、秦代半两钱、汉代五铢钱等，向我们展示了当时的候城内，市场上人流如织、买卖兴隆的繁华景象。

曾在古候城流通的燕国钱币

沈阳古城辽金元时期的文化层厚达2米，文化遗存丰富，见证了沈阳城市和商业发展的一个重要时期。公元921年，辽太祖耶律阿保机创建了沈州及其所辖的乐郊、灵源两县，迁徙河北地区居民来此居住，在大体相当于汉代候城的位置筑起沈州土城。辽代沈州为节度州，城池比候城要大许多，周长四里以上，居住着汉、契丹、女真、渤海、奚等民族。金代基本沿袭了辽代沈州城的城池，仍是多民族聚居，有居民5万多人，是辽东地区仅次于东京路（今辽阳）的第二大城市。元代沈阳路城在辽金沈州城基础上增拓重建，周长九里三十步，东南西北各有一门，四门相连形成十字街，大批高丽人、回族人迁来沈阳居住，居民人口约4万。大量出土文物、遗址和史料告诉我们，辽金元时期沈州城周边农业、手工业生产发达，粮食储备充足，纺织、陶瓷制作技术可比肩中原地区，能制作精美的丝织物和白瓷器皿，城内商业繁华，居民所需的“米、粟、羊、豕、薪、炭诸货，皆籍乡民负贩入城”，还有制作金、银、铜、铁制品的匠铺和卖陶瓷器皿等的店铺。在沈阳城及周边地区，还出土了唐宋辽金元货币、中原瓷器、元代“大都路”铜权等文物，可以知道这一时期沈州与东北各民族和中原地区商贸往来频繁，以粮食、皮货、北珠、人参、松实、山鸡等与中原地区贸易，换回茶叶、瓷器、丝绸、金属制品、书籍等货品。

清代是沈阳城市商业发展的又一个重要时期，初步形成了沈阳老城商业的基本格局。明代沈阳中卫城在元代沈阳路城基础上砖砌加固，因邻近开原、抚顺马市，又是女真各部进京朝贡的必经之路，因此吸引了不少商人来这里开设货栈、皮货店，貂皮、丝绸贸易比较发达。沈阳位于辽东半岛北部、东北平原南部，南临渤海、西接蒙古、东邻朝鲜、北抵俄境，是连接中原和东北的门户枢纽，不管是军事上还是商业上，地理位置都极为重要。正是看中了这一点，后金天命十年（1625），努尔哈赤将后金都城从辽阳迁至沈阳，沈阳成为东北政治、经济和文化中心。后金天聪五年（1631），皇太极改造沈阳城，“因旧城增拓之”，将四门改为八门，将城内十字街改为井字街，按照《周礼·考工记》所载的“前朝后市”的规制，在皇宫北侧建起沈阳第一条商业街“四平街”，取四季平安之意。四平街位于钟楼和鼓楼之间，正街及周边的小街和胡同，汇集了杂货、丝房、钱庄、药房、鞋帽、皮货等各种类型的商家，一派繁华景象。后金天聪八年（1634），皇太极将沈阳改称为“盛京”，在满语中为“谋克敦”，意思是兴盛。康熙十九年（1680），盛京方城之外又筑圆形边城，边城增开了八座“边门”，与方城八门相对应，形成了各个边门、关厢等新的商业空间，盛京城“商贾云屯，梯航踵至”，成为东北最大的商业中心，以经营粮食、皮货、参茸药材、金银珠宝等闻名国内。

20世纪初，为应对西方列强对东北市场的蚕食鲸吞，当时的清政府在沈阳自开商埠，沈城商业格局又为之一变。商埠地位于盛京老城边墙以西、日本人建立的“满铁附属地”以东的中间地带，面积约10平方公里，吸引中外商民前来投资兴业。一时间各国商人纷纷来此开办洋行、银行，国内政商人士蜂拥前来置地建楼、开办商号，形成了以一个南市场、北市场、三经街领事馆区为代表的近代商业区。这样，沈阳就形成了以老城区、“附属地”、商埠地三大板块为骨架的商业格局，影响至今。

| 浑河边的沈阳新世界博览馆　门中卫摄 |

如今，沈阳已是拥有近千万人口的国际化大都市，市井烟火更加繁盛。市中心在原来三大商业板块基础上，形成了中街、太原街、北市场三大核心商圈，商业繁华更胜往昔，街市灯火彻夜通明。奥体、东中街、北行、西塔、南塔等新兴商圈，十二线蔬菜、八家子水果、北大营海鲜、雨润农产品、五爱服装、九路家具、南六药材、于洪水产等大型批发市场，在沈阳城里星罗棋布，熠熠生辉。不经意间，沈阳的市区范围已由一环发展到四环，并在北部道义、虎石台，西部于洪、开发区，南部大学城、苏家屯，东部世博园、棋盘山形成了多个副城，每个副城都自有配套商业中心，自带流量，人群熙攘。

入夜，行走在烟火气十足的中街夜市，在头条胡同边逛边吃，心中不觉感慨造化的神奇：2000 多年前，沈阳的先民们就在这里摆摊卖菜、当垆酤酒，他们可曾想到今天的市井，会是何等的繁华模样？想着想着，耳边仿佛响起一阵清脆的童谣：“沈阳城，金银城，九门八关十街横，钟鼓二楼当中坐……”歌声和商家的叫卖一起，声声入耳，悦耳动听。

一千年粮仓

在沈阳中街，有一个古色古香的刘老根大舞台，是外地来沈游客必到的打卡地。白天游了故宫、张学良旧居，逛了中街，吃了老边饺子，晚上就到大舞台看一场正宗的“赵家班”二人转。在一片锣鼓、三弦和欢笑声中，这“最沈阳”的一天才算圆满。

很少有人知道，在这欢声笑语的大舞台之下，埋藏着沈阳人曾经的“饭碗”。1996年，沈阳市的文物考古人员在大舞台区域进行文物勘探调查时，在地下四五米深的地层，发现了厚约0.2米至0.4米的大片纯净的炭化谷物，还有炭化木柱、灰砖、布纹瓦，可以确定这里是辽代沈州（今沈阳）的官署粮仓。

一个重见天日的千年粮仓，解开了许多关于古代沈阳商业的谜团，它是有史可查且有实物可考的沈阳粮食储备和流通的开始。契丹人本是游牧民族，过着“马逐水草，人仰湩酪”的生活，在建立辽国的过程中逐渐转向以农为本。耶律阿保机统治时，为使大量掳掠或迁徙来到沈州等地的汉人安心农业生产，亲自“率汉人耕种，为治城郭邑屋廛市如幽州制度，汉人安之，不复思归”，并采取了鼓励垦荒、减免赋税、设置司农寺管理农业等措施，辽沈

| 辽代古粮仓遗址所在地 门中卫摄 |

地区农业出现了“田野日辟”的大好景象，沈州城周边出现了“沈州西北丰稔村”“广州南韩家寨”“双城县时家寨”等农耕村落。当时沈州等地种植的粮食作物主要是粟（小米），人称“辽东粟”。连年丰收的粮食不仅自给有余，还在农业区各城市设仓储存，以备灾荒和军用，沈阳大舞台地下的粮仓便是当时沈州的官署粮仓。

沈州等城市官仓中的粮食，不仅用于储备，还用于市场流通。《辽史·食货志》记载：“东京如咸、信、苏、复、辰、海、同、银、乌、遂、春、泰等五十余城内，沿边诸州，各有和籴仓，依祖宗法，出陈易新，许民自愿假贷，收息二分。所在无虑二三十万硕，虽累兴兵，未尝用乏。”契丹人所谓

“和籴仓”，其实是居住于辽东的渤海遗民的“祖宗法”。渤海国时，有一套行之有效的粮食经济管理技术，名为“籴仓法”，又叫“和籴法”，就是政府在丰年粮价低时以高于市场的价格收购粮食，到灾年粮价上涨时以低于市场的价格把粮食卖出，或者以较低利息将粮食借贷出去，秋后连本带利收回，这样既可以防止丰年谷贱伤农、灾年粮价暴涨，又能解决部分农民临时性粮食短缺问题，政府从中也有利可图，是一项一举多得的好买卖。其实，“籴仓法”最早是在中原地区形成和发展起来的，早在汉代就有了，唐代传入渤海国后实行许多年，辽灭渤海以后，便成契丹人的“祖宗法”了。

辽金时期，包括沈州在内的辽东地区粮食已开始大量外运，支援周边地区。《辽史·食货志》记载，辽代太平九年（1029），“燕地饥，户部副使王嘉请造船，募习海漕者，移辽东粟饷燕”。尽管当时海运未能成行，但陆运应该是不少的。金代继续在辽东地区大力发展农业，采取“和籴”之法积粟，包括沈州在内的辽东地区拥有了更加充足的粮食储备，不仅常年往南京（今北京）输送军粮，还要在山东、河北荒歉的时候输粮相济。《金史》记载，辽东地区米粟素饶，“若山东、河北荒歉，即可运以相济”。遥想唐太宗亲征高句丽收复辽东、薛仁贵镇守安东都护府时，军粮要从江南跨越万里波涛海运而来，不禁令人感慨万千。杜工部有诗云，“云帆转辽海，粳稻来东吴”，描写的就是唐代北上运粮的壮观场景。运粮船从北上到南下，时移势易也。

沈阳真正成为东北粮食交易的集散中心之一，是在清代康熙年间。清初随着辽东对外招垦，移民人口增加，荒芜的土地得到开垦，盛京粮食很快自给有余，并开始向外输出。康熙二十三年（1684）开放海禁后，辽东地区的粮食开始发卖到天津、山东、河北、河南市场，每年输往上海市场的粮食在千万石以上。辽河中下游地区的粮食，夏秋两季基本上是通过辽河航运，用帆船顺流而下运往没沟营（营口）出海。而到了冬春两季辽河封冻时，辽宁中部、北部地区以及周边吉林、长春、海龙等地的粮食，都用大车从陆路运往沈阳，由沈阳粮商集中收储后，再用大车运往没沟营（营口）发运。因此，沈阳成为东北粮食输出的一个重要集散地，史料上关于沈阳粮栈代客买卖粮食、雇车运粮前往没沟营交卸的记载比比皆是。

沈阳火爆的粮食市场，催生了一批大中小粮商。康熙五十七年（1718），奉天（今沈阳）设立奉记福粮栈，这是史料记载的沈阳较早的一家粮栈。沈阳粮商中有大中小贾之分，小贾代人买卖或存储粮食，“而收其用钱为所获之利”，一般店主既是老板又是伙计；中资以上的粮栈主，既可以自己经营粮食买卖，又可以雇佣伙计帮客商代买粮食；粮栈主中的大贾资金雄厚，可以雇佣很多的伙计，既经营粮食贩运，兼代客买卖存储粮食，又有实力囤积大量的粮食待价而沽，还可以进行粮油加工业务，为客商提供粮米、豆油和豆饼等细分产品，可以说是一条龙服务。有清一代，沈阳的粮食市场十分兴旺。据《奉天通志》记载，到民国初年，沈阳粮米行仍有商号 142 家，还有为粮栈服务的粮车店 42 家，商户数量居各大行业前列。

清代奉天的粮食作物主要是大豆、高粱、大米，以产量大、品质好、价格低闻名，吸引了各地客商来奉天采购粮食。《奉天通志》称，奉省农作物“收额之最丰者，首推大豆，次则秫黍（高粱）。每岁占出口之巨额，而营贩运业者，亦以购运此二种者获利最丰”。盛京的粮食不仅发往华北、江南，也卖往北方的黑龙江等地。据《龙沙纪略》记载：“顺、康年间，江省稻米贩自沈阳。”乾隆二十八年（1763），承德县（今沈阳）粟米价格自 8 钱至 1 两 4 钱不等，高粱价格自 5 钱 5 分至 8 钱 4 分不等，南北客商纷纷前来采购粮食，贩往他省获利。于是，在盛京城里形成了多处热闹的“米粮市”，《陪都纪略》称这些“米粮市”的所在为：“怀远门里，鼓楼以南，小西门外，大北关店。”“怀远门里”和“鼓楼以南”的米粮市都在方城以内，主要供应城里府衙、居民，以零售为主；而“小西门外”和“大北关店”则在方城以外的交通路口，主要面向南来北往的粮商，以批发为主。

历史的车轮循环往复，又不断向前。沈阳城里千年前的古粮仓遗址一带，百余年前又成了粮食交易场所。清代盛京城粮食市场的批发交易，一般在茶馆进行，买卖双方边喝茶边谈生意，用袖里吞金的方法捏价，最后以现钱交易。《陪都纪略》记载粮食“栈行”的交易方式：“百谷俱全，市卖现钱，第二大行，交易茶馆。”位于中街鼓楼以南、辽代粮仓上方的大舞台，始建于清光绪三十四年（1908），最早叫庆丰茶园，是粮商们经常谈生意的场所之一。

如今沈阳的粮食交易，线下主要在铁西区保工街的第一粮库。这里曾被誉为“亚洲第一粮库”，是国家储备粮库，储存能力可达75万吨，现在是东北最大的粮食交易市场。近年来，随着电子商务的发展，沈阳粮食交易的主阵地已转移到线上，产于沈阳的“清水大米”“新民大米”“锡伯大米”“康平杂粮”等等，都火爆网络，随着一张张订单飞向了全国各地。

驿路商旅 通天下

“叮叮，叮叮，叮叮……”随着一阵有节奏的铃铛声，暮色中一队队马车车声隆隆，迎面驶来，每辆车前和马头上都挂着一盏红灯笼，灯光耀眼，马的脖子上都挂着铜铃，随着前进的步伐发出悦耳的铃声，车轮碾过路面的冰雪，发出轰隆隆的巨响，向着盛京城的方向驶去，红灯照耀如同元宵灯市，绵延长达数十里。这是乾隆五十五年（1790）十二月，隆冬腊月，年关将近，朝鲜使臣金士龙在大凌河遇到路过的商队时的情景。他在《燕行录》中记载：“辽商沈贾之往来此路者，车前马头各悬一红灯，络绎数十里不绝，灯光照耀若广陵元宵，且马项下悬铃，与车辙响相应，如乐作焉，车马之众，灯火之盛，何其壮也！”

驿路与商旅，是中国古代商业文化的典型场景。自商代以来，中国即有驿传，周代驿道已很有规模，《诗经》有言：“周道如砥，其直如矢。”驿道也就是民间所称的官马大道，主要用于传递军情、运送官物，沿途设有驿站，为过往官员和信使提供食宿。商人出门贩货经商，为了安全，一般都走平坦宽阔的驿道，入夜投宿于逆旅客舍。周朝很重视为商旅行人提供便利，在驿道沿途设有庐舍、路室、候馆，备有粮食床榻，供过往商旅行人食宿之用。《周礼》有言："凡国野之道，十里有庐，庐有饮食，三十里有宿，宿有路室，路室有委，五十里有市，市有候馆，候馆有积。"周朝关于驿道的一些制度安排，确实是很有人情味儿，也给后世留下了效仿的典范。晋朝的驿路很发达，"自长安至于诸州，皆夹路树槐柳。二十里一亭，四十里一驿，旅行者取给于途，工商贸贩于道"。私营客舍遍及全国，其时"公私满路，近畿辐辏，客舍亦稠"，为南北商业流通提供服务和便利。至唐以后，客舍逐渐被旅馆、邸店所代替，王维诗中"客舍青青柳色新"之"客舍"，已成为旅馆的泛称。元代驿站称为"站赤"，遍及全国，朝廷要求地方政府为过往客商提供服务和安全保障。驿站除接待官员和驿吏信使外，也接待过往商旅。政府规定：商旅所至，"官给饮食，遣兵防卫"。明清商业更加发达，离不开畅通的水陆驿道交通运输和沿途发达的旅馆客栈的服务保障。驿道商旅络绎不绝，沿线兴起许多繁华的商贸小镇，《一统路程图记》《水陆路程》《士商类要》《路程要览》等行商路程书籍风靡一时。

沈阳作为东北军事重镇、交通枢纽，自建城以来即通驿道，城内及周边多次设立驿站，是商旅必经的交通要地。战国时期，燕国开拓辽宁地区，候城（今沈阳）为辽东郡北部军事重镇，有大道通往辽东郡（今辽阳）及燕京蓟（今北京），设有烽燧和邮传，传递军情和政令。秦汉时期，候城作为辽东军事重镇，也通邮驿。唐代在辽东设有邮驿，其联系渤海国的"营州入安东道"，设有驿馆 17 座，每 30 里一驿，其中一站位于古盖牟城（今沈阳市苏家屯区陈相屯镇塔山山城）。金代上京会宁府有通往中原的驿路干线，每 50 里置驿，经过今沈阳地界有两个驿站，即沈州的乐郊馆（在今沈阳市内），广州的广平馆（在今沈阳市铁西区彰驿村）。史料记载，宋徽宗和宋钦宗北狩途中，曾在沈州乐郊馆留宿。元代在全国设有规模宏大的站赤系统，辽阳行省的驿路主要通往京师大都（今北京）和塞北重镇大宁（今内蒙古宁城县），在今沈阳境内设有两座驿站：一为彰义站（在今沈阳市铁西区彰驿村），配

| 虎皮驿城旧址　王连摄 |

驿马 30 匹；一为沈州站（在今沈阳市内），配驿马 40 匹。明代辽东为九边重镇之首，邮驿系统非常发达，驿路以辽东都司（在今辽阳）为中心分为四路，沈阳中卫城（今沈阳）是北行通往开原驿路的重要节点，设有两座驿站：虎皮驿城（在今沈阳市苏家屯区十里河街道），设有递运所、安插所；沈阳在城驿（在今沈阳市内），设有递运所。据记载，“沈阳在城驿”位于沈阳城南关正中，“沈阳递运所”位于沈阳城西四里。所以说，元代是沈阳城设立驿站的开始。

有清一代，盛京作为龙兴之地、陪都重镇，又是东北政治、经济中心和交通枢纽，形成了以盛京为中心的四通八达的邮驿系统。《盛京通志》称盛京地理位置极为重要，“右据山海，左挟朝鲜，北屏白山，南带辽水，极边岩徼，防御綦重”，所以驿路极为发达，“星轺络绎，喀伦台站，厘然详备，各有条理”，其“关邮”之作用，主要是“稽出入，便往来，通商惠工”，把商业流通作为其重要功能之一。清代以盛京为中心，设有五条驿道，分别为西路通往山海关、北京，东路通往兴京，东北路通往吉林、宁古塔，南路通往凤城、朝鲜，西北路通往法库、卜奎（今齐齐哈尔）。在今沈阳地界，设有 7 座驿站，分别是首站盛京站（在今沈阳市内南关地区），西路老边站（在今于洪区老边村）、巨流河站（在今新民市巨流河村）、白旗堡站（在今新民市大红旗镇），南路十里河站（在今沈阳市苏家屯区十里河街道），西北路严千户屯站（在今法库县登仕堡镇严千户村）、法库站（在今法库县城）。清代盛京还设有递铺，其主要功能是“走递公文”，也接待过往官吏、驿使。在承德县（今沈阳市）境内设有 9 个递铺，其中沈阳城内有三个在城铺，即西路在城铺、南路在城铺、北路在城铺，其他还有西路大石桥铺、老边铺、孤家子铺，南路火石桥铺、十里河铺，北路蒲河铺。盛京驿站衙门，加上 7 座驿站、9 处递铺，共 16 处邮驿设施，使盛京成为清代东北地区邮驿最发达的城市。

密集的驿路和驿站，为盛京城带来了各地的货物和商人，在盛京城南、西、北三大关厢形成各具特色的商圈。康熙六十一年（1722），王一元在《辽左见闻录》中记述盛京城各关厢商业形势，“盛京八关厢以小西关、大北关为盛。盖从山海关至盛京者皆由小西关，而大北关则开（原）、铁（岭）出边孔道也。城东故僻地，城南止通辽阳海盖诸邑，行旅往来者少，故较逊云”。其实城南也并非如此之“逊”。虽然清前期不重视海运，从盛京通往辽阳海盖的干路并未设立驿站，但盛京驿站监督衙门位于盛京城的南关地区，首站盛京驿也位于此。盛京至东南西北各路的驿道均由此出发，从凤凰城沿南路驿道而来的朝鲜贡使也每每止宿于南关，然后从德盛门（大南门）入城。从其他各条驿道来的驿吏信使、需从驿道旅行的往来官员，以及过往商旅，均须到此交接公文、领办火牌文书，整装出发。清代《盛京通志》记载，盛京驿站“第一站在城内，凡奉天各路站道皆由此起，额设驿马七十四”。因而南关恰恰是车马云集、商旅繁华之地，围绕驿站监督衙门形成了一个热闹的

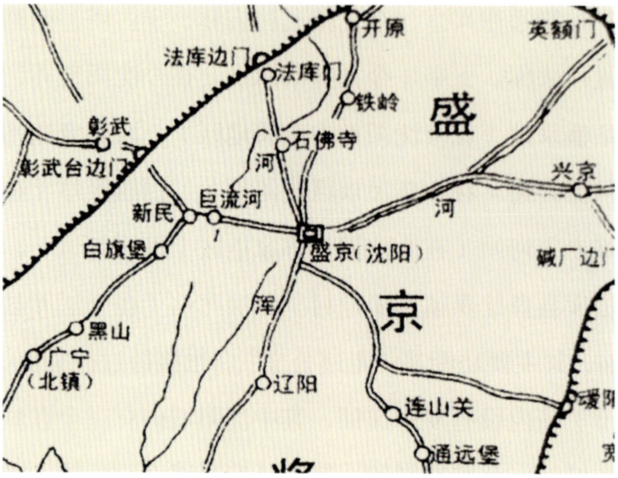

清代盛京驿站与交通图 （来源王绵厚、朴文英著《中国东北与东北亚古代交通史》）

商圈，有客栈、饭馆、酒店、杂货铺、钱庄、浴池、当铺、茶馆、油坊等等，有名的货栈有广昌栈、会元栈、日兴隆等。到民国初期，南关仍有许多胡同名中带着“驿站”二字，大南关大街以西有驿站衙门东胡同、驿马圈胡同、驿马圈北胡同、驿马圈前胡同，小南关大街以西有驿站衙门胡同。还有一些胡同名中带着商号的名称，如会合号胡同、庆余店胡同、广昌栈后胡同、会元栈胡同、德源酒店胡同、义吉长胡同、景德当胡同、广生泉胡同、马茶馆胡同等，记载着这里曾经的商业繁华。

“通两京道”的小西关，则是八关中最为繁华的一个关厢。同治年间，刘世英在《陪都纪略》记载中称：“大行买卖，尽在外攘，通两京道，尽在关厢。”外攘门即小西门，就是说大行买卖都集中在小西关，因为它是连通两京的必经之路，商旅往来频繁，因此小西关商行众多。清代云集西关的商号，主要是发行店、旅馆、大车店、米粮店、茶庄、船行等等，做的是往来客商的生意。“发行店”做的是批发生意，《陪都纪略》称：“大发行店，均在西关，商贾云集，百货俱全。”西关外还有卖大豆和米面的米粮市、卖皖浙名茶的茶行。还有服务于货物运输的船行和车行，船行是浑河十里码头各船商的代理店，主要服务于需要往营口运粮的粮商，在车行可以雇车，帮客商载人送货。为过往旅客提供食宿的旅馆有多种，接待官差的是公馆店，接待普通旅客的有小客栈，也有为运货客商提供食宿和货物存储的大车客店、小车客店，《陪都纪略》说：“西北二关，大车客店，米粮杂货，云集满院。”还有为往来客商服务的钱庄、货栈、饭馆、茶馆、澡堂子、小吃店等等，各项服务，应有尽有。

大北关是北路驿道出入盛京城的通道，是盛京参貂贸易和茶马贸易的出入口。北路驿道由盛京向东北，经开原、叶赫（今吉林省四平东北），可达船厂（今吉林市）、宁古塔。宁古塔是东北北部的军事、政治和经济中心，曾是宁古塔将军治所和驻地，也是清政府接收少数民族貂皮、人参等贡品的地点。吉林、黑龙江地区的少数民族每年向朝廷进贡貂皮，朝廷则赏赐给他们蟒袍、妆缎绸缎、布匹诸物，这就是贡貂赏乌林制度。赏赐的乌林诸物储存在盛京户部仓库，每年需要从盛京运往宁古塔、三姓等地，由驿站接力运送。清代著名学者曹廷杰记述：“每年春季自盛京解往之乌绫（乌林）等件，车载马运，络绎于途。”人参的贸易也是经由这一路线。乾隆三十八年（1773）以前，盛京、吉林、宁古塔三处办参，俱在宁古塔放票，收参商贩、刨夫等聚集宁古塔，形成以宁古塔为中心的参貂交易市场，每年从关内、盛京等地到宁古塔交易者多达 2 万多人。在与少数民族的交易中，商人们以沈阳之布与当地少数民族易换貂皮、人参、鹿角、黄狐等货，采购猎人、参把头手中纳贡之后剩余的貂皮、人参，然后贩运至盛京、北京高价出售。宁古塔等边地所需的生活用品，主要由商人从盛京贩运而来。如档案记载，“乾隆四十四年（1779），宁古塔商人在沈阳置买烧酒、黄烟等，转赴三姓、珲春贩卖”。所以，盛京至宁古塔、三姓的驿道客货往来非常繁忙，可以说是一条货真价实的财富之路。另外，从盛京大北门往北过法库门，经巴虎道可直达齐齐哈尔，这是一条连接草原和俄罗斯的著名商道。所以大北关街除了旅馆、客栈、大车店等服务行业外，还是山西商人开设的钱庄、票号扎堆的地方。

| 清代驿站图 |

清代的驿站虽然是官用的运输机构,但也为商业贸易创造了便利的条件。各驿站只供官员食宿休息，商旅们则需要借住民宿。起初行商客旅“凡出门不资路费，经过之处随意投止”，一般投宿于沿途民家，均能得到免费的热情招待。王一元《辽左见闻录》记载：“辽左风俗古朴，行旅有过门求宿者，主人必进鸡黍或屠豕，备刍豆以饲马骡，不问客人何往何来也。次早，若少以土仪馈之则受，或徒手称谢而别，亦不以为异。若送以银钱，则怫然坚却。”颇有周代遗风。乾嘉时期，盛京地区往来商旅渐多，驿站附近出现了旅店，行商客旅所至“皆有官房待过客，私开旅店间亦有之”。随着商品贸易的频繁和经济的发展，盛京地区的旅店增多，规模宏大超过关内，“旅寓之大，视内省数倍。冬季之夕，每停车数百乘，宿人千余辈，不觉其扰”。如此，像本文开篇所提到那样的庞大商队，沿途的食宿也是毫无问题。通衢大道，商旅畅行，民风淳朴，栈舍比邻，古城盛京，焉能不兴?

商舶南来 古渡头

汉江边长大的我，小时候曾梦想自己乘着小船，顺着家门口的河流去看大海，再从大海上溯每一条河流，游历世界各地。长大后，我到海河边的天

| 浑河晚渡公园 门中卫摄 |

津上大学；毕业后，我又来到浑河边的沈阳工作。不管走到哪儿，我都觉得我从来就没有离开过家乡，因为我家一直就在河边，而河流都是通向大海的。

如今的浑河，已成为沈阳的内河，在浑河沈阳东四环到西四环区段，有 18 条跨河桥和 6 条跨河隧道，高铁、汽车、地铁川流不息，飞渡南北如履平地。而西去的浑河水早已不再通航。但在历史上，浑河却是一条千帆竞渡的航运之河、百舸争流的黄金水道，山东、浙江、福建、广东的商人，都从海上来到沈阳，在沈阳开起了丝房、商号，建起了天后宫、妈祖庙。沈阳城南的十里码头、罗士圈，明清时期曾是帆樯林立、货物如山的繁华码头。清代的“盛京八景”“留都十景”中，“浑河晚渡”都是其中著名的一景，不少文人在这里留下唯美的诗句。浑河北岸原罗士圈地区的“浑河晚渡”旧址，如今已变成一个公园，河边摆放着两只斑驳的木船和一组码头搬运工的雕塑，提示人们这里曾经作为商埠码头的繁华。

浑河航运起于明代，兴盛于清代。浑河作为辽河最大的支流，发源于抚顺清原滚马岭，流经抚顺、沈阳、辽阳、鞍山等地，在盘锦三岔河与太子河汇流成大辽河，最后在营口入海。除去冬天不能行船以外，从春到秋，浑河河道曾经是一片繁荣景象，往来船只穿梭如织。《奉天通志》记载：“浑河，城南十里，一名小沈水。此水通行由来已久，夏季水涨时，由营口上溯可以输入邻省物品，顺流则装载粮、面出境。兴京所产木材运入县境，犹以此为通津。”明代时，曾组织大规模的漕辽，从南方海运军粮、从山东海运布花，溯辽河及太子河、浑河，运往辽阳镇城及沈阳、抚顺、铁岭、开原等卫，当时的沈阳卫即有“浑河铺”码头之名。

到了清代，浑河航运愈加繁盛。康熙三十三年（1694），清朝海运粮米至三岔河与辽阳，曾“分舟运至盛京”。其后，民船载六七十石者，“循浑河，可达省南十里浑河铺”。浑河上游的木材、山货、粮食等通过浑河水道运到沈阳，或在沈城销售，或转往没沟营（营口）出海；南方的丝绸、茶叶、药材、

| 浑河十里码头旧影 |

白糖、南纸、杂货等货物，也通过水道运到沈阳，或供应沈阳市场，或分销到周边城乡。浑河上商舶往来，使得当时的沈阳成为南北客商云集、货物集散的水陆码头。道光二十三年（1843），清政府开始对辽河、浑河上从事商业营运的船只征收货物税。咸丰三年（1853），清政府准许盛京米商自行运米到天津出卖，回船载货一律免税。咸丰十一年（1861）营口开埠，成为东北地区粮食尤其是大豆出口的最大港口，从沈阳浑河码头装载运往营口的粮船络绎不绝，每天官船及大小私船往来于此不下千艘。这些史料为后人清晰地展现出一幅浑河航运繁忙的画卷。

渡口和码头，记录了城市商贸兴盛的脚步，也承载了商旅往来、游子归家的匆匆步履。清代时，浑河沈阳段的码头众多，有七间房、上木厂、下木厂、石庙子、浑河铺、十里河、罗士圈等。上木厂和下木厂是木码头，来自上游的木材从这里上岸。七间房和石庙子是人车渡口，位于清福陵以东浑河边，于雍正年间奉旨设立，设有渡船2只，水手32名，摆渡行人和过往车辆。浑河铺也是摆渡行人的官渡，位于今天的沈阳浑河桥南岸的浑河堡。十里码头位于今沈阳三好街南端浑河北岸，旁有望北楼，是盛京最大的货运码头，史载："通商货物，均由营口下船，载入浑河，至望北楼登岸，再由马车转运入城，实为盛京最盛之水码头。当繁盛时，春夏秋三季，买卖甚多，热闹异常。"当年修建清福陵所用的琉璃砖瓦构件，也是从辽河上船再入浑河，然后从盛京十里码头上岸的。

"暮景河间系短篷，客旅无边渡口行。"浑河晚渡，写满了清代诗人们对它田园诗般的赞美，但都不自觉地流露出莫名的忧伤。后金天命十一年（1626）八月，伤重的努尔哈赤死于溯河归沈的船上，留守的大臣们赶到罗士圈码头迎接他的遗体，一代雄主在这里奏响了他生命的挽歌。罗士圈是各码头中规模最大的客货码头，每天傍晚日落时分，是渡口最热闹的时候。清初诗人戴梓写浑河晚渡，既有"鸟飞空林外，人来古渡头"的空灵诗意，也有"十里城南望，钟声咽戍楼"的沉重忧伤。清末诗人缪润绂写浑河官渡，既有"双桨划如飞，残阳下高树"的旷远景象，也有"车马何仓皇，欲驻安能驻"的内心恓惶。暮色苍茫，大河西去，在充满喧嚣与落寞的岁月交替中，浑河航运终于走到了它的历史尽头。

一把无妄之火，一座钢铁之桥，终止了延续几百年的浑河航运历史。1905年3月，在日俄战争奉天会战中，由南向北败退的俄军为阻滞日军追击，将在罗士圈码头过冬的几十条木船尽数烧毁。这些船只上的标志，分别是利庆升、永泉茂、玉成福、广昌栈、义集长等。众多商号多年经营的积累、罗士圈几百年来赖以生存的基业就此毁于一旦。当然，浑河航运的终结并不仅仅因为这一把火，此前东清铁路浑河铁路桥的建成，也直接导致了这个结果。1897年到1903年间，沙俄在中国东北借地筑路，建成了T字形的东清铁路北部干线和南满支线，穿过奉天的南满支线，在浑河河面上建了一座铁路桥，阻断了浑河航运，从此浑河航运一蹶不振。日俄战争后，中东铁路长春至大连段归了日本人改称“南满铁路”，他们以维护大桥安全为由，禁止一切船只通过铁路桥下方。沈阳浑河航运码头下移到铁路桥以西30多里的埃金堡，从营口开往沈阳的民船，每天不能超过5艘小牛船，后来渐渐萎缩停运。《奉天通志》写道：“此年南满铁道建成，百货皆遵陆运，加以铁桥横阻，船运已停。”

不过，罗士圈码头并未就此消亡，以渡口的身份，依然顽强存在了50多年。1942年，钢筋水泥的浑河大桥（今青年大街浑河桥西侧）建成，罗士圈的渡口功能亦渐弱化。1958年浑河公路桥建成，浑河的摆渡业务才告结束，罗士圈由此彻底退出历史舞台。进入21世纪以后，随着浑河及两岸的生态化改造，罗士圈码头旧址建起了一座生态公园，成为市民亲水、怀古的休闲所在。

如今的浑河沈阳段，水面上早已没有了远航的点点白帆，只有运动员训练的赛艇和市民观光的游艇，划过倒映着两岸如画美景的水面，荡起层层涟漪。桥上往来穿梭的高铁，空中密集起降的飞机，正在重新定义沈阳作为一个“港口”城市的内涵与外延。

东北第一街

沈阳中街是一条有着近400年历史的老街，被称为中国第一条商业步行街，年龄虽“老”但感觉上却一点儿也不“老”，是一个越去越想去、越去越觉得新鲜的地方。

中街吸引人的地方，在它的“老”而时尚。行走在这样的老街上，街两旁一半是百年前的民国老建筑，一半是时尚现代的新式建筑，总给人一种时空穿梭的感觉，一不小心就会踩到一块历史建筑的铭文铜牌，或者走进一家百年老字号的商店里，或者闯进临街卖货的街头雕塑的历史场景里。街上的行人或穿着时尚的潮服，或复古的汉服，或动漫里的COS服，形形色色，令人目不暇接。在街上，也许还会遇到身穿长袍的相声演员在表演相声，或者偶遇某位当红艺人现场走秀，与逛街的市民游客来个亲密互动。在街边的头条胡同或官局子胡同里，各种特色小吃令人食指大动，一路吃下去却感觉总是意犹未尽。

中街吸引人的地方，还在于它的人流汹涌。无论什么时候去，中街总是满满的全是人，一幅活色生香的市井繁华图。一位大庆来的游客在抖音视频里惊呼：“去了一趟大城市，到中街一看吓一跳，妈呀，这乌泱乌泱的咋全是人呢？”你过节去，那是人挤人，一个“五一”节，三天客流量 400 多万人，日均 130 多万人；你平时去，那是人看人，那熙熙攘攘的人流也是一眼望不到边。你白天去是如此，晚上去更是热闹，从空中俯瞰中街，就像一条金黄色亮晃晃波涛汹涌的大河。难怪有人说，在中街，你永远都不会感到孤独寂寞，因为火热的生活正朝你扑面而来，又将你裹挟而去。

要是我自己来中街，一定会沉浸于街上热闹的气氛之中，专心享受这闲逛的乐趣。要是陪着远方来的朋友，我才能从迷人的街景中跳脱出来，跟他们说一说这条街的历史掌故、逸闻趣事，顺便自己也回味一下其中的百般滋味、万种风情——

中街是沈阳最早的商业中心，也是东北地区最早的一条商业街。后金天命十年（1625），努尔哈赤将后金定都沈阳。其后，皇太极对明朝所筑的砖城进行改建扩建。按照《周礼·考工记》所载的“左祖右社，面朝后市”的营国规范，将城内原来的“十”字街改为“井”字街，“四门”改为“八门”，“井”字的正中区域为皇宫所在地，皇宫北面的街道，也就是“井”字上面一横的中心，被辟为商业街，命名为四平街，取“四季平安”之意。因其位于古城中央，人们一直称其为中街。清崇德二年（1637），皇太极下令在四平街的东西两端修建了钟楼和鼓楼。钟鼓楼之间的这段街道长约 580 米，就是今天中街商业街的核心地段。顺治元年（1644），杨春英在四平街办起第一家商号“兴顺利”，之后各地商家纷至沓来，到康熙二十八年（1689），中街已经相当繁华，史载“有钟鼓二楼，百货集其下”。当时四平街两侧“市廛夹道”，商号林立，金匾碧榜，热闹非凡。每天时到五更，钟声报晓，城门大开，人们提篮挑担，从四面八方涌入中街，从事商业活动，中街开始了热闹的一天。到夜晚起更时分，鼓声响起，街上做生意的人们散去，店铺打烊，城门关闭。在晨钟暮鼓声中，中街商业贸易日益繁华，发展成了如今沈阳城历史最久、规模最大的商业街区。

中街头条胡同 门中卫摄

如今走在中街，你会看到不少仍在营业的百年老字号商家，还会看到吉顺丝房等老商号的旧址，你会感受到中街确实很有历史。中街最先兴起的是传统的丝业。康熙十五年（1676），山东黄县的单文利、单文兴兄弟在中街开了第一家丝坊“天合利”。康熙二十年（1681），天合利丝坊在原址修建门市房，将手工业丝坊改为经营洋广杂货为主的百货商店。在天合利的带动下，山东黄县商人在中街开办40多家丝房，著名的有洪顺盛、吉顺昌、谦祥恒、裕泰盛、洪顺茂、吉顺洪、裕庆德等，到民国初期形成了以“天、兴、吉、洪、裕、谦”为字头的六大字号，中街成了东北最重要的丝房聚集区。名为丝房的百货商店均由山东籍人开办，故有“山东帮”买卖之称。金银首饰业是中街的又一大行业，光绪二十一年（1895），萃华新首饰楼（今萃华金店）在中街出颖胡同（也称银楼街）开业，以经营首饰为主，兼营金银条宝、珠石钻翠，其制品均保持标准成色，分量毫厘不差，对顾客严守信誉，很快成为行业领导者。中街上的金店还有裕源公、鸿兴、朝阳等40余家，都是由河北昌黎、临榆、抚宁籍人士出资开办或执掌柜事，故有“永抚帮”买卖之称。百货业和金银首饰业这两大行业，奠定了中街商业行业构成的基本格局，至今中街最多的仍是百货零售店和金银首饰店。

其他行业的商号、店铺也不少，主要有中药、鞋帽、钟表眼镜、笔墨文具、茶叶、餐饮、影院、书店、银行等等，构成了中街商业的茂密森林。中街里的药房兴起得比较早，广生堂药房明朝末年就已开业，在一个胡同里。清乾隆十年（1745）宝和堂中药房、嘉庆二年（1797）万育堂中药店、道光四年（1824）天益堂药房先后在中街开业，由于它们经营有道，货真价实，颇受顾客称赞，成为沈阳经营中药材的四大名店。其他老店还有，开业于嘉庆元年（1796）的中街第一家专营文房四宝的全合号商店，开业于嘉庆二十一年（1816）的德润斋眼镜店，开业于光绪八年（1882）的中和福茶庄等，还有同聚源、庆丰润、润记帽店，内金生、内宾生、内联升鞋店，大德生西药房，李湛章毛笔，都是沈阳开业较早、沈阳人耳熟能详的老号专业商店。民国至伪满时期开业的亨得利钟表眼镜店、光陆电影院、中街冰点等，也都有大几十上百年的历史了，如今仍在原址营业，生意兴隆。

中街从创建至今，经历了多次大的改造和扩建，使中街越来越具有商业名街的风范和气质。中街初建时宽三丈五尺，约合 11.7 米，街道以三合土轧成，两边都是平房门市，檐牙相接，上有雨搭，下有台阶，门前有宽一尺的排水明沟。街面雨天泥泞不堪，晴天暴土扬尘，冬天地面冻出裂缝，直冒寒风。清末，盛京将军赵尔巽奏准将四平街修成石子马路，沿街商号陆续进行门市整修。1914 年，中街进行街容整修，吉顺通丝房在路北盖起小二楼，同义和、天益堂等商号相继效仿，盖起了二至三层的门市楼房。1926 年，吉顺通丝房拆掉原有的二层小楼，盖起了豪华气派的五层巴洛克式大楼，成为四平街的地标性建筑。1927 年，沈阳市政当局为解决四平街交通拥挤的问题，决定拆除钟楼和鼓楼，马路由原来的三丈五尺拓宽为四丈四尺，沿街门市房以吉顺丝房为标准，退出一丈一尺作为人行道，并号召各商号改建新楼或装修门面。很快这里便新楼林立，石子路也改成了柏油马路，安装了路灯，古老的四平街换上了新装，初步具有了现代商业街的气象。解放后尤其是改革开放后，中街经过了多轮改造，沿街老字号商业旧貌换新颜。1997 年，中街被改造为中国第一条商业步行街。随着城市发展，中街东扩至小什字街，称为东中街，西延至西顺城街，称为西中街，以及地铁一号线中街站开通，大悦城、皇城恒隆等一批新的商业企业入驻，有着近 400 年历史的沈阳中街经过持续地改造升级，正以崭新的面貌展现在广大市民和游客面前。

随着中街商业街的日益成熟，其临街门市的价值越来越受到重视，围绕门市的竞争日益激烈。首先是建楼的竞争。民国以后临街商号比着建楼，比谁家的楼建得高、建得大、建得奇特，其实就是一种商业空间和注意力的竞争，谁都想在寸土寸金的中街多占一片地、多开一片天。其中还有个小故事，话说吉顺丝房1926年建的五层大楼缺了一个角，这是怎么回事？原来吉顺丝房的东邻是一家叫同益成的小洋货铺，给多少钱就是不搬迁。吉顺丝房无奈，最后只好建了个缺角楼。同益成的东家深深地懂得，在中街哪怕是一个最小的店铺，其价值也远远大于任何数额的补偿。在1927年对中街的改造规划中，不少军阀政客闻风而动，在中街兴建商铺，自用或出租牟利。其次是门面装饰的竞争。盖完新楼后，各大商号又不惜重金聘请名人书写店名匾额，布置橱窗展示。萃华金店总号金匾题字，出自驰名全国的书法家杨佐才之手；吉顺丝房的金匾，是奉天省省长王永江的手笔；中和福茶庄的店名牌匾，是著名书画家、太清宫方丈葛月潭的墨宝；李湛章笔店的牌匾，是金石书法大家李西的力作；天益堂药店的牌匾，由大书法家梁成哲所书；亨得利钟表眼镜行店名匾额，由上海著名文人李瑞卿写成。同时，各商号还设立玻璃橱窗展示商品，如亨得利在橱窗展示瑞士和日本进口的钟表，天益堂药店在橱窗展示东北虎标本，令人围观称奇。上述各店的艺术牌匾和橱窗展示，虽是竞争的结果，却也增添了中街的商业韵味和时尚风采。

中街的魅力，还在于从这里延伸出去的十几条大大小小的胡同。胡同是中街的后院，许多前店后厂的商号，都把作坊放在胡同里，如内金生鞋店的做鞋作坊、天益堂药房的制药车间和库房等。还有一些特别有名的商号，直接就开在胡同里，如广生堂药店，在广生堂胡同；龙海楼饭店，在龙海楼胡同；会兰亭浴池，在会兰亭胡同；制作牙粉的同昌行，在贾记头条胡同，就是现在的头条胡同；天合福丝房，在老天合胡同。还有一条铜行胡同，在清朝时是做铜器活的作坊扎堆的地方，这里做的奉锣格外响亮，闻名全国。九一八事变后，日本人说铜是战略物资，不许私藏，还抓了几个人，生把铜行胡同搅黄了。如今的中街，头条胡同、官局子胡同经过整修之后，摆满了南北数百种小吃美食，这种深入小巷探索美食的乐趣，吸引了许多年轻人来这里直播打卡。孙祖庙胡同、铜行胡同正在整修中，很快也将与游人见面。

中街商业街其实早已不再局限于一条街，而是一个以中街为核心的区域。自清末起，中街商业区就开始向四外扩展。西向鼓楼南北的正阳大街，东向钟楼南北的朝阳大街，再迂回折入沈阳路故宫两侧，形成了井字形全方位的商业街区。到民国初年，在井字形街区内有商号 138 户。到 1930 年增长到 550 户，这些商号分布在“井”字形街的各条街面上，自然形成了带有专业集中经营特色的商业街区。坐落在中街的 91 户中，以经营丝房、京洋货、金店为主；坐落在小北门里的 49 户中，以经营书店、文具、印刷业为主，著名的商务印书馆沈阳分馆就设在这里；坐落在小东门里的 39 户，以杂货烟麻铺为主；坐落在小西门里的 82 户中，钱庄、银号比较集中。这些行业交错分布，补充了中街行业的不足。如今的中街商业街区，基本上已经涵盖

| 中街上的恒隆广场　门中卫摄 |

了整个方城范围，串联起旅游、商业、文化等多个业态，让外地游客来沈阳之后，在中街商业区一站式完成吃、住、行、游、购、娱。游客可以上午游览沈阳故宫、张学良旧居、金融博物馆，中午吃老边饺子，下午逛中街购物，晚餐到头条胡同吃小吃，或者品尝李连贵熏肉大饼，晚上到刘老根大舞台看二人转，或者到豫珑城听相声，超完美的一天！

对于中街持续不断的火爆，我也是百思不得其解。应该说，任何一条商业街或者一个旅游景点，都会有客流的淡旺季，但在中街似乎看不到明显的峰谷。尤其是每次出入中街地铁站，无论何时去，那排队的人似乎都永远没有尽头。中街旺盛的人气和浓浓的烟火气，让我想到了家。在很多人心中，中街也许就是一个家，大家聚在一起热热闹闹，这日子才过得开心写意，才有仪式感不是？也许每个城市、每个区域，都应该有一个“中街”吧！

燕行使者 翩翩来

随着一阵鼓乐之声，一队几百人的队伍或骑马或步行，迤逦从南边而来，进入盛京城的德盛门（大南门）。打头三人皆着青色道袍，头戴黑笠，脚穿

| 盛京城德盛门瓮城遗址　门中卫摄 |

黑靴，身后随从人员排成东西两列，排队入城。一看到这队伍的阵仗，沈阳人就知道，燕行使又来了。

朝鲜与清朝是朝贡外交关系，每年都定期派遣使者到清朝朝贡，其使者称为燕行使。朝贡的路线，从鸭绿江入境，过凤凰城，取道辽阳到沈阳，然后走大御路，入山海关而至京师。沈阳，是清朝规定燕行使进京朝贡的必经之地，还是东北最大的商业中心城市，燕行使必然会在此停留。他们在这里交接岁币和方物，置办货物，凭吊古迹，结交文士，在行程日记中留下了许多关于沈阳市肆见闻、风土人情的文字记载，让今天的人们可以从中一睹二三百年前沈阳城的商业风貌，感受当时市井的烟火气。

沈阳的城市之宏伟、商业之繁华，令燕行使无不仰视。康熙中叶，盛京城商业已相当发达。燕行使徐文重《沈阳城》诗曰："城如统万绮云崇，民舆临淄击毂同"。将盛京比作大夏国都统万城和战国商都临淄，指承其尊崇的政治地位和繁华的商业氛围。康熙三十二年（1693），朝鲜副使申厚命更坦言："虽不能尽观城内，姑以经过处所见言之，则公家之宏大、市廛之殷富，殊非我国之比矣。"至雍正元年（1723），使臣赵文命眼中的盛京商业繁盛，所谓"百隧旗亭次第开，商车日日响如雷"。雍正七年（1729），金舜协记载："（盛京）左右市肆，其架屋之绝妙宏壮，难皆称之，而廛房所在，货物可谓壮矣。初见辽阳，其市肆之盛倍蓰于我东矣，今见沈阳，又倍蓰于辽东，可见其大小之悬殊。"至乾隆时期，盛京繁盛的商业经济成为燕行使眼中繁荣富足的典范。乾隆十四年（1749），燕行使俞彦述有言："闾阎、城郭壮丽无比，市肆连络，杂货山积，人民嗔咽，殆至肩磨。回思我国规模，不无茫然自失之意。"更有燕行使不禁慨叹自己见识不足："曾闻沈阳凋残莫甚，今来见之，则城内外闾阎、人物极盛……清人之称以'盛京'者，其以此夫。"燕行使李在洽对盛京城的评价是："市井之奢丽，车马之骈阗，诚一大都会也。"

有意思的是，燕行使们还对朝贡路上所经城市的商业繁荣程度，作了一番比较，结果盛京（沈阳）的地位超乎想象。乾隆三十年（1765），燕行使洪大容做了总结："皇城（北京）最盛，沈阳次之，通州又次之，山海关又次之。"乾隆四十四年（1779）随团出使清朝的朴趾源，在《热河日记》中记载："今行千余里之间，所经市铺，若凤城、辽东、盛京、新民屯、小黑山、广宁等处，不无大小奢俭之别，而盛京为最，皆纹窗绣户，夹路酒肆，金碧尤盛。"燕行使者无不惊叹于盛京城民物之繁庶、商业之繁荣，不仅"比我京富丽百倍"，甚至"早北京未必过于此矣"。这一观感并非空谈，而是基于燕行使者游历沿线诸城的真实体验。如使团入境后初见凤凰城之城池、市肆，"以为天下无如也"；待到辽东城（今辽阳），见城内雉堞峻壮、民物殷盛，"自以为壮观"，"又胜于凤凰城"；及睹盛京，则辽东只堪"盛京之副"，凤城不过为"边门防守"。

燕行使们最感兴趣、记述最详的，还是沈阳的商街市肆。他们的记载，对沈阳商业街的经营项目、店铺分布都做了分别的描述。乾隆四十八年（1783），朝鲜使臣李田秀在其日记《入沈记》中，详细记载了盛京城内中街等处的商业繁荣景况，招牌高耸，人来人往："过此（指钟楼）以西，市肆益繁庶。门外皆作翼棚，高出檐端，涂以金碧，炫人眼目。棚外立招牌，漆面金书，高至数丈，列置红漆大桶，高几丈许，中养各色鱼头者，到处皆然。车载扁担，来往相续，人肩车毂，几乎相戛。"街上商铺林立、商品琳琅满目，有生药铺，"道北生药铺，倚壁设千眼厨，中藏诸种，外书药名，如我东药契样"；有书铺，"两牌楼间二书铺，靠壁设长庋，堆叠各种本子，似不过四五千卷"；有毛皮铺，"道南毛物铺，各样毛裘挂张外铺，而山獭、水獭，皆以刷梳，粗毛净尽，一如貂皮。棚檐挂一虎皮，而长几曳地，其大可知也"；还有其他各种商铺，"其余卖缎、卖布、卖器，杂货诸肆，罗列成行"。从全城来看，基本上是全民皆商，"通论一城之内，无廛之家十不能一二”。结论是，“可见俗习趋利之甚也”。

对于街上摆卖的各种商品、作坊制作的手工艺品，燕行使者也不厌其烦地加以记载。康熙末年燕行使金昌业记载：“左右市肆百货街耀，百余步间皆堆积，獐鹿之悬者不可胜计。各色工匠如锯木、造车、造棺、造椅桌，打造铁器、锡器，及磨米、缝衣、弹棉花之类，种种皆有，而器械无不便利，一人所为可兼我国十人之事。”可见，街上所售商品种类繁多，凡生活日用、山货、手工业品无所不有，巧手工匠现场制作木器、铁器、锡器，加工大米、棉絮、衣服无所不能。到清中叶，盛京城的商铺更加密集，全国各地甚至边远省份名产也都远销至此。同治年间燕行使记载：“缎廛曰洋绉网，果廛曰奇珍干鲜果品等，药廛曰云南生熟药材丸丹等，画廛曰古今名画书帖，笔墨廛曰湖笔徽墨等。”至于民间日用，“马骡羊豕，獐鹿狐兔，雉鸡鹅鸭，鲤鲫鳄鲂，酒饼茶面，柴灰油糖，果实蔬菜，到处充盈”。市面上的物价也是相当亲民，丰俭由人。朴趾源在沈阳小铺吃了一顿饭，要了一碗面、一觯烧酒、三个熟鸡蛋、一根黄瓜，一共花了四十二文，感觉花费不多，吃得很高兴。当然想吃好的也有，朴趾源的中国好友田仕可在酒楼办了一桌酒席，所要的菜品有“饽饽两盘、羊肚羹一盆、熟鹅一盘、鸡蒸三首、蒸豚一首、时新果品两盘、临安酒三壶、蓟州酒二壶、鲤鱼一尾、白饭两锅、菜两盘”，共计价银十二两。

沈阳城繁华的商业街上，商人们是一种什么形象呢？在燕行使者笔下，沈阳商人的形象多是“面皮白净”“衣帽鲜丽”，爱穿裘皮，尽显富足之气。乾隆年间燕行使洪大容写道，盛京诸商“皆纹缎，衣狐豹裘，面貌净白如敷粉”。道光时期，燕行使洪敬谟记载：“坐市者皆衣纹，御狐裘，盖山东、山西、江南之富商大贾。”朴趾源笔下的商人来自河北、四川、浙江等地，气质上与以上记载皆不同，这些人不仅性格豪爽、热情好客，还精通诗词书画，擅长古物鉴定。一些燕行使还特别注意到市肆间的“满贾”“胡商”，

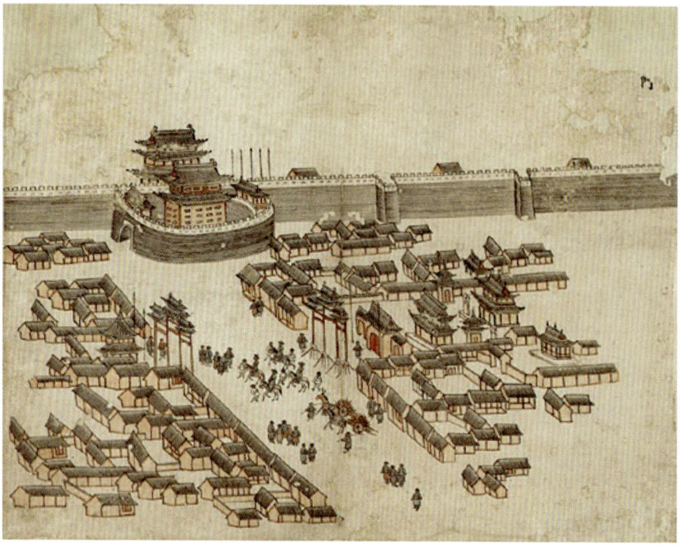

朝鲜典籍中朝鲜使臣出使中国的《燕行图》

即满人经商者也不在少数。在朝鲜人印象中，满人皆入旗籍，有俸禄，平日不事劳作，唯演习武艺，饮酒看戏，《燕行录》里却不乏对满族商人的鲜活记载。康熙五十九年（1720），燕行使李器之抱怨道，使团所到之处“杂胡持货物出入纷纭”，或与译官争论卖价，或穿梭市肆叫卖货物，“喧聒不可堪”。道光时期燕行使南履翼记载称，“贾胡辈倚卓当门，意气自得”。一些燕行诗中还有“旗帘新肆半胡家”“半是商胡半是兵”之语，在一定程度上揭示出盛京满人弃兵从商的生业模式转变。

燕行使出于学习的目的来考察沈阳市场，对市面上一些商业营销经验表示了极大的兴趣。李田秀在《入沈记》中，对沈阳诸多商业文化现象皆有观察和记载，如商家用招牌来标识经营项目、展示商家名号，“市肆皆有匾额而必称号、称馆、称铺，……皆取美名以题”。商家对所售商品已有很强的名牌意识：“又各有印署，印之货物之上以卖之，盖华俗论货物甚重其出处。……故每货皆有本铺之记，每物皆有本工之标，如詹方寰之墨、李公道之针、王北川之剪刀……”商家还特别注重宣示商品的质量，如面

| 朝鲜燕行使形象 |

铺以“欺霜赛雪”的招牌来突出面粉白的卖点，以取信顾客。另外，沈城的商家还会营造良好的商铺环境招徕顾客，商铺伙计会邀请客人进入内堂奉茶，内堂壁上悬挂“幽雅处”匾额和文人字画，极力营造一种美观而洁雅的环境，以利商业洽谈。这些商业文化现象，显示出沈阳都市商业正日益成熟的气象。

燕行使在沈阳，不仅仅是交接岁币和考察市场，他们还有很重要的事要做，就是在沈阳货卖货买。朝鲜使团除了携带进贡的岁币和方物之外，还可以按身份高低携带数量不等的“私货”，如人参、烟草、皮革、纸张、布匹、海产品、药材、手工艺品等，在朝贡沿途和京城驿馆发卖，然后采购中国的丝绸、生丝、香料、书籍、成药等商品运回国内销售，或转卖给日本商人获利。沈阳因为商业繁华，商品齐全，是燕行使一个重要的交易地点。他们在沈阳与户部官员交付岁币和方物后，所空出的马匹返回朝鲜时，将他们采购的货物带回。因为这一活动的首领是团练使，所以朝鲜史籍中也称在沈阳进行的使团贸易为“团练使后市”。道光二十八年（1848）十二月，朝鲜冬至使一行来到沈阳，使臣李有骏诗中有“二百年来皮币路”之句，指的就是燕行使们在沈阳及朝贡路上的商业贸易活动。

“沈府重关内，边城列堡前。高闳堆玉贝，华肆绘金仙。”雍正十年（1732），燕行使李宜显在沈阳写下这首诗，赞美盛京城池的壮丽与商业的繁华，并特别自注云：“沈阳以繁华称。”燕行使者们关于沈阳商业的诗文记载，恰似一枚时空梭，将我们带回那个商业繁盛、市列珠玑、烟火气十足的盛京古城。

木排东来 上木场

“哈起腰呀，嗨——步要齐呀，嗨——慢慢走呀，嗨——别着急呀，嗨——一步两步，嗨——连环步呀，嗨——三步四步，嗨——躲点儿泥呀，嗨……”微风拂动浑河岸边碧绿的柳条，伴随着浑河西去哗哗的流水声，河岸上仿佛传来了整齐有力的“木把号子”。木把头唱一句，用抬杠吃力地抬着木头的工友们跟着喊一声，和着节奏迈着整齐的步伐，将一根根巨大的圆木抬上码头。夕阳西下，河面上跳动着万点金光，将工友们喊着号子努力前行的身姿，镌刻成一组摄人心魄的剪影。站在沈阳城东部浑河岸边一个名叫上木厂的地方，我的脑海里不由自主地浮现出当年这里作为盛京城木码头时的繁忙场景。

上木场码头，始建于约400年前的清初时期，位于沈阳老城东南方向杨官河口的浑河北岸，是清代从兴京（今新宾）运送木材到沈阳的码头，在清代为官办，民国以后改为民办，是沈阳最早也是最大的木材交易市场。紧挨着上木厂的西边，还有一个下木厂，是浑河木码头的集材厂。《沈阳县志》记载：“兴京（新宾）所产木材运入县境，尤以此为通津。”春、夏、秋三季，从浑河、苏子河上游大山里采伐的各类原木顺流而下，到上木场口岸出筏，再用马车运往经营木材买卖的木局。如今，这里早已不见了河里的木排和码头上的木垛，仅留下“上木厂”和“下木厂”两个久远的地名。

说起来，上木场和努尔哈赤定都沈阳还有一段颇有意思的故事。明朝末年，努尔哈赤定都辽阳后不久，又提议迁都沈阳，诸王和大臣们有的反对，有的担心，努尔哈赤说了一番话来说服众人，他说沈阳除了地理位置上四通八达，有利于开展军事行动外，还有重要的一点是沈阳占浑河水道，可借利于东山之木。《清太祖高皇帝实录》记录他的原话说：“沈阳形胜之地，……且于浑河、苏克苏浒河（苏子河）之上流伐木顺水下，以之治宫室、为薪，不可胜用也。”后金迁都沈阳后，在此建立大清王朝，营建皇宫，修建王府、官衙、官宅等等，需要大量的木材，《奉天通志》说：“清初建都兹土，宫室营造，资用材木甚广。”盛京工部就在浑河边设立了收贮和堆积木材的木码头。从清朝的史料记载来看，清朝官方使用的木料多有“杉松”，积贮木材的地方就叫“杉木厂”，时间久了，就叫成了“上木厂”。

上木厂，一个水运木码头，不仅连接了兴京和盛京，奠定了沈阳作为清朝都城的营建基础，也奠定了沈城木业几百年的繁华。为了解决沈阳营造宫室等所需的木材，盛京户部在辽东设有采木山场22处，其中兴京就有9处，为各地中最多者。以兴京山林原木开采为源头，以盛京为集散地和消费市场，形成了一条集木材采伐、运输、积贮、加工、销售于一体的巨大产业链，楼宇宫室、广厦万间、车架船桅、桌椅箱柜，无不以此为原料。销售木材的商户，一种叫木号或木局，一种叫木行。木号或木局资金雄厚，专做批发生意，也可零售；木行，即经官府批准设立的一种行业中介组织，专为木材买卖双方说和交易、抽收佣金、监督商人纳税，并向官府缴纳牙税。它的交易方式一般通过举行茶会，会上山（卖方）、水客（买方）和中间人（木行）一起洽谈生意，交易做成，木行从中提取3%—5%的行佣。沈阳上木场有七家木局：亨通庸、义盛庸、福盛茂、广吉庆、义源庸、德庆庸、采木局，其中亨通庸是最大的木局。

上木场街的两旁，到处是木垛，各类圆木堆积如山。打箱柜家具的木器作坊、倒腾木材的小批发商，都要到这里来选料办货。刘培英在《陪都纪略》里讲，当时沈阳有两大“木行”：一个是“浑河木厂，东山大行”，专门批发从东山来的大木料；一个是“旧门西关”的木市，把大木料加工成标准的方料或坯料后再出售，可以做“椽枋柁梁”。方料有一定规格标准，“杉松、红松料木方子或料皮，都以八尺为一截”，也有一截半、两截连料甚至三截连料的规格。圆木也有规格要求，比如“红松、杉松、落叶松等造檩材，以长十五尺、末口径一尺七八以上为度”。木材都是以料议价，每料七十二方寸，长八尺。用七八料或十料、十一料，就可造一口棺材。民国初年，按照这样的规格，红松每料价格在五元至八元之间，杉松每料在三元至五元之间。相较于海龙、船厂等地，运到奉天的木材价格是最高的。

木局、木行生意兴隆，带来了沈城木业全行业的兴旺。上木厂还有个名字叫木匠屯，因为这里靠着木码头，聚集了一批前来讨生活的木匠。清末出版的《陪都纪略》讲到“木作”行当，称上木场为“官工木厂，随时现讲”。意思是说上木场的木匠们只接官活，并且都是现场议价，不愁没活。随着大面积的宫殿、官衙营造完毕，当初只接官活的上木厂木匠们也逐渐走向市场，开始靠着上木厂承接各种修造民宅、打造家具之类的零活，走上了“吃码头饭”的营生。清末民初，沈阳作为有着几十万人口的大都市，木行各业不管是卖“椽枋柁梁”的木料行，还是卖“桌椅箱柜”的木器行，都很兴旺发达。据沈阳市总商会1929年调查，全市木业共有商家97户，资本总额53万多元，在当时沈阳的56个同行商会中算是大行业了。行业的兴盛，也带给人们丰盈的日子。每年正月十五晚上，上木场都要举办灯会，街两旁悬挂着千姿百态的花灯，灯的数量和花样可与沈阳城内最繁华的四平街（今中街）灯会相媲美。观灯的人群熙熙攘攘，热闹非常。

上木场码头，还曾有过一座乾隆皇帝敕建的浑河神庙，供奉着浑河河神。

木帮在开山或放排之前，都会举行拜山神、河神，敬老把头仪式。《钦定大清会典事例》记载，乾隆四十三年（1778），朝廷发布上谕："浑河发源遥远，自东北来、入英峨边门，西流几及千里，会辽入海，萦护三陵，滋演万年灵脉，长川襟带，兼卫陪都，厥功甚钜，自宜虔崇庙祀，以答神庥。著会同将军府尹，于盛京城东度地鸠工，奏闻请帑兴建浑河神庙，以昭妥侑。"于是盛京工部在城东滨河北岸木厂，修建浑河神庙。神庙就建立在上木厂村的村口，院两进，殿三楹，主神"崇源协应之神"，其两侧有风伯、雨师等塑像。据《清实录》记载：乾隆以后，朝廷多次派官员到此祭祀浑河之神。从事浑河航运的客商，特别是从事放排生意的木把头们，也都把浑河之神看作水运的保护神，无论是卸货的还是路过的，都要进来祈祷烧香，直到清末，庙里香火都很旺盛。

此刻，我站在浑河岸边上木场旧址，耳边回响着整齐的木把头号子，眼前已不见了当初作为木码头的痕迹。随着河道的南移和时代的变迁，当年曾经是木码头的地方，如今已成为绿草如茵的滨河绿地和居民小区。前些年，在上木厂附近的浑河河道上，还出土了数十块石板和数量众多的木桩，可以确定是清代和民国时期上木厂码头的遗物。曾经的浑河神庙也早已无存，但浑河神庙石碑还在，横卧在沈阳大慈恩寺院内，其碑文中有这样一句话："溯昔造邦，挞伐濒河则诸部先除；洎夫作邑，经营乘溜则群材胜用。"这两句话，对浑河上木厂码头的地位和功用做出了比较形象精当的概括。

虽然，浑河上的串串木排、铿锵号子已随着岁月远去，但上木厂码头曾经的繁华往事，却永远地写在了沈阳人的记忆当中。

皇家寺院 大庙会

“月色灯山满帝都，香车宝盖隘通衢。”正月十五元宵夜，沈阳人纷纷前往北市场逛皇寺庙会，为避免停车困难，我特意打车前往。到三经街北口距离北市场还有好远，路上就堵得过不去了，只好下车。下车时，出租车司机眼含热泪地说：“这热闹的景象，又回来了！”

可不是吗？整个北市场地区各条街道都是火树银花，川流不息的人群都是来逛庙会的。人们一家一家地，呼朋引伴地，从四面八方赶到这里，敲钟祈福，赏灯观景，游戏猜谜，品尝美食，感受这久违的热腾腾的人间烟火气。因疫情暂停三年的皇寺庙会，今年重开格外火爆，大年初一开市首日就迎来了 10 万人的客流，不仅庙会区域内皇寺路人潮涌动，相邻的和平大街双向六车道的宽阔马路，也临时改成了导流的步行街。原定六天的庙会，不得不一再延期，开到正月十五元宵节。

徜徉在皇寺庙会，到处可见“老北市 1636”的字样，说的是皇寺庙会的历史。皇寺庙会因皇寺而得名，皇寺全称叫莲花净土实胜寺，也是大清的第一座皇室家庙。清崇德元年（1636），清太宗皇太极敕命在盛京城西郊小西门外，建起这座黄教寺庙，供奉藏传佛教玛哈噶喇金佛，因为清皇室的尊祟，成为东北地区著名的藏传佛教寺院。皇寺建成之后，每年都举办“三头六臂佛”、“金刚佛”、春节“跳跶”等庙会活动，热闹非凡。特别是农历正月初七至元宵节，连续八天的“跳跶送鬼”最为热闹。届时，沈阳城万人空巷，人们都前往皇寺逛庙会，烧香、敲钟、看跳跶，祈祷一年平安幸福。清刘世英所撰的《陪都纪略》中记载，“皇寺送祟，番僧之傩，名跳步扎，打鬼之观”，说的就是皇寺庙会上喇嘛们跳跶驱鬼的情景。

皇寺庙会所在的北市场，是沈阳一处重要的商业中心。1921 年，奉省政府为开拓地面、繁荣经济，在奉天商埠地北正界开建了北市场，建起了百货商场、银号洋行、戏院茶馆、饭店酒楼、妓院浴池、工厂民宅，加之靠近京奉铁路辽宁总站，南来北往的客流密集，这里迅速成为商号林立、买卖兴隆的繁华商业区，三教九流汇聚的杂巴地。传统庙会文化与近代商业文化在这里相遇、融合，使烟火气十足的皇寺庙会增添了几分时尚的味道。

历史上，皇寺庙会并不是沈阳最热闹的庙会。在清代，沈阳最著名的三大庙会，是天齐庙会、娘娘庙会和药王庙会。天齐庙位于沈阳城的东关，供奉东岳大帝天齐王。农历三月二十八是天齐王的圣诞日，清朝至民国期间，每年的农历三月二十五至二十九，都要举办盛大的天齐庙会。庙会上人头攒动，商贩们进行各种杂货交易，民间艺人们进行杂耍表演，热闹非凡。《陪都纪略》称：“东岳天齐，三月之间，乡村城里，聚在东关。”娘娘庙即碧霞宫，是一座道教宫观，原址在小南门外路东，主要供奉东岳泰山天仙玉女碧霞元君，民间称为送子娘娘。娘娘庙会从每年的四月十六至四月二十，其热闹程度仅次于天齐庙会。药王庙原址在大南门（德胜门）外，始建于清朝顺治年间，是一座道教宫观，主要供奉被尊为“药皇”的上古三皇伏羲、神农和黄帝。药王庙会也相当热闹，《陪都纪略》称，“药王圣会，庙属大南，买卖人多，节帐相连”，商贩们生意都相当火爆。此外，还有位于大西边门外的山东庙，每年农历三月初三的上巳节、七月初七的七夕节、九月初九的

| 皇寺庙会夜景　张文魁摄 |

重阳节都会有庙会，山东老乡和市民们都来逛庙会，相当热闹。

皇寺庙会重新火起来，是近一二十年的事。百年来沈阳的城市变迁，使市内的一些老建筑如天齐庙、娘娘庙、药王庙等相继消失，曾经热闹一时的

| 皇寺庙会 李浩摄 |

三大庙会也成为历史烟云。20世纪末，北市场开始棚户区改造，一批有识之士呼吁保留北市场商业文化底蕴，皇寺附近的一片老街区得以保留，没有被开发成住宅小区。在沈阳市及和平区的科学规划下，北市场被建设成具有

老沈阳味道的商业文化旅游区，每逢春节、国庆等重要节日举办皇寺庙会，成为沈阳人祈福怀旧、娱乐休闲、购物消费的打卡胜地。近几年来，皇寺庙会名声越来越响，成为东北地区最大、最有影响的庙会，许多外地人特意到沈阳来逛皇寺庙会，感受具有浓浓关东风情的年节味儿。

漫步在皇寺庙会，满眼所见都是浓浓的老沈阳的历史和文化。皇寺路两边，有吹糖人的、拉洋片的、卖糖葫芦的、卖小吃的，熟悉的场景让人感觉格外亲切；沿街的墙上，是无轨电车、踢毽子等老沈阳人难忘的年代画；文商旅商业综合体门口的大字招牌“真有贺”，让沈阳人看了都会会心一笑；综合体内，几案上展陈的满汉全席菜品模型让人大饱眼福，颇为家乡的辽菜文化感到自豪；还有“80后”“90后”零食专卖、皇姑雪糕等记忆中的老味道，以及全国各地的美食小吃，都让人流连忘返，忍不住要买一份来尝一尝。一位大姐一边走，一边笑着对家人说：“我小时候最爱吃这个了，咳，真吃不下了！这逛庙会呀，一定得饿着肚子来——多么痛的领悟！”身边响起一阵欢快的大笑声。

“一市旺一城”，在皇寺庙会上，我耳边响起这样一句话。这个“市”，当然指的是皇寺庙会。在过去，庙会也叫“庙市”，是集宗教、商贸、娱乐等活动于一体的综合性民间集市。如今的皇寺庙会，已成为政府主导的一项大型文旅商贸活动，在满足人们节日祈福、观光娱乐等精神文化需求的同时，更立足于提供更好的消费体验，打造“最沈阳”的文旅商贸地标。据报道，2023年春节期间，为期半个月的皇寺庙会，吸引了322万名游客前来游玩，营业收入2082万元，带动周边旅游收入5750万元，可谓是一份不俗的成绩单，给沈阳打造国际消费中心城市开了个好头。

“啾——”天空中传来一阵响亮的凤鸣，抬头望去，两只金色的凤凰在夜空中遨游，在皇寺庙会上空盘旋。哦，这就是那两只在网上火得不能再火的激光凤凰了，那展翅高飞的姿态，不正是老北市商业街的生动写照吗？

江南归雨，海北停云

车水马龙的沈阳金廊，青年大街国贸大厦南侧，一栋新的大厦巍然耸立，这是落成不久的沈阳商会总部大厦，辽宁省浙江商会在这里办公。会馆，作

| 江浙会馆旧址　门中卫摄 |

为异地经商者在本埠的民间组织，清代已有之。在沈阳大东区堂子街，有一座古色古香的四合院，这里是建于清朝末年的江浙会馆旧址，是目前沈阳仅存的清代商会会馆建筑。灰墙朱门肃然，庭院林木葱茏，无声地讲述着各地商人服贾辽东的往日时光。

时光流转，沈阳作为国内重要商埠的地位没变，各地客商对沈阳这块经商宝地的热爱没变。在清代，沈阳作为陪都和东北政治、经济、文化中心，吸引了全国各地商帮来此经商发展，先后建有山西、山东、闽江、江浙、畿辅、安徽、湖广、绍兴、三江共九个商会会馆，是东北地区商会会馆最多的城市之一。如今除江浙会馆外，其他的会馆建筑均已不存，消失在历史的烟云中，但各大商帮在这里开拓创业、发展壮大的财富故事，依然在商界传播，激励着一代一代的后辈商人。

外地商人在沈阳经商，有着一些必然的历史经纬。沈阳在清代叫盛京，是东北商业重镇，商路便捷，商业繁华。奇怪的是，在沈阳市场上经商的多是外地人，为什么呢？一是本地民风使然。《沈阳县志》载："沈境昔土沃人稀，居民四体稍勤，俯仰即足自给，以故浸成贱商之习，甚至反斥为驵侩，鄙为利徒，职是逐什一者甚少（鲜），而山西、直隶、山东、河南、三江各帮遂纷至沓来，反客为主矣。"二是地理位置使然。沈阳地处辽河平原中部，西通蒙古草原，东连朝鲜半岛，北抵大兴安岭，南达营口、大连海口，有水陆交通枢纽之便利，"各帮采运各地货物，懋迁有无，经此地为中心点"，遂成"商贾辐辏之区"，汇聚了来自全国各地的商人。嘉庆年间，在沈阳经商的商人就有了所谓的"四帮五行"之说，"四帮"是指河北、山东、山西、吉林四省商人实力最为雄厚，"五行"便是指商人们经营的行业类别，主要涉及丝房、钱庄、粮栈、山皮货、烧锅五大类。随着各地商人数量不断增多，来自江浙、山东、山西、直隶、福建、湖广、安徽等地的商人，陆续在沈阳建立会馆，形成了以籍属为纽带的商帮组织。

沈阳建立最早的外地商帮会馆是山西会馆，为山西商人所建。沈阳的山西会馆位于外攘门（小西门）外，始建于明代，于雍正四年（1726）重修，此后于乾隆、嘉庆、咸丰、同治年间多次重修，现已不存。可见山西商人早在明代就来沈阳经商，在清代更是人数众多，在沈阳创办了不少有名的商号。《山西通志》记载："明清时期的山西商人，走关东者，多从事酿造、杂货、药材、皮毛生意，以关内之物换取关东之参茸、皮货、牛马。"山西酿酒历史悠久，沈阳盛产高粱，闯关东的山西商人有不少在这里开起了烧锅。金毓黼先生说："在东省地方设烧锅者，以山西为最多。"康熙年间，山西商人孟子敬在沈阳城东开起了"万隆泉"烧锅，其酿造的"老龙口"酒名扬关内外，曾作为敕封贡酒，酒厂至今还在经营。道光四年（1824），山西人武学畴在沈阳四平街（今中街）创立天益堂药房，成为沈阳久负盛名的百年老字号。山西人经营的当铺、钱庄、票号遍布大江南北，在沈阳也是金融业的执

| 关东影视城内的晋阳会馆内景 |

牛耳者。乾隆二十六年（1761），山西人在盛京小东关、大东关开设了“广发”“恒吉”“德景”等数家当铺。道光以后，太谷曹家在沈阳设立“咸元会”“义泰长”“渊泉溥”“富森竣”“锦泉福”等多家钱庄，办理存、放、汇、兑等多项业务。山西票号在沈阳开办业务的，主要有“蔚泰厚”“蔚盛长”“协同庆”“日升昌”“锦生润”等号。山西商人讲忠义，最崇拜关公，不管哪里的山西会馆内都有关帝庙，并设有戏台，每到年底商会都会酬神唱戏，唱山西梆子，很是热闹。沈阳最早的山西会馆虽已不存，但在关东影视城内复建了一座晋阳会馆，常有剧组在这里取景拍戏。会馆内部装饰雕刻十分精美讲究，设有戏台，游客可以在此品茶看戏，感受当年山西会馆里晋商们的生活。

有人说，山东帮是沈阳商界的第一大商帮，大概不仅仅是因为他们人数众多吧。自古以来，山东与辽东海上贸易往来密切，清朝开放海禁以后，山东商人多载运布匹贩往盛京地区，贩回粮食、棉花、山茧、生丝等货。随着辽东招垦，山东人从海陆两路闯关东者络绎不绝，康熙皇帝曾在边外见到“各处皆有山东人，或行商，或力田，至数十万人之多”。嘉庆朝开始，在移民潮的影响下，山东商帮势力发展迅速。山东商人虽没有山西商人那样资本雄厚，但靠着吃苦耐劳、诚信经营，有不少走街串巷的小商贩攒成了大商号，开起了丝房、油坊、银炉等大买卖。在沈阳开丝房的，大多是山东黄县人。黄县与盛京隔海相望，“北赴辽沈，舟航之利，捷于他郡”，其商人逐利四方，“险泛重洋，奉天、吉林方万里之地，皆有黄民履迹”。康熙年间，盛京最早的“天合利丝坊”，就是由黄县人单文利、单文兴兄弟创办。丝坊为前店后厂，纺绣花丝线出售，兼营苏杭绸缎，生意兴隆。嘉庆年间，其子孙将作坊扩建为“天合利丝房”，自嘉庆到民国百余年间，又在铁岭、辽阳、营口等地开设分号20余处，引来山东商人纷纷效仿。山东商人所办的“丝房”，自嘉道之后不再售丝，主要经营绸缎布匹以及中外杂货等商品，实为百货商场，但仍然保留“丝房”之名。《奉天通志》记载，当时沈阳资本在万元以上的丝房有42户，在中街开办早、规模大、资本多的有17家，形成了“天、兴、吉、洪、裕、谦”六大字号，几乎为黄县商人所垄断。“吉”字号丝房的经营者，是黄县商人林芸生，他盖起了中街上第一座五层楼带电梯的百货商店“吉顺丝房”，开业时万人空巷，全城轰动。

生于孔孟之乡的山东商人急公好义，最重乡谊。康熙年间，旅居沈阳的山东籍商人集资，在大西边门外（今二经三校附近）建起山东会馆，因馆内祭祀天后娘娘，又称山东庙。会馆为同籍绅商聚会议事、洽谈商务、贮放商货、往来驻足提供场所；为同乡办理善举，实行互助；为同籍商人办理对外交涉，维护其利益不受损害。会馆内有蓬莱人赵晖吉所书对联——“山镇青齐奄有大东，会我同人于此假馆”，将“山东会馆”四字藏于其中，而且全用四书五经中的成句，实属难得佳联，一时广为传颂。山东庙在每年农历三

| 天后宫旧影 |

月初三上巳节、农历七月初七七夕节、农历九月初九重阳节都有庙会。每逢庙会之日，在沈阳的山东老乡都要携家带口来朝拜天后娘娘，山东庙里里外外人山人海，十分热闹。可惜山东会馆今已无存，只留下“山东庙”这个地名，留给后人无限遐思。

在沈商帮中的“后起之秀”，非直隶商帮不可。关里关外，一关之隔，离盛京最近的直隶（今河北），虽有地缘优势，但大批商人到沈阳经商却是相对较晚的。清末，直隶商帮在沈阳发展势头强劲，创建了许多商号、钱庄，成为仅次于山东帮的又一大商帮。直隶帮中又以乐亭、昌黎、滦县、抚宁等地商人为主，又称为老呔帮。据史料记载，仅在东北地区习商、经商的乐亭人就达10万之多。他们在清末民初时期“闯关东”发展工商业，经营大车店、百货店、粮栈、烧锅、油坊、金融、饮食、服装等各个行业，以实业和杂货业居多，发展势头迅猛。1934年《申报》评论称，东北商号“十有八九掌握在河北昌黎、乐亭、滦州、抚宁诸县人的手里”。在沈阳，很多著名的商号都是直隶商人创办的，如“内金生”鞋店的创办人康豫州是昌黎人，“庆丰润”帽店创办人姚锡三是抚宁县人，“福顺长”金店创办人王辅臣是沧州人，“中和福”茶庄创办人李成堂是冀县人，沈阳站前“悦来栈”创办人祖宪庭是抚宁人，“志诚银行”创办人之一巩天民是临榆人，“老边饺子”创始人边福是任丘人，“李连贵熏肉大饼”创始人李连贵是滦县人等等，还有很多优秀的职业经理人也出自直隶商帮，如“萃华金店”第一任掌柜祝玉堂是抚宁人。此外，河北帮在制铁业、药店业、理发业、浴池业等都大有作为，颇受欢迎。直隶商人在沈阳曾建有畿辅会馆，位于天佑门（小南门）外，门前有一柴草市，其他不详。

在沈阳，除了山东庙，还有一座天后宫，也供奉妈祖。天后宫始建于乾隆四十七年（1782），位于地载门（小北门）外、三皇庙西，是客居沈阳的福建籍商人陈应龙筹款修建，兼作闽江会馆。福建、浙江商人前来盛京贸易，始自康熙年间解除海禁之后，多在盛京沿海的锦州、盖平一带，主要运载南方土货茶叶、砂糖等来交换盛京地区的粮豆、瓜子、棉花等货品，也有不少商人前来盛京城经商，主要经营东北土特产。当时沈阳可以通航，从浑河码头开帆，直通营口港出海，通达南方沿海各大商港。所以沈阳建有天后宫，是中国最北的妈祖庙，人们在这里祭拜妈祖，以保佑商民出海平安，生意兴隆。清光绪末年，天后宫因火灾烧毁，闽江会馆曾借隔壁三皇庙房舍临时办公。2017年，经辽宁省福建商会发起筹资，在原址重修的天后宫竣工落成。不过，如今的福建商会并未在天后宫里办公，而是在沈阳北站附近的闽商总部大厦。

清末民初，沈阳还有湖广会馆、安徽会馆、绍兴会馆、三江会馆等，但均已不存，偶有零星记载，供后人凭吊。湖广会馆位于“外攘门（小西门）外，奉天公园南”，清末曾被美国领事馆租为办公之用。安徽会馆位于“外攘门外”，与湖广会馆相邻。清同治十二年（1873）出版的《陪都纪略》还提到了“绍兴会馆”，称这里“自置南货，吃喝穿戴，俱是闽浙”。沈阳还有过三江会馆，英国《海关贸易十年报告》记载，19世纪末，“牛庄、沈阳和盖平的江苏、浙江、江西三省商人，都分别合建有三江公所”。沈阳三江会馆地点不详，到20世纪20年代还在，有记载称1923年张学良曾在这里宴请过客人。看来，各地驻沈阳商会会馆当时还有餐饮服务，自备家乡风味菜肴、佳酿美酒。一来乡党小聚共叙乡情，共解乡愁；二来宴请贵宾结交人脉，诚意满满。

“江南归雨，海北停云。”这副200多年前刻于闽江会馆东门前的对联，道出了会馆接待江南海北商客的热情，也隐含着外省客商服贾辽东的复杂情感。改革开放以来，全国各地在沈阳投资经商的商人越来越多，连接家乡和沈阳两地资源，商业互联，文化互通，各行各业风生水起。各地特产畅销辽沈，南北美食飘香沈城，越来越多的外地商人在沈阳安家落户，各地驻沈商会总部大厦纷纷落成，沈水之阳为家乡，归雨停云两相宜，岂不美哉？

老盛京的行与市

“东市买骏马，西市买鞍鞯，南市买辔头，北市买长鞭。”小时候学《木兰辞》，读到这一段时感到非常疑惑：为什么这几样东西不在同一个市场买，非要跑四个地方才能买齐呢？老师说，这是一种修辞手法，叫铺排。后来才知道，城里的市场与乡下的集市不一样，是有专业分工的，卖菜的有菜市场，卖家具的有家具市场，卖衣服的有服装市场。在古代，专门卖同一类东西的市场，就叫“某某行”或“某某市”，统称为“行市”。东汉文学家班固《两都赋》中写长安的市场，有“九市开场，货别隧分”之句，说明汉代已有清晰的行市划分，不仅市场分行成市，而且市场内的商品还分类摆放。诞生《木兰辞》的南北朝时期，城里有东、西、南、北四个专业市场，也是很正常的。

在沈阳生活久了，早就熟悉了各种“行”与“市”的所在。比如五爱服装市场、九路家具市场、八家子水果市场、北市场花鸟鱼市、大西菜行、惠工板行、小北电料行等等。后来很多“市场”升级换代，变成了更加高大上的“城”，像鞋城、服装城、食品城、电脑城、皮草城、眼镜城等等，其实质还是自古就有的行市，只是经营场所由露天或厅棚搬进了大楼里。清代的盛京城就有很多行市，其行业的细分和市场的专业化程度，比起现在也毫不逊色。

自清朝康乾之后，盛京城的商贸经济有了快速发展，出现行市众多、商号林立的空前繁荣局面。道光二十一年（1841）由钱行公会所立的《重修沈阳长安寺碑》曰："省城（沈阳）夙称富庶，商贾云屯，梯航踵至。择此为交易之地，以有易无，无不各得其所。可谓得形势之盛欤？"捐助维修寺庙商家是按钱行、信贷行、帽行、烟行等分类排列的，其中仅帽行、烟行就有商号近百家，足见盛京城商贸经济之繁荣。当时盛京城里的行市，其最大特点是多和全，凡生活和生产的必需品，都有相应的行或市。如生活方面有：米粮市、柴草市、估衣（买卖旧衣服）市、缸市、灯市、果市、肉市、鱼行、菜行、瓜行、貂皮局、烟袋铺、鸡市；生产方面有：马市、燋炸（煤炭）市、木市、石头市、皮行、铜行、臭皮行、牛马行、车行、骡驮轿店、灰市；金融方面有：会（汇）钱庄、银市、银炉、当铺；文化方面有：纸行、书市、

中街铜行胡同 门中卫摄

画棚、古董店、鹰市、鸟市等。

清代盛京城的中心商业区是四平街（今中街），四平街周边的胡同里，分布着许多专业的行市。有资料记载，当时中街地区形成的行市共有25处，包括9行16市。铜行胡同位于中街南侧、沈阳故宫后身一带，其小堂锣号称“奉锣”，以声音响亮驰名全国。书市在鼓楼北侧西边的胡同里，是书本纸张笔墨集中销售之地。金银市在出颖胡同，萃华新首饰楼就诞生在这里。此外，中街周边还分布着鱼市胡同、鸡市胡同、银炉胡同、老天合胡同、广生堂胡同、中和胡同、木行胡同、灰市胡同、皮行半街等，都是各行业商家的集中之地。

还有很多市或行，分布在各城门内外大街两边。比如，鱼行在内治门（小东门）内大街南北两侧，以售鲜鱼类为主，兼营畜禽；肉市在内治门外菜行；瓜行在内治门外迤南；会（汇）钱庄，在福胜门（大北门）、地载门（小北门）外；银市，在福胜门内大街、长安寺前；貂皮局在内治门内街及钟楼南月窗胡同；石头市在怀远门内以南；缸市有两处，分别在福胜门外和地载门外。从记载看，市民普遍需求的商品和服务，其行市就多。如柴草市，在天佑门（小南门）、内治门、怀远门（大西门）、外攘门（小西门）、福胜门、地载门六门外边，都各有柴草市。经营木器制品的木行，下设有四行：中街北的“内行”、怀远门外的“外行”、太清宫东的“西木行”、大南门外的“南木行”。米粮市也有四个：“怀远门里，鼓楼以南，小西门外，大北关店。”车行有多处，分别在八门及抚近门外头道沟北、内治门外小津桥、福胜门外横街、城内灰市。相反，市民生活需求相对较少的，其行市就少，有的只有一家，如估衣市只有外攘门内大街一家，工夫市只有怀远门外一家，臭皮行只有四平街路南一家。

政府对各个行市的管理并不一律，而是因市而异。在清代，盛京城的行市都是地点相对稳定的专业性市场，多以露天经营为主，开放的时间同经营项目有关。比如果子市，位于钟楼南及内治门内大街，根据北方水果收成期及冬季严寒的特点，每年八月十一开市，各色秋果具备，中秋后停市。菜行，类似今天的早市场，每天清晨开市，近午即散。正如《陪都杂述·廛市》所写："四季菜蔬皆备，昧爽开市，近午即罢。"有些行市设有税务衙门，收取市税。牛马行位于小西门内大街路北，售猪、羊、马、牛等家畜，交易上税。清刘世英所著《陪都纪略》"牛马行"一诗云："鼓楼西去看猪羊，税务衙门牛马行。"缪润绂《陪京杂述》云："牛马行，牛马猪羊交易上税者多集于此，在外攘门内大街。"说明清代牛马猪羊交易要上税。

在清代文人记述的《陪都纪略》等著作中，还记载了盛京行市上交易论价的有趣细节。当年的钱行银市，在四平街东靠近钟楼的长安寺胡同，每天天不亮人们就聚在大殿前，吵吵嚷嚷争论银钱兑换价格，忽然有人一句话，就定下了盘子，有诗曰："钱行银市在长安，晓寺钟声聚殿前。买卖俱称各多少，忽然一语定了盘。"粮行的情况与此有些类似，当时盛京城有多个粮行，尤以鼓楼南大街的粮行最为热闹，清人缪润绂有"粮市"诗曰："楼南九月上新粮，粜粜争论价短长。何事趁闲人早起，也来茶馆坐听行。"说的是九月新粮上市时，各粮行的商人们相约在鼓楼南大街的茶馆洽谈价格，争论高低，日高始散，有一帮早起的市民，特意跑来这里偷听行情，好一幅行市交易的市井图！

随着时代的进步，很多行市早已不复存在，比如银钱市、柴草市、鹰市等等。清代时，在天佑门（小南门）内大街，也就是今天的正阳街两侧，曾各有一条狭长的胡同与其垂直。这两个胡同分别被称为东鹰市口和西鹰市口，统称为东西鹰市胡同，因清朝时这里曾有鹰市而得名。由于满族人喜欢狩猎，离不开猛禽海东青，所以，这里便出现了鹰市。清初的时候，每逢秋冬季节，晨曦微露之时，鹰市上便人头攒动，嘈杂之声不绝于耳。当时双方讲好价钱还不算，买家还要到野外试试鹰的状态后，方可成交。清兵入关后，

铜行胡同，摄于 1912 年

盛京城周边狩猎的围场陆续放垦，八旗子弟的狩猎遗风逐渐衰退，鹰市上出售的鹰隼、鹞鹰等狩猎助手，逐渐被各种花卉和小鸟、猫、狗等小动物所替代。1989 年，这里曾被改名为西鹰市巷及东鹰市巷，如今鹰市的历史遗迹早已消失不见。

如今的沈阳，城市商业细分市场发展更快，建立了服装、家具、家电、日杂、电子等专业市场，出现了建材、汽车 4S 店、美食、酒吧等各种“一条街”式的行市。而且，还出现了万达广场、万象城、K11 等许多大型商业综合体，集购物、餐饮、娱乐、健身、文化、教育等各种业态于一身，让顾客一站式购齐、立体式体验，再也不用“东市买骏马，西市买鞍鞯”了。

长安寺前 听市声

在沈阳有“先有长安寺，后有沈阳城”的说法，但是很多沈阳人也许并不知道，长安寺还是沈阳最早的商会组织——盛京省城商业公议会的诞生地。

| 盛京省城商业公议会及奉天商务总会办公地——长安寺 门中卫摄 |

据说，这也是中国最早建立的初期商会组织。从清同治元年（1862），公议会在长安寺成立，到1913年迁出，沈阳早期商会组织在长安寺办公达半个世纪之久。千年长安寺，听到了古城涌动的商潮和起伏的市声，见证了沈阳商业的兴衰变迁。

长安寺本身的历史，与沈城商业的发展有着千丝万缕的联系。长安寺自唐代贞观年间建立后，于明永乐七年（1409）、天顺二年（1458）、成化二十三年（1487）均有重修。清顺治二年（1645）建造了伽蓝殿，乾隆三年（1738）亦加修缮，道光二十一年（1841）再次重修。每次重修增建，都有本地士绅信众、商号行会热心襄助，或捐献银两、砖木，或助以人工、车辆，以总其成。道光二十一年（1841）重修长安寺时所立的《重修沈阳长安寺碑》，对当时的沈城商业之繁华作了记载："省城（沈阳）夙称富庶；商贾云屯，梯航踵至。择此为交易之地，以有易无，无不各得其所。可谓得形势之盛欤？"并对出资的商家，按钱行、信贷行、帽行、烟行等分类列名刻石，其中仅帽行、烟行就有商号近百家，足见当时沈城商业之繁荣。

长安寺虽是佛门净地，但地处闹市之中，又是商业公议会所在地，市声喧哗，在所难免。清代沈阳城内，以位于钟楼和鼓楼之间的四平街（今中街）为商业繁华集中之最，通往八门的各条大街，以及八门外的八关，也是店铺栉比，人声鼎沸。长安寺离四平街只有百步之遥，位于钟楼之北、大北门之南，门前就是银市，附近还有梨市，市场上的叫卖声、议价声、嘈杂声，伴着每天的晨钟暮鼓，声声入耳。自同治元年（1862）商业公议会成立以来，长安寺便成了沈城商业头面人物聚会之所，愈加热闹。同治十三年（1874），商业公议会扩建组织，当时沈阳城关有16条大街，沈城的商业主要分布在这16条大街上，公议会便在每条街各设一个分会。各分会按该街商号户数多寡，推选会头三五人乃至七八人，负责办理本地面之商务。此外，各行业还有代表一人，每月朔望两日莅会议事。议事之日，各位会头、行首们便乘车坐轿，纷至沓来，长安寺门前更是车水马龙，热闹非凡。

对平日市场上的叫卖市声，长安寺里的人们早已司空见惯。小商小贩们做起生意来各显其能，有大声吆喝的，有敲打响器的，各行各业声响不同。这些具有行业标志性的叫卖市声，多属民间口耳相传，也有不少见诸文字记载者。清代时朝鲜使者出使盛京，对天朝帝都的商业繁华叹为观止，在他们记录行程见闻的著作中，对盛京城里的叫卖市声多有记载，虽然年代稍早一些，但大体情形应该不差。金正中在《燕行录》中写道："且卖饧者击铮，卖油者击木，凡糕者、面者击长木桶，各呼其货，獠乱窗外，使家眠不得，亦觉牢骚。"朴趾源《热河日记》曰："小贾之行于道路者，或高声叫卖，而卖青布者，摇手中小鼓，为人开剃者，弹手中铁简，卖油者，敲钵。未尝见大声叫卖者，但闻敲响，则已辨其货物。"这些文字生动地记录了当时各行各业做生意时的招徕市声。从这些文字可以知道，当时小贩和店家做生意时，不同的行业都有自己独特声响，作为自己经营项目的一种推广标志：卖麦芽糖的敲铜铮，卖油的敲木梆子，卖青布的手摇小鼓，剃头的手敲铁简，卖面、卖糕的敲长木桶等等，不一而足。

每天早晨天还没亮，长安寺门前都要热闹一番，仿佛是沈城每天商业大戏开场的序幕。商业公议会的主要职责，是公议商定市场价格、维护业者利益等等。长安寺门前是沈城银市，钱行、当铺的行首们每天早晨都要聚会于此，议定交易价格。清末翰林缪润绂所作的《沈阳百咏》中有"长安银市"一篇云："万商云集价评银，踏软长安寺里尘。极乐不知无量佛，可能分座与财神？"其按语记载："长安寺在城内钟楼东北，阖城银市在焉。每日清晨伊始，钱当各行首（行业的头面人物）驾车前来，议定买卖银价，食顷乃散。"刘世英所著《陪都纪略》对此也有记载："钱行银市在长安，晓寺钟声聚殿前。买卖俱称各多少，忽然一语定了盘。"把公议银价的过程写得绘声绘色。距此往西不远，鼓楼南大街的粮市，同样需要每天公议价格，《沈阳百咏》记载称：“粮市在鼓楼南大街，城门始开，诸粮行齐来上市，争论价值高低，日高始散。”从以上几条记载我们可以得知，当时的商业公议会以及行业组织，每天要对银钱、粮食等重要商品的价格公议定价，作为全市商业交易的指导，在保障市场的繁荣和稳定中发挥着重要作用。

长安寺内，还常传出议事断案之声，这是奉天商务总会在履行调解商事纠纷的职能。1903 年，按照清政府商部规定，盛京省城商业公议会改组为奉天商务总会，16 道街的会头改为会董，依然在长安寺内办公。商务总会遵行“剔除内弊，考察外情，使官商声息相通，以除隔膜之弊”的宗旨，汲汲孜孜，以振兴商务为己任。为了调解商事纠纷，商务总会内设立了“商事公断处”，公推沈河清（绍兴人，曾在沈充任幕僚）为处长，同时公推评议员 8 人，调查员 31 人。商事公断处对商家之间许多需要经过诉讼解决的争端，在商会内部经过实地调查、公平说理的办法进行调解，既可免除烦琐的诉讼程序，又能使商家免遭官府勒索。遇有不服公断而终于诉诸法律时，法庭也多是倾听公断处意见进行裁决，因而商会深孚众望。

浩浩市声中，历史的脚步大步向前。1911 年，辛亥革命推翻了清王朝，沈城商业进入了新的发展阶段。1912 年，奉天省城的工商界人士又组建了奉天工务总会，和奉天商务总会并列，同在长安寺内办公。1913 年，奉天省公署决定将钟楼前原奉天府尹衙门（今沈阳市沈河区朝阳街 192 号，沈阳市工商联所在地）拨给奉天商务总会。于是，奉天商务总会办事机构从长安寺迁入新址办公，奉天工务总会也随之迁入新址。虽然百余年前，沈城的商会机构迁离了长安寺，但激如滩濑的浩浩市声，一直伴着长安寺的拂晓钟声，激荡在沈阳古城的上空。

奉天商会的精神

沈阳中街，就像一条流金淌银的大河，日夜奔流不息。它北面的长安寺和南面的原奉天府尹衙门，是原盛京省城商业公议会、奉天商务总会和如今的沈阳市工商联的办公地点，它们就像两渊安静的深潭，以朝阳街与中街相连，策应着沈城的商业气韵流动，显示出沈城商业卓尔不凡的精神气质。

让人没有想到的是，成立于清同治元年（1862）的盛京省城商业公议会，竟然是中国最早的初期商会组织。当时盛京作为东北商业贸易的中心，商业繁盛，各地商人云集，“以帮分者，有直隶、山东、山西、吉林各帮；以行分者，有钱行、粮栈、丝房、皮货、山货五行”，不管是以地域为纽带的同乡会，还是以行业为纽带的行会，都存在一定的局限与不足。为了协调行业利益，促进共同发展，五大行会分别订立了行规，并组织成立了盛京省城商业公议会，议定各行价格，实行行业自律，开全国商业组织发展风气之先。随着工商业的发展和商业公议会活动的不断展开和完善，商业公议会于清光绪二十八年（1902）奉令改称为奉天商务总会。1912 年 3 月，又将商务总会分为商务总会和工务总会。1913 年，两会机构从中街北的长安寺，迁到中街南的原奉天府尹衙门（现朝阳街 192 号）办公。之后，沈阳市的商会组织名称、机构几经变迁，但基本都在这里办公，直至今日。

翻看沈阳商会的历史，给人印象深刻的一点，是它所提倡的诚信为本的商业精神，给沈城商业之树的茁壮成长植入了强健的基因。公议会作为商会的早期组织的出现，是盛京城各行业商家为了维护自己的利益，便于互通信息、互相援助，应对竞争局面、谋求共同发展的产物，它要求会员遵守行规、公约，接受共同准则、商业道德的约束等。从现存的老照片中我们可以看到，清末中街通衢闹市上千姿百态的店铺牌匾、字招、图像幌子、物象广告等商业宣传，已不再仅局限于所售商品类型或服务项目，更注重将有关商品质量和商家信用等特点，诸如“童叟无欺”“货真价实”“公平交易”“谨防假冒”“言不二价”等标示出来，体现了公议会所提倡的商业准则。《奉天通志》评价说，商业公议会“虽未经国家法律之规定，而守范围、重信用、敦品行，此其所长也”。时至今日，屹立中街百年不倒的老字号商家，如中和福茶庄、萃华金店、亨得利钟表眼镜店等仍坚持以“货真价实，童叟无欺”作为经营

| 沈阳市总商会　门中卫摄 |

宗旨，足见商会所提倡的这些基本商业准则潜移默化的影响之大而久远。

奉天商会积极创办实业、振兴民族工商业的进取精神，推动了百年前沈城民族工商业的快速发展。民国初年，面对外国的经济侵略，奉天总商会自觉以发展民族工商业为己任，努力发展实业，壮大民族经济的根脉。首先，商会利用自身优势创办商业银行，帮助中小商家融通资金。如 1913 年，奉天总商会倡导各商号集资 70 万元，开设了奉天商业银行，这是东北第一家没有官股加入的商业银行。在此举的带动下，1916 年奉天开办商办华富银行，1919 年开办益通商业银行。这些商业银行为商人筹集资金、兴办实业提供了帮助。其次，商会通过劝导、协助、促销、请减免税等途径，帮助商家创办实业。如 1914 年，林子贞、林子美两兄弟在中街建起吉顺丝房大楼，带动了洪顺盛、同义合、源丰盛、裕顺庆、天增东等丝房业的发展；一战期间，列强忙于战争，中国民族工商业迎来发展机会，奉天商会积极劝导商人兴办容易开展、无需高技术且市场需求大的面粉、纺织等轻工业。还有一些商会重要人物，利用自身影响招商引资创办实业。如商民代表薛志远，先后招商组建了天兴义丝房、天兴增丝房、大德祥丝房、大德祥仁记丝房、大德祥鸿记茶庄、兴顺长金店、义和堂药店、中和印书馆、德和印书馆等。商会参与和支持创办实业，有力推动了沈阳民族工商业的发展，到 1924 年，沈阳商号数量达到 4040 家，其中民国以后创办的有 3344 家。

极其鲜明的爱国主义精神，是奉天商会高高擎起的一面战斗旗帜。日俄战争以后，日本帝国主义在东北肆无忌惮地强占土地，掠夺资源，倾销商品，抢夺利权，压榨本土工商业，激起了沈阳工商界强烈的愤慨。奉天总商会带领全市工商界，开展了一系列提倡国货、抵制日货、维护利权、反抗侵略的斗争。反对“二十一条”、支持五四运动、声援五卅运动、反对临江设领，奉天商会都组织举行了大规模的反日示威游行。为抵制日货的倾销，奉天总商会向全省各地商会发出了反对日本经济侵略的通电，持续开展提倡国货、抵制日货的运动，并鼓励民族资本创办实业，以质优价廉的商品与日商竞争，惠临火柴、肇新瓷器、同昌行牙粉、八王寺汽水在市场上凯歌高奏，不断收复被日货垄断的市场份额。1929 年，在总商会的全力支持下，奉天各社会团体组建了“东北国民外交协会”，开展了一系列反帝爱国运动，在民众中引起强烈反响。1931 年 9 月 18 日日军侵占沈阳后，商会会长金恩祺和工业会会长卢广绩代表沈阳工商界到日本驻沈阳总领事馆，对日军的侵略行径提出强烈抗议。这种为了捍卫国家主权和利益，完全将个人生死置之度外的爱国主义精神，在沈阳商会组织中传承至今，影响深远。

反对苛捐杂税，维护商户利益，沈阳商会敢“告御状”的抗争精神，赢得了崇高的社会威望。1908 年 7 月，奉天巡警总局开征房捐，当即遭到商民的反对。商民代表薛志远在商民代表大会上仗义执言：“省城几经战乱，商业萧条，巡警总局已经开征人力车捐、屠宰捐、卖菜捐、戏园子捐、卫生捐、运货捐、铺捐和斗捐，再加上名目繁多的罚款，商民已经被压得喘不过气来，现在又要征房捐，商民实在活不下去了。我们坚决反对开征房捐！”9 月 11 日起，沈阳全体工商铺户罢工罢市三天，连卖豆腐的都停业了。由薛志远等 39 人组成赴京告状请愿团，冒着被“就地正法”的风险，在京城告准了“御状”。清政府下旨免征房捐，并将奉天巡警总局总办撤职，商会带领商民取

| 奉天总商会办公楼旧址　门中卫摄 |

得了抗房捐斗争的胜利。1928 年 11 月，奉天警察厅决定将警捐由征奉票改征现大洋，使商人的警捐负担一下子剧增 23 倍之多，因为银圆与奉票的比价是 1 比 23。广大商民对此极为不满，奉天总商会副会长杜重远和总务长高崇民组织领导了有几万商人参加的抗捐风潮。在商会的强大压力下，奉天省政府被迫同意取消警察厅公告所规定的铺捐数额，并改由商会征收，警察厅不得干涉，警察厅长被调离。商会领导的抗警捐斗争再次取得胜利。

担当公共事务，热心公益事业，奉天商会所树立的公益精神，成为传承至今的一个优良传统。清朝末年，奉天省城公共事务面临着经费支绌的难题，一些本应由政府解决的事项，如市政维修、消防卫生、赈灾防疫等，也交由商会办理。奉天总商会内设有桥梁会，专门负责建造维护桥梁，由大商户轮流主持，一年一换。商会还成立了水会，承担城市消防灭火任务，如有火警由大商号出水车，小商户出人，拿着灭火工具，带着“防火牌”奔赴火场救火，交出“防火牌”即表示到场。还有卫生清扫，各商号门前设有卫生箱和水箱，为确保门前大街卫生，一日泼水三次，进行清扫。在赈灾防疫方面，商会也义不容辞。1923 年奉天境内发生严重水灾，奉天商务总会成立赈灾公所，所有人员义务办公，还在会仙大舞台连续举办多天赈灾表演，共筹集款项 50000 多元，呈交省公署，分发到受灾各县。1910 年冬，东北地区发生一场空前严重的鼠疫，为控制疫情的发展，奉天总商会曾协助官署防疫于城外，由商会出资设立临时医院 4 处、隔离所 4 处，为城乡疫病者服务。如今沈阳商界在市工商联的组织下，发扬公益传统，捐献希望工程，开展光彩行动，支持慈善事业，参加抗疫救灾，在沈阳的公益事业和社会建设中发挥着重要作用。

百余年过去，沈阳商业之繁华早已今非昔比，但沈阳商会和工商界所体现出来的诚信、进取、爱国、抗争、公益等精神，却代代相传，不断发扬光大，赓续着沈城商业文化的辉煌。

云中谁寄锦书来

“客从远方来，遗我双鲤鱼。呼儿烹鲤鱼，中有尺素书。”《饮马长城窟行》是汉代古诗中思念远方亲人的著名篇章，其中关于锦鲤传书的描写，是作者对远方来信的浪漫想象。与此相类似，古代还有很多关于鸿雁传书的传说和诗文。这些美好意象的背后，却是包括商旅在内的游子们的无奈叹息。在古代，官方公文和书信有驿站和递铺传送，而民间书信的传递却是一件十分困难的事情，除了极少数人有条件以专人传递和托人捎带之外，就只能寄望于鸿雁和锦鲤了。从明朝起，南方商业发达城市有了民信局。近代以来，沈阳民信、邮政、电信事业日益发达，为商业发展提供了可靠的信息和物流传递保障。

清代同治年间，沈阳出现为民间传递信函、汇票、现金、包裹的民信局。奉天省城有名的民信局叫“天太信局”，《陪都纪略》称之为“京报局”，说“走十四城，廿日一去，往返两京，天太信局”。可知其业务遍及盛京、北京等十四城，其中以往返两京为主，每 20 天往返一次。光绪年间，沈阳有义合、天合等信局，以义合信局规模较大，其总局设在小西关附近，在东三省的铁岭、开原、通江、奉化、怀德、长春、吉林、阿什河、双城堡、哈尔滨等地设有分局 10 多处。到 1905 年，沈阳各民信局形成分工：走南帮的有义合信局、天合信局，运送南至牛庄（营口），北至铁岭的信件；其余信局走北帮，运送铁岭以北的信件。其中，义合信局那样的大局每天自沈阳寄往长春、吉林的信件可达 300 多封。各信局除传递信件外，还经营包裹和汇兑，兼营镖局业务。每天晚上信局派人上门收信，重要物品可以保值挂号，遗失包赔。更重要的函件和货物，还可交纳一定的保险费，由信局派镖师随行护送。铁路、轮船开通以后，民信局信函就利用火车轮船递送，快捷方便。民信业务的发达，有力地促进了沈阳商业流通业的发展，密切了沈阳与周边城市、国内市场的信息联系和资金、货物流通。后来随着邮政的兴起和发展，民信局业务逐渐萎缩，1912 年沈阳各民信局的业务量比上年减少三分之二。到 1921 年，沈阳民信局全部停业。

沈阳的邮政自诞生起就十分贴近商民的需要，从网点布局到业务设置都很亲民。1896 年，中国正式成立全国邮政。1899 年，在沈阳设立奉天邮政分局，隶属位于营口的东三省邮政总局。奉天邮政分局为方便商民，在沈阳的交通要道和市郊集镇的较大商号铺户前设置信柜，代办邮政业务，以平信、明信片等普通函件为主。1907 年，东三省邮政总局由营口迁至沈阳，在小北门大街成立东三省邮政事务总署，同时将奉天邮政分局升格为奉天邮政总局，办理本城邮政业务，并管理本地分支机构。当时，在沈阳的中街、小西边门外沈阳新站、小北关大街设有 3 个分局和 1 个邮政公司。这一年，东三省邮区收寄函件 662.5 万件。1909 年，奉天邮政总局增加快信业务，办理快信 7.5 万件。1910 年，增加保险信函业务，又在城内主要街路设置邮箱。到 1919 年，共设四平街、大南关、鼓楼南、小北关、小西关、小东关、大北关、大西关、大北门里、大南门里、南满车站、皇姑屯车站等 12 处邮政支局，以及 11 处城郊集镇邮政代办所。到 1927 年，辽宁邮区开办普通、挂号、快递、保险、国际等 5 种函件业务，此外还增加报纸、书籍、传单等印刷品、贸易契约和货样等投递业务，为沈阳的商业发展提供了极大的便利。

矗立在市府大路的邮政大楼，沈阳人习惯叫它“老北市邮局”，是沈阳邮政国际化的一个象征。这里最早是奉天邮务管理局办公大楼，从 1927 年开始建设，1928 年 6 月竣工，堪称当时东北地区一流水平的邮政大楼。大楼由荷兰人设计，为典型的欧洲古典式建筑风格，钢筋混凝土框架结构，平面呈 U 字形，由高耸的塔楼和两翼侧楼组成。塔楼下为营业大厅，其余为办公场所。临街的十字形旋转门里，进进出出的除了中国商民，还有许多高鼻深目的外国人。这一地点位于沈阳商埠地正界，紧邻日、俄、美、英、法等国驻沈阳（总）领事馆，周边外国商业机构众多，国际邮政业务繁忙。随着 1906 年沈阳商埠地开埠通商，沈阳国际邮政业务日益增加。1909 年，奉天邮政总局承担发往西伯利亚和欧洲邮件的转口任务；1912 年 6 月，奉天邮政总局开办经朝鲜发往日本的普通国际邮件业务；1914 年，因“中华民国邮政”正式加入万国邮政联盟，沈阳国际联邮业务更加繁忙，东三省邮务局担任与日本及太平洋地区邮件互换局。1921 年北市场开发后，很快形成一个新兴的繁华商业区，奉天当局便在紧邻北市场的一纬路建起了这座邮政大楼，开办国内和国际邮政业务。这个身边的国际邮政系统，便利了国际商务往来。

蒸蒸日上的沈阳商业，需要更加快速的邮政运输工具。中国第一条用飞机传递邮件、可以实现“当日达”民航邮运线路，在沈阳应运而生。1924 年 3 月 1 日，东三省航空处总办张学良亲自驾驶飞机，从东塔机场起飞，执行奉天（沈阳）至营口的第一次邮件航运试航，当天下午从营口返航。此后又经过一段时间试航，开通了奉天（沈阳）至营口的民航邮运。该航线由 5 架飞机执行往返邮运，每周二、五共两班，邮件只限于航空信件，每份邮资 15 分。这条民航邮运线路虽然运营时间不长，却创造了中国民航邮运的首航纪录。

|20 世纪 20 年代的东塔机场|

比航空信函更快的是电报，沈阳也是东北最早开通电报的城市之一。光绪十年（1884），清政府为防御日本侵略辽东半岛，建成由天津经山海关、营口至旅顺的东三省第一条电报线。同年，奉天府筹银一万两，将电报线由营口接到奉天（今沈阳），次年 3 月竣工，在德盛门里公署前胡同金银库房设立盛京电报分局，安装莫尔斯印码电报机一台，每分钟可传递 20 个汉字。经过十几年的建设，到 1899 年，从沈阳向周围延伸了 5 条电报干线，盛京电报分局成为东北地区的有线电报传递中心：西南通营口，经锦州入山海关至天津、北京；西北经新民、朝阳、建昌、承德可达通州；南经营口通往金州和旅顺；东南通往辽阳、凤凰城可达安东和朝鲜；东北通铁岭、吉林至珲春，再由吉林往西北经齐齐哈尔至海兰泡；又以珲春和海兰泡两局与俄国东北局传递国际电报。至 1931 年 3 月，沈阳通往各地的电报线路已达 32 条。20 世纪初，沈阳的电报业务分为四等：一等为公报，政府专用；二等为局报，电报局所用；三四等为商报，商民共用。到 20 世纪 20 年代，沈阳的电报业务分为政务电报、公务电报、特种电报和寻常电报几种，1928 年的总业务

|20 世纪 80 年代沈阳电报大楼|

量达 31 万多份，其中商用电报占了相当比重。

沈阳的无线电报也领先于国内，成为第一座能与欧美国家直接通信的城市。1922 年，奉天当局成立东北无线电监督处，发展无线电事业。在张学良的努力下，1923 年，一批留学生和无线电工程技术人员来到沈阳，开始筹建东北无线电台。东北无线电台设在故宫礼乐亭内，创建之初是从军事需要着眼的，能与东北各大城市传递官报。1924 年 2 月，又装设一台功能更强大的无线电收发机，可直接接收欧美各国电报，并可收听世界各国发布的电讯新闻，这是中国与欧美直接通信的开端，被称为“世界收发处”。为加强国内远程通信，在大北边门外二台子（即北大营）建立国内通信发报台，可直接与迪化（今乌鲁木齐）、上海、北京等地电台通报。1925 年初，奉天无线电台与法国巴黎无线电总公司订立单方通信合同。1927 年，与德国柏林无线电海外通信社重订双方通信合同，并正式开始相互通报业务。从前中国电报业务均由英国大东、丹麦大北两公司所垄断，自此以后，“所有京、津、沪、汉等各地出国电报都由沈阳电台转递”。1929 年，在沈阳成立东北无线电总台，形成庞大的通信系统，除与东北各地通报外，还与关内的上海、广州、汉口、北平、天津、青岛、烟台、昆明、迪化等地通报，并与香港、巴黎、柏林、马尼拉、旧金山及夏威夷、东印度群岛等地通报。这一时期，得商情信息之先的沈阳商业发展迅猛，成为国内最重要的商业中心城市之一。1928 年成立的美国花旗银行奉天支行，其国际结算业务依赖沈阳发达的国际通信环境。

这一时期，沈阳的无线电报营业除传递官方信息外，还开办了民间的全境商业电报业务。奉天电台在城里东华门设收发处，在大西门外设收发分处。其电报价格比外国人经营的无线电报低廉，因此用户众多。奉天电台每月收入不下 3 万元，报务量占全国同类近 50%，是历史上的“黄金时代”。20 世纪 20 年代，沈阳金银首饰同业公会为调整各店牌价，维护同行业利益，决定以萃华金店牌价为标准，因而形成全球市场看纽约、中国市场看上海、东北市场看沈阳、沈阳市场看萃华的格局。每天早晨，沈城各家金店都派人在萃华金店门前等候，以萃华挂出的同业公议牌价为沈阳乃至东北地区当日交易牌价。萃华金店当时在上海、天津等地派驻有业务人员，每天准时将黄金白银交易价格行情通过电报传送回沈阳，以萃华金店经理王恒安为首的同业公会经公议后形成牌价挂出，影响沈阳全市乃至整个东北市场，因而萃华成为当之无愧的行业领导者。

进入 20 世纪后，沈阳市内的商号、店铺就陆续用上了市内电话、长途电话，大大方便了业务联系和商业推广。1906 年，盛京电报分局在军署前胡同设立机房，为市内各官署装设电话机 30 余部，开办了市内电话，只供官署使用。1910 年 6 月，成立奉天电话局，并设有西关电话分局，开始开办民用电话，市内电话用户增到 243 户，其中有部分是商号店铺用户。1916

年，市内电话用户增至707户，其中商号店铺用户有449户。20世纪20年代，中街各商号基本都安装了市内电话局1000号以内的电话，萃华金店和吉顺丝房还安装了日本站（“满铁沈阳附属地”）电话局的电话，以便和“附属地”各商通话。1930年，张学良在故宫南侧创办自动电话局，用户增至2405户。当时，沈阳市的商号在报纸上打广告，或者在本店的商品包装纸上，印上本店的电话号码都是必不可少的。长途电话与市内电话的发展基本同步。1900年，在奉天电报局内就开始利用电报线附送军用通话了。1910年，正式开通长途电话，可由沈阳通到营口、辽阳、海城、新民，仍归电报局管理。1923年，设长途电话分局，归电话局管理。1917—1923年，沈阳陆续开通辽宁境内城镇及长春等地的长途电话，1924年通到天津，同年开通奉天至朝鲜新义州和平壤的长途电话。到1931年初，形成以沈阳为中心的长途电话网，可以与关内外的160个城镇通话。

经历了沧海桑田之后，解放后的沈阳仍然作为东北地区的邮电业务管理和运营中心，在国家建设中发挥重要作用。改革开放后，市场经济的发展对通信业的发展提出了新的要求，沈阳在东北率先开通了微波通信、光纤通信、移动通信、数据通信等业务，为沈阳商业发展插上了腾飞的翅膀。20世纪90年代初，沈阳下海经商的老板们、五爱市场的个体户们是移动通信工具的第一代拥有者，他们标配的通信工具是：家里有电话、腰挂BP机、手持“大哥大”（第一代移动电话）。当时尽管一部“大哥大”的价格高达2万元，还要交6000元的占网费，但他们仍然趋之若鹜，找人批条子、排长队去购买。一位在五爱市场经商多年的个体户说：“买这个‘大哥大’真不是为了炫耀，就是联系生意需要。我现在是雇人看床子，我自己主要是联系供货商和大买家，订货、接货、联系买家、发货，还要沟通床子那边的情况，随时随地都有事，有了这个走到哪儿随时都能通话，特别方便！”近年沈阳随着4G、5G移动网络技术的普及，网络直播带货等电子商务新业态迅速火爆，一大批网红聚集沈阳自贸区直播电商产业基地、五爱南塔直播产业带等产业园区，沈阳的传统商家也都开通直播带货渠道，在沈阳买全球、卖全球的全新商业格局正在形成。

“云中谁寄锦书来？雁字回时，月满西楼。”宋朝女词人李清照的一阕《一剪梅》，借鸿雁传书的传说，道出了无数他乡游子的思念之情。在当今人手一部手机、网络通信技术无比发达的时代，“云”已不再是过去虚无缥缈的远方，而是人们随手可用的数据通信资源，我们不仅可以通过“云”来寄锦书、诉相思，还可以用它来做生意、收付款，无所不能。

一根丝线的创业史

一根来自山东的绣花线，竟然成就了沈阳一个百货零售行业——丝房。丝房这种独特的百货零售业态，起源和发展于沈阳，流传于沈阳周边城市，始创者是清初从山东黄县闯关东来到这里，走街串巷卖绣花丝线的小商贩。

一对贩卖丝线的山东兄弟，首先打破了流动贩卖的“行商”模式，做起了前店后厂的“坐贾”。清康熙十五年（1676），盛京城最繁华的商业街四平街（今中街）上，开了一家天合利丝作坊，创办者是单文利、单文兴兄弟。兄弟二人本是山东黄县纺丝作线的能工巧匠，闯关东谋生来到沈阳，走街串巷贩卖绣花丝线。起初丝线是从山东或京师贩运而来，后来发现盛京周边野丝甚多，便就地取材在四平街开了这家丝坊。这个丝坊规模很小，是手工业性质，每天能产出绣花的丝线 20 余斤，由于绣花丝线供不应求，利润高，单氏兄弟的丝房业生意兴隆。随着生意的不断扩大和发展，单文兴又在盛京福胜门（大北门）另外创办了一个“兴顺利”丝坊，而“天合利”丝房由单文利独资经营。为适应市场对丝织产品的需求，天合利丝坊开始雇佣人以扩大经营，并兼营苏杭绸缎、杂货等商品，生意兴盛。嘉庆年间，其子孙将以手工业制作丝线为主的丝坊，扩建为兼营销售百货的商号“天合利丝房”。

自嘉庆到民国百余年间，又在铁岭、辽阳、营口等地开设分号20余处，把一项针头线脑的小生意做成了大买卖。

一花独放不是春，百花齐放春满园。天合利丝坊自创办以来，生意蒸蒸日上，鼓舞了更多的山东黄县商人来盛京经营丝线生意，丝坊如雨后春笋般在沈阳开张。自嘉庆年间天合利丝房创建后，山东商人所设丝坊不再以售丝为主，主要经营绸缎布匹以及中外杂货等商品，改为“丝房”了。在奉天城各街，黄县商人以天、吉、兴、洪、谦、裕为商号头，设立主分号16处。据记载，除天合利以外，单家又相继开设了天合东、天合源记、天合铺等“天”字号丝房；“兴”字号丝房有兴顺义、兴顺西、兴顺等几家丝房；林慎德出资开办吉顺昌、吉顺洪、吉顺通、吉顺隆等“吉”字号丝房；王子佩、张仪堂出资开办洪顺盛、洪顺茂等“洪”字号丝房；郑铁珊出资开办的谦祥恒、谦祥泰等“谦”字号丝房；马瑞丰出资开办的裕泰东、裕泰盛等“裕”字号

中街上的吉顺丝房，摄于20世纪30年代

丝房。可见黄县商人已经垄断了奉天的丝房业。在奉北的千金寨镇(今抚顺)，丝房业也同样被黄县人把持。从 1912 年第一家丝房开业到 1930 年的 18 年间，千金寨丝房发展至 13 家，资本达到 10 余万元，占全埠工商业资本总额的 20%。这些丝房都是当时当地最大的百货商场。

一根小小的绣花丝线，却蕴藏着推动一个地区商业发展巨大的能量。古代绣花线分为生丝和熟丝。生丝又称真丝，是蚕茧缫丝后所得的产品，质感稍硬呈半透明状，一般用于表现需要加强质感的部分，如人物的头发、动物的毛发等；熟丝是生丝精炼去胶质后所得产品，质感柔软有光泽，一般用于表现细腻的部分，如人物的皮肤等。一根绣花线大约由 128 根 -192 根蚕丝组成，为表现更加细腻和立体的质感，还可以劈线，将一根绣花丝线劈成 2 根、4 根、8 根、16 根，甚至更细。这条由桑蚕吐出的神奇丝线，最早产生于江南，创造了灿烂的中华丝绸文化，展开了世界文明史上著名的丝绸之路。清代时期，山东黄县商人仅仅从在盛京卖小小的丝线起步，就能发展成为垄断一个城市、一个地区的庞大的百货零售产业，这个过程在今天看起来仍然觉得有点不可思议。但任何偶然现象的背后，都有其历史的逻辑，沈阳的丝房业也是如此。这个庞大产业的壮丽图景，正是由一条条必然的丝线，在许多因缘巧合共同作用下绣成的。

辽宁古无桑蚕，西晋时期，慕容鲜卑首领慕容廆向西晋称臣，“求种江南，平州（今辽宁朝阳）桑皆由吴来”，辽西地区才有了桑蚕，开始养蚕缫丝织布。辽代设有织锦院，锦州、显州（今北镇）、霸州（今朝阳）等地已有专门从事蚕织的人户，被称作“太后丝蚕户”，锦州就是因“锦绣之州”而得名。1974 年沈阳法库县叶茂台辽墓出土了大批纺织品，都是桑蚕丝织成，有绢、纱、罗、绮、锦和绒圈织物及缂丝等共 7 类 90 余个品种规格。其中一件绣花袍做工极为精美，需要一个熟练绣工至少一年才能完成，说明辽代已经具备了很高的蚕丝纺织和刺绣工艺，因此有人称辽代丝绣品“锦绣组绮，精绝天下”。金代承袭辽代刺绣，役使俘虏的汉人把刺绣水平推向更高的阶段。朝廷专设少府监，其下设纹绣署，专门绣造御用和妃嫔服饰。刺绣服饰的范围也从开始时只绣衣服的边饰，发展到胸、肩、领、袖等部位都要刺绣，为显豪华还使用金银线，可见绣风之盛。元、明两代，辽东地区桑蚕不受重视，刺绣未见于史载。

后金迁都沈阳以后，沈阳的刺绣形成一个庞大产业。因为宫廷服饰制作的需要，宫廷绣匠融合满族民间刺绣技艺，形成独特风格的盛京满绣。盛京城内满洲八旗大户讲究穿戴，尤其喜欢绫罗绸缎等绣花制品，民间也喜欢穿着带刺绣的服饰，所以绣品和绣花丝线都供不应求。盛京满绣为满族刺绣的一种，满族刺绣包括三大类：一是服装刺绣，有领口、袖口、门襟等的花边刺绣，以及云肩刺绣、官服补子、绣花衣、绣裙等；二是服饰刺绣，有荷包、钱袋、扇袋、兜肚、披肩、鞋帮、虎头帽、兜肚、鞋垫、手帕等；三是日用绣品，主要有门帘、镜套、褡裢、挂屏、被面、幔帐、枕顶、枕面、布老虎等。沈阳地区的满族“女子六七岁即勤习女红，至十二三已成能手矣”，其刺绣技艺好坏，直接与社会地位相关。她们从小就要刺绣枕顶，及至结婚时所绣枕顶多的达上百对。待结婚时枕顶绷在布帘上，挂在洞房中展示，技艺水平高低一目了然。技艺高者得到婆家人、亲朋好友及邻里称赞，丈夫脸上有光，新媳妇地位自然就高。展示后，一部分赠送本家长辈及亲友，留下部分除日常使用外，还会将部分精品压在箱底留给女儿，代代相传。枕顶之外，满族女子做的鞋子、衣服上也多有刺绣，做起来也同样勤勉不辍。《辽左见闻录》称：“辽左女红甚勤，亦甚工致。凡衣帽皮裘靴袜之类，皆出自手制。……自朝至暮，手不停针。”

如此庞大的“女红”群体，如此持久的“女红”生产，绣花丝线市场需求之大可以想见。于是很多闯关东的山东商贩，开始在盛京贩卖绣花丝线，深受欢迎。绣花丝线起初从山东贩运而来，后来直接在本地生产，这便是沈阳丝坊（房）业的开端。山东自古为蚕桑之地，史称“齐鲁千亩桑麻”，自汉唐历宋元，乃至明初仍是全国重要桑蚕区之一。山东半岛农人多会放养山蚕，无论丘陵山地，只要可种植槲、椿、柘、柞等树之处均可放养。当时，辽宁所属锦（锦州）、复（复县）、熊（熊岳）、盖（盖州）等处，沿山滨海，山多柞树，可以养蚕。辽东柞蚕的产量占全国的75%以上，但本地并不能缫丝织绸，90%以上的山茧都通过海运输入烟台等地缫织。所以，从辽东贩运山茧回山东，再从山东贩运丝线到辽东，在当时是一项极好的生意。《东三省经济调查录》说：“铁道未通之前，省城（沈阳）附近产有一种野丝，……山东黄县人遂争设肆于此，购运回鲁肆中。”黄县从明代就有捻线业，即从蚕茧中缫丝纺线，城关、乡村习此艺者甚多，盛行了三四百年，所以清初来东北的黄县人除了从事放蚕、贩运山茧外，还有一些就地取材，做起了捻丝线的生意。单文利、单文兴兄弟在贩卖丝线中，敏锐地发现了其中的商机，率先在沈阳繁华的四平街开设丝作坊，做起了前店后厂捻卖丝线的生意，获利甚厚，以此为发轫，成就了“丝房”大事业。巨大的市场，本身又是原料产地，再遇上会捻线做生意的山东人，三大要素聚在一起，事就这么成了。

火车的开通，让沈阳的丝房告别卖丝线的历史，转型成为近代意义的百货商店。《东三省经济调查录》中对此种情况做了说明：“奉垣（沈阳）丝房虽多，然其铺中并不售丝，专贩绸缎、布匹、中外杂货。……殆铁道既通，丝多不上省城，黄县人之丝房遂专贩杂货，惟仍以丝房名耳。”20世纪初，火车通到沈阳，给沈阳的商业发展带来机遇，也带来了灾难。1905年日俄战争期间，位于沈阳中街的天合利丝房总店门市被烧毁，柜上的货物也被抢劫一空。战乱之后，天合利在各分店的资助下，修缮了店房，改名为“老天合丝房”重新开张。新建的老天合丝房，较早先的规模更大了。丝房分三处经营，后院大楼为总店，仍叫“老天合丝房”，经营绸缎布匹和百货；东院

| 原吉顺丝房营业楼　李浩摄 |

称“老天合源记”，所经营的商品繁多，从珍贵的海参、燕窝到普通的纸张、香蜡一应俱全；前院面向四平街的门面叫“老天合铺记”，也经营绸布百货等。此后老天合丝房步入鼎盛时期，在东北各大城市均有分号，并且在上海、苏州、杭州、天津、广州、香港以及日本大阪均派有常驻采购员，从国内外采购来进口呢绒、贵重绸缎、西服面料以及日用化妆品等，生意兴隆。1914

年，四平街道路加宽，路北的吉顺通丝房率先盖起一座小二层楼，由于当时中街楼房很少，所以吉顺通新楼开业后生意兴隆。老天合马上在路南盖了一栋三层大楼，营业厅焕然一新，商品琳琅满目，日用百货应有尽有，生意日益红火。吉顺通丝房又不惜重金拆除了原来的二层楼房，在原址重新建造一座相当宏伟的四层大楼，顶上带有圆顶塔楼，不但外表豪华气派，而且内部还装有电梯、暖气、电风扇等先进设备，更名为“吉顺丝房”，成为中街最壮观、最现代的商业建筑，一时满城争睹，顾客盈门。其他各丝房都兴建楼房，扩大营业，至 20 世纪 20 年代，沈阳丝房业进入鼎盛时期。

日寇的入侵直接导致了一些老字号丝房的倒闭和沈阳丝房业的衰败。1931 年九一八事变后，沈阳沦陷，交通阻断，进货渠道堵死，而日寇加紧掠夺战略物资，什么《物资统制法》、“七二五限价令”，将商品价格分为“分、停、标、协、自”五类，而老天合丝房所有商品，均属“停”字类，要全部清点，向伪奉天经济警察部门登记。由于资金枯竭，货源中断，经营难以维持，这座在沈阳中街煊赫近 300 年的老商号老天合丝房，终于被挤垮了。其他各家丝房情况也大体类似，纷纷倒闭或关门歇业。沈阳解放后，中街商业迅速得到恢复，吉顺丝房、洪顺盛丝房、天德裕丝房等重新开张营业。1955 年，中街商业街上的私营商业全部实现公私合营，丝房这一沈阳民族商业的特有商业形态成为历史。

如今在繁华的沈阳中街，仍能看到吉顺丝房那座带有蓝色圆顶塔楼的宏伟大楼，让我们不禁回想起那不平凡的丝房岁月。由一根丝线起家，在这条街上成长壮大，从丝坊到丝房，从一家到几十家，从平房到楼房，沈阳的丝房业的兴起与发展堪称奇迹。后世有人评价黄县商人在沈阳创办丝坊（房）的历史，“初系输出求售，逐渐迁出营业，遂操关外丝线业之特权”。从商战兵法的角度来看，黄县商人这番顺势而为、变被动为主动的神操作，也可以称得上是中国商业史上的经典案例了吧。

茶首 中和福

“西湖龙井茶、洞庭碧螺春、黄山花云露、老竹岭大方”。在沈阳中街中段路北、“沈阳春天”商场的东北角，有个临街的三层门市，这里是沈阳人耳熟能详的本地老字号——中和福茶庄，茶庄的二楼立着四根朱红大柱，上面写着店内主营的商品，三楼正中则是茶庄的店名“中和福”和麒麟商标。140 多年前，中和福茶庄就诞生在这里，历经百年风云屹立不倒，成为沈阳人买茶、品茶的第一选择。

“明前茶到货了吗？”我正与店员程女士一起品茶，来了一位中年顾客，程女士连忙起身招呼。“明前茶还得等一些日子，大概 4 月上旬能到，您可以先尝尝本店的特色产品茉莉花茶，这款叫‘猴针’……”在程女士的介绍下，顾客花 400 多元买了“猴针”和普洱这两款茶，满意而去。

“位于中街，和气生财，饮茶之人都能大吉大利有大福，这就是中和福名字的由来。”程女士是中和福的老人，在这里工作已近 30 年，曾当过店长，说起中和福的历史如数家珍。中和福茶庄创立于清光绪八年（1882），创立时店址就在这里，由河北冀县人李成堂创办。最初的资本主为关树勋、赵峻青，赵峻青兼任中和福经理，当时有员工 60 余人。茶庄是一座仿古式二层楼房，古朴、典雅、别致。在小二楼顶端中部，有一个朱书盈米的大“茶”字，两侧衬有象征吉祥的蹲踞昂首的麒麟，更显得醒目壮观。营业室内悬有郑板桥真迹对联，“一庭春雨瓢儿菜，满架秋风扁豆花”，店员接待顾客彬彬有礼，店内茶香四溢，很有文化气息。

“店里卖的茶，都是南方的茶场根据中和福的要求专门配制的。”程女士说，这些茶场有的在福建，有的在浙江，都是合作了几代人的老关系。中和福创立时设有作坊，在南方设有茶场，称“中和茶场”。各类茶叶均由自家筛选，焙炒加工，然后以“麒麟”商标在店里销售。店里主要经营花、红、绿、素四大茶类，店内所卖的茶叶在沈阳都是独家经营的品种，无论是色、香、味都别具一格，深受各界品茗者的好评。当时沈阳的达官显贵，不管是平时饮用，还是年节馈赠亲朋，均以中和福的茶为上品。中和福茶庄美誉沈城百余年，久占茶庄首位。这里的茶叶不仅沈阳人喜爱，还销售到黑龙江、内蒙古等省区，甚至越南、俄罗斯等国家。

茉莉花茶的香气从杯中溢出，喝一口满口生香，沁人心脾。沈阳人酷爱喝花茶，而中和福的花茶，正是沈阳人最爱喝的那一口。清朝建都沈阳，沈阳人的饮茶习惯深受宫廷的影响。清朝宫廷中喜欢喝花茶，就是把绿茶的坯茶窨上花香，“喜以蓝蕾、茉莉、玫瑰熏袭成芬者”，制成香片茶泡饮，喝起来芬芳满口。在盛京不仅是满族人，一般人也都爱喝花茶，尤其是茉莉花茶。中和福茶庄在南方自有茶园，在茶场选上好的坯茶，直接调入大量的茉莉花，到店后由本店茶师再进行筛选、配制，形成独家经营的茉莉香片茶，深受饮茶者欢迎。

“同样叫茉莉花茶，一般人看不出来，其中的差别其实是很大的。”程女士说，中和福的花茶，窨花选用的全是茉莉花将开未开的花蕾，这时候的花香气未散，最为浓郁持久，窨花时一层茶叶一层花，让花的香气熏染进入茶叶里面，然后还有提花的工艺，提完花之后，上好的花茶只有清新自然的

| 中和福茶庄　门中卫摄 |

花香，是不会残留一片花瓣的。还有茶叶的用料，可以在泡完之后看它的茶根，好的花茶全是芽头，根根壮实饱满，里面基本没有什么叶子，一般的花茶就达不到这样了。

“每年的春天，是茶叶销售的旺季。”程女士说，春天新茶陆续上市，人们都愿意品尝新茶，疏肝理气，提神醒脑，能给人带来春天的气息。喝茶确实有养生的功效，来我们这里买茶的顾客，好多都是八九十岁的老顾客，别看岁数大，身体都不错，精气神特别棒，每年开春都亲自来买茶。说话间，又一位顾客来问明前茶，程女士热情地告诉他过半个月再来，现在可以先喝点别的茶，顾客选了一款绿茶，满意而去。

“中和福的茶，八王寺的水”，趁着程女士接待顾客的工夫，我不禁思绪飞扬起来。其实沈阳人喝茶，真是挺有福的，有老店好茶，也有古井好水。好茶配好水，在老沈阳还真有这么个讲究。沈城大北关八王寺有一眼古井，称之为八王井，井水清洌甘甜，乾隆东巡时曾钦点八王井水为皇家用水，盛京大小商家不管是点豆腐还是烹茶，也都爱用八王井水，并在门口挂一招牌“八王寺好甜水”，以招徕顾客。位于小西门的德泰轩茶馆，每天都有一挂马车，用八个大型木桶，从八王寺甜水井运水来泡茶，并邀请著名评书艺人轮流演出，常常客满。

清末民初，沈阳有中和福、广源峻、同德泰、大德祥、庆华村、白茶馆等40多家茶行的大商号。他们的经营各具特色，有的以集散为主，分销东北各地，有的以零售为主，主打本地市场。盛京是关外最繁华的商业中心，也是东北最大的茶叶市场。刘世英《陪都纪略》写清代沈阳的茶行：“锦州发庄，自置成箱，西关行店，安徽上洋。”就是说，沈阳的茶行和茶庄主要集中在西关一带，市面上的茶多数是从锦州成箱运来的，而锦州的茶货则主要是用沙船从安徽和上海（上海别称“上洋”）运来。史料记载，自清朝康熙二十四年（1685）放开海禁以后，“关东豆麦每年至上海者千余万石，而布、茶各南货至山东、直隶、关东者，亦由沙船载而北行”。可以想见，在从辽东湾到上海的洋面上，每年一万多条商船往返穿梭，南下运豆麦，北上载茶布，是一幅何等壮观的南北贸易场景。

中和福茶庄因自有茶场资源，有品质优良的独家产品，在沈城茶客中口碑日隆，经久不衰。解放后，第一任经理是鲍洪文。公私合营后，先后由赵凤喜、牛序娟、仲素梅、赵忠武等任经理，并建立了党支部。1956年，中和福茶庄并入沈阳市茶叶总店，1969年划归沈河区副食品公司。1978年，中和福转归沈阳市烟糖公司领导，在“文革”中被废除的“中和福”老字号又恢复了，而且依原式修整了内部和门面，重新焕发了青春。目前，中和福茶庄隶属于沈阳市副食集团糖酒公司，是沈阳市民认可的国营老字号企业。

“中和福长盛不衰的秘密是什么？”面对我的问题，程女士笑了，指着我身后说：“就靠这八个字。”我回头一看，营业室的墙上正中，是中和福的字号和麒麟商标，上方左手八字为“麒麟为记，独此一家”，右手八字为“货真价实，童叟无欺”，想来她说的应该是后者。

“雀舌未经三月雨，龙芽先占一枝春。”中和福茶庄店内的对联，已换了新词，与茶庄创立时所挂郑板桥对联遥相呼应，相映成趣，更添了几缕茶香和春天的气息。

药魁天益堂

“人参鹿茸草药全，药品保真价格廉。”去沈阳天益堂抓过中药的人，都会在捆扎得板板正正的牛皮纸药包上，看到一张方方正正、白底绿字的外包装纸，上面用大字写着“百年老店天益堂”的店名，以及“煎药说明”和

| 中街上的天益堂　门中卫摄 |

“一般用法”，告诉顾客中药的煎药方法和服用方法。中间是一幅画，画着白山黑水和人参、梅花鹿、草药的图案，鲜明地体现出本店重点经营东北长白山名贵药材的经营特色，下方是篇首的这句告白语。就是这简简单单的一张包装纸，没有精美的印刷，没有浮夸的言辞，却以最朴素的方式，道尽了天益堂药房 200 年的不凡历史和经营哲学，饱含着对患者真挚的关爱。

“百年老店天益堂”，其实已有 200 年的历史了。沈阳天益堂创办于清道光四年（1824），地点就在当时盛京城最繁华的商业区四平街（今中街）上。老一辈的沈阳人可能还记得天益堂药房几十年前的样子，给人印象最深的是大门脸上方横刻 16 个大字的对联，“龙蟠桔井，虎守杏林；鹿鸣蓬岛，鹤舞芝田”，苍劲有力，古香古色。正面两边四块大玻璃橱窗，摆放着山参、鹿茸、花蛇、虎骨的实物。特别是门右边的橱窗，一只巨大的东北虎标本，像一只活的猛虎，常使路人止步观赏，过目难忘。历经 200 年的世事沧桑，这家老药店依然矗立在繁华的中街原址，除了房子更新、品种更全、橱窗不再摆放实物标本之外，其他一切都没变，特别是 16 字对联依然醒目地镶嵌在门楣上方，昭示着天益堂从创办之日起就确立的只做老百姓买得起的道地药材的宗旨一直没变，始终护佑着一方百姓的安康。

说起天益堂的历史，其创办的缘起还真和药有着莫大的关系。药店的创办人武学畴，是山西太谷县南席村人。其父亲武贵亮因家贫闯关东谋生，在新宾县立脚，经人指点进山采参，他在深山老林里奔波，果然采到一枝八两重的“人参王”。发了财的武贵亮在东北各地办起烧锅、当铺、杂货店等 21 处，生意越做越大。家大业大，家人伙计众多，难免有人生病，为了吃药方便，也省些钱，武贵亮便开了一家私家药铺。清道光四年（1824），武贵亮去世，儿子们分家，私家药铺被分到了第四子武学畴的名下。武学畴投资白银 7200 两，把原本只为自家用药方便而开设的药铺对外经营，正式命名为天益堂药房。天益堂药房坐落在沈阳城最繁华的城内四平街（今中街）路南，有瓦房21间，其中门市房6间，从业人员20余人。天益堂开业之初，以前店后厂、生产加工与店铺经营并存的方式，以经营中药材和自制中成药为主，并设有中医大夫坐堂诊病，形成自己的经营特色。由于资金雄厚，地处商业中心，加上用人有方，药品齐全，服务周到，生意很是兴隆。20世纪初，天益堂年卖钱额高达大洋36000余元，从业人员增至40余人，位列沈阳中药行业四大名店（广生堂、万育堂、宝和堂、天益堂）之一。由于买卖兴隆，盈利颇多，从1916年起的几年间，天益堂又在沈阳、长春等地开设分号、支店4处，坐稳了沈阳药行的魁首之位。

在中街林立的现代化商厦中，一色朱红门面、两重黄瓦飞檐的天益堂，显得格外古朴庄重、与众不同。走进药店，一楼是西药和医疗器械区，面积比一般药店大，各种药品琳琅满目；二楼是中药区，一排排药柜上密布贴着药名标签的药抽屉，五六名药师正在忙碌着照方抓药，煎药房里一排排电热煎药锅正在煎药，咕嘟咕嘟冒着热气；三楼是坐堂问诊区，七八位老中医各有一诊室，或为顾客把脉问诊，或为患者施针、按摩。看下来感觉与其他中药店也没什么区别，心中疑惑这百年天益堂，与其他药房到底有啥不一样呢？天益堂中街店店长刘燕女士，说了一段颇有深意的话：区别就在表面上看不到的地方，虽然一般人看不出这些区别，但200年的坚持已经让天益堂与众不同。

天益堂自创建起，就在“看不见”的地方下功夫，以“药品种类齐全、药物质高价廉”两个特点，在药业的激烈竞争中取胜，立于不败之地。第一点是药物品种齐全，保证顾客一站购齐所需药品。单这一点，一般的药房就很难做到。中医讲究因人施方，不同的患者、不同的大夫，开出的药方可能涉及的药材会千变万化，作为药房，保证药物齐全是非常重要的。对一些不常用的药，大部分药房为避免占压资金，可能就不备货了，但天益堂从来都是宁可备而不用，也决不能用而无备。在饮片的配方上，天益堂久有以全取胜的特点，坚持“人无我有，人有我优”的原则，对畅销饮片满足供应，滞销药材常年备有现货。虽然从经营上可能增加了成本，但日久天长，天益堂也由此赢得了声誉，患者都知道天益堂的药品齐全。1956 年公私合营后，天益堂不断扩大经营范围，增加了西药、医疗器械、卫生材料的经营，经营品种由过去的几百种扩大到 3000 余种。用量稀少的中药材像猴爪、海狗肾、石燕等，尽管销量不大，利润不多，他们仓库里仍始终有存货；很廉价的药如樟叶、艾叶，他们也不断进货。一次，一位农民到天益堂买猴爪，已跑了几十家药店，终于在这里找到，痛哭流涕。他买回药治好了病，写来一封热情的表扬信。还有一次，一位解放军战士，为买药材寒水石，已跑了好多家药店没买到。天益堂的营业员把他的地址、电话记下来，连夜寻找药材，又亲自到部队驻地送药，一时传为美谈。现在的天益堂不仅中药品种齐全，常备中药材品种达到近 700 味，西药的品种也很全，包括医疗器械等的经营品种达 17000 余种，就是要给患者一个用药的安全保障。

第二点是保证药物质量，只卖道地中药材。从创店起，天益堂在经营上就讲求货真价实。因为开始就为自家人制药祛病，制作起来格外认真，药材必须是上等的，质次的坚决换掉，药量必须按方配剂，多一点儿不行，少一点儿也不可。清热的特效药清宁丸，按药典规定原料用川军（大黄），经九蒸九晒制成。一般药商因嫌费工多，获利少，不按药典加工，只蒸晒一次制成，唯天益堂始终坚持按药典加工。老山人参是益肺气的贵重药材，多数药店用林下参以假充真，牟取暴利，而天益堂从不卖假货。如今，中药材也分道地产区和三六九等，价格差别很大，比如说黄芪，道地产区内蒙古的得要二百多元一斤，其他产区的可能只要六七十元一斤，价格差两三倍。天益堂宁可多花钱，也要买道地产区的中药材，为的是保证药效。公司有专门的采购部门，每年对供货商进行招标，还有质检部门，对药品质量进行把关，都有一套质量保障的严格措施。过去有人说，天益堂的老工人用脚一踢麻袋就知道药材质量的八九了，虽然是开玩笑的说法，但也反映了一定的实际，天益堂对药材质量的鉴别确实很厉害。周边城市的很多中医大夫开完方子，都会推荐患者到沈阳天益堂来抓药，因为这里不仅中药品种全，而且质量有保证，不会因药效不好而毁了名声。近年来，天益堂也开始在“看得见”上下功夫了，在二楼电梯口特意立了一个道地中药材展板，以实物对比展示了石斛、川贝母、干姜、黄连、肉苁蓉等 35 味中药道地药材与普通药材的区别。刘燕说，做这些科普宣传，是为了让顾客懂得鉴别，买到真药好药。

坐堂问诊、照方抓药也是天益堂的一大特色，主要目的是方便顾客，从医到药一条龙解决患者的病痛。从创办起，天益堂就在药店设立了坐堂医，遍请名医，为患者诊脉看病。民国时期，天益堂在一楼营业室里设四个诊病室，每室有一位老中医坐堂问诊，沈阳出名的中医杨雨滋、赵瑞臣、曹济舟等都曾在这里坐堂，特别是坐堂医孙允中后来成为辽宁一代名医，解放后被任命为辽宁中医学院副院长。现在在天益堂坐诊的，也都是辽沈地区知名的老中医。2022 年新冠疫情期间，坐堂的王殿威大夫用清肺排毒汤、荆防败毒散、大青龙汤等治愈多例新冠阳性患者。高兰轩大夫是高氏中医第四代传人，擅长治疗不孕不育等症，帮助不少不孕不育的夫妇圆了生子梦。他说：“我们家是祖传中医，解放前在大南街一带开诊所，我爷爷还在辽宁中医学院讲过课。我家老爷子一直在这里坐诊，我退休以后也过来了，继续为患者服务。”作为天益堂一项重要的便民服务，患者在这里诊脉看病只要 5 元挂号费，看完病后拿着方子到二楼配药，可以打包带回去自煎，也可以由天益堂免费代煎，按约定时间来取药就行了，多数患者选择后者。刘燕说，我们这里配药、煎药的都是执业药剂师，煎药是一个患者一个锅，先下什么后下什么，都严格按配比、程序操作，最后按每次服用的剂量灌装成一个一个小袋。所有这些服务，背后都有天益堂额外的默默付出，这些价值患者也许暂时看不到，但时间会让越来越多的人能够感受到、受益到。

天益堂的服务温暖如春，有如和煦的春风，令很多人念念不忘。早年天益堂曾定下来一些规矩，读之令人动容：凡农村来的求药者，伙计们都扶老携幼，帮助他们买价格低又见效的药；从外地小药店、小诊所来的购药者，天益堂都免费留下食宿，经理还要陪同吃饭，走时送到车站，带款不足可以赊账；根据顾客需要，还可以代加工丸、散，代煎中药，赠送纱布口袋等。如今走在天益堂药房内，也能处处感受到天益堂对顾客的细心呵护。二楼电梯口，挂着白发变黑小偏方、美白瘦身方、治疗脱发头屑头痒方，都是简单实用的几味中药，顾客有需要的可当场抓药，回家就能用上。“外方”（顾客自带的药方）也可以在天益堂抓药，免费配药代煎。在三楼设有一个小展台，展示着一些夏季自制解暑清火汤的药材，有药师在旁指导，如制作乌梅汤，需要用到乌梅、甘草、玫瑰茄、桂花、山楂干、陈皮六味药，现场都有展示，旁边的冷藏柜里还有熬好的乌梅汤出售，价格相当于一瓶饮料，买者踊跃。时值头伏，药店一边接待前来贴敷的顾客，一边准备二伏贴敷的材料，还要到社区去为居民服务，忙得不可开交。刘燕动情地说，这里每天客流量上千人，工作忙是忙点，但也常常被感动，时常会有上了年纪的老人来抓药，有的坐一个多小时的公交地铁，来这儿只为抓两味药，还有从外地大老远来的，他们说只信得过天益堂。

听到这儿，我算是明白了什么是“看不见”的区别。在国家大力提倡发展国医国药的今天，天益堂默默坚守只卖地道中药、服务百姓健康的理念，虽然在商业竞争中可能暂时会吃点亏，但长远来看却是一片光明，因为它展现的正是国医国药发展的正道坦途。今天的天益堂早已不再是民营企业了，2008 年 5 月，由国药控股国大药房有限公司控股成立沈阳国大天益堂药房连锁有限公司，中街天益堂是沈阳国大药房最大的旗舰店，企业的经营理念改为“百年天益，百草飘香，关爱生命，关注健康”，发展目标锚定为打造中国药品零售第一品牌。200 年的中华老字号天益堂，将在辽沈大地乃至中华大地上继续百草飘香，香飘万里。

『样照京式』的盛京时尚

在一个城市生活久了，就会觉得单调乏味，想来一趟说走就走的旅行，换个地方走走看看，看那里的人们的生活，他们吃什么，穿什么，玩儿什么，有什么娱乐，流行什么时尚。在这个想法的怂恿下，我就捋着刘世英《陪都纪略》等书中记载的线索，来一场时空穿越之旅，去看看 150 年前沈阳人的生活和时尚。

《陪都纪略》首次刊刻于清同治十二年（1873），也就是距今 150 年前，那时候沈阳还叫盛京。盛京是清朝建立时候的首都，清入关迁都北京以后，盛京就成了陪都。虽然也是都，也设有五部衙门，但毕竟不是京，最高首长是盛京将军，所以什么都得听京里的，包括穿衣、吃饭、玩乐什么的，也都跟着京城的时兴走，凡事都“样照京式”、以京为美了，因此生发出许多有趣的消费现象：买东西有“京货庄”，买药有“京药铺”，买帽子有“京帽铺”，买鞋有“京鞋铺”，吃饭有“京饭馆”，休闲有与北京一样能喝茶听书的“书茶馆”，京式消费成为流行一时之时尚。其实很多所谓“京式时尚”生活方式，还是早年清入关时满族人从盛京带过去的，只不过后来改头换面后又从北京传回盛京，“出口转内销”倒成了时尚了。

咱们先说吃。盛京是清朝发祥地，北京旗人吃饭的很多习惯，还是从盛京带过去的，有很多相同之处。北京特色的一些饮食文化，像烤鸭、酱肉、火锅、京八件糕点之类的，到了盛京就变得高大上，成了一种时尚。比如盛京有专门的“京饭馆”，那里有“锅炖鸡鸭，糖熘荸荠，万兴包瓜，酱肉出奇”，甭管是炖鸡炖鸭，还是荸荠、包瓜，北京人爱吃的咱这儿都有，尤其是这口酱肉做得地道，是店里的招牌。在盛京想吃烤鸭、火锅也没问题呀，东华门那儿有一家泰源“烧猪炉”，“什锦火锅、熏猪烤鸭、香肠腊肉”什么都有。其实火锅是满族人的传统食俗，原称“野意火锅”。早在金代，满族人的先世女真人在野外狩猎时，有架火烧陶罐煮食狍、鹿肉片的饮食风俗。后来满族人也用炭火铜锅来做火锅，以鸡或山蘑调汤，涮食酸菜、时蔬和各种肉类，清入关后宫廷膳食仍保留火锅这一食俗，后入于满汉全席流行全国。当时，盛京城也时兴京式点心，有“饽饽铺”，专卖京八件点心，以及藤萝饼、玫瑰饼、绿豆糕、萨其马等京式四时糕点，《陪都纪略》说这里，“京式点心，内造细皮，奶油果馅，芝兰第一”。还有专门为饽饽铺配套的“果馅铺”：“元宵月饼，提浆枣泥，南式茶食，万顺俱齐。”盛京当时还时兴吃“凉糕”，就是用蒸熟的江米面团，放凉后包进豆沙、黑芝麻、山药泥等馅料，搓成圆形后凉食。刘世英说，盛京的“凉糕”就是北京的“艾窝窝”。清末诗人缪润绂还有一首诗，写盛京街头听卖艾窝窝的情景：“红日半竿声不断，隔墙听卖爱窠窠”，多么温暖的场景！其实，很多京式点心的原产地也是盛京，如萨其马等。《奉天通志》记载：“撒奇马，以奶油鸡卵和为之，类芙蓉糕，旧时三陵上祭有之，今茶食店亦仿制焉。”满族人喜食面食，以各种杂粮磨面制作成各种点心，谓之“饽饽”。清入关后，满族饽饽也成了御膳主体。在满汉全席里，饽饽也是席中的主食。如今市场上的许多甜点，如芙蓉糕、萨其马、绿豆糕、五花糕、凉糕、风糕、切糕、驴打滚等，都根源于满族饽饽。

次说穿戴。穿戴可是件大事，对于盛京的王公贵胄、八旗子弟、命妇小姐们来说，尽管身在陪都，也不能在穿戴上照京城差了事儿。礼制上的官服，旗人传统的马褂、旗袍、帽子、鞋靴等的样式，自然要与京里一致，就是在女性所用的宫扇、首饰这样的小细节上，也不能含糊，差了分毫。看过《甄嬛传》的都知道，清宫里最能较出各位小主身份地位高下的，恰恰就是这些看起来不大、却贵得要命的“小物件”。比如说宫扇，又叫团扇，也叫纨扇、合欢扇，最早出现于汉朝宫廷中，在贵族妇女和宫闱之中，这种扇子尤为流行。宫扇的扇面是用绢做的，而绢又十分贵重，即使在丝织业非常发达的唐代，也有“一绢直万钱”的说法。到清代，宫扇的扇面用材比以往更为丰富，主要有缂丝、素纱、暗花纱、罗、绸、缎、绢、宣纸等。其中以缂丝尤为珍贵，有“一寸缂丝一寸金”的说法。扇面又多以名人书画为装饰，宋徽宗、乾隆皇帝都画过扇画，成为显贵、后宫们争相收藏的对象。扇柄、扇框的材料也十分考究，主要有紫檀木、湘妃竹、骨、玉、象牙、珐琅、玳瑁等，上面还要进行雕刻、镶贴、镂空、绘画等多种装饰，工艺繁复。清宫的宫扇主要由内务府造办处、江南三织造承制，极为考究珍贵。正因为宫扇的讲究和珍贵，所以北京就出现了修理、配制、出售、书画扇子的专营店铺——扇庄。北京知名的扇庄，除了琉璃厂的几家南纸店，以及荣宝斋、清秘阁、松古斋等画店外，还有东琉璃厂的清翰斋扇庄、打磨厂东口儿的戴廉增扇庄等。据资料记载，这几家扇庄均是清中早期开业的。这“京庄宫扇”到了盛京，也是一项专门的生意，有“太顺行”扇子店，卖“四合净绢”的京庄宫扇，也有各色折扇，还有一家叫“隆茂花店”的京货庄，专卖“京庄绸缎，折扇扇面”。这里突出强调的“京庄”，当然是指其宫扇来自北京著名的扇庄，以示正宗。

妇女们戴的首饰，也紧紧跟随北京的潮流。《陪都纪略》里对盛京妇女们的首饰及戴法，也有细致的描述：“莫论贫寒富贵家，闺门少妇妞儿妈，黄金翡翠偏耳宜，只爱绒团不喜花。”这里面有几个值得注意的重要细节：

清代流行于北京和盛京的清音子弟书

一是首饰的材质时兴“黄金翡翠”，这两种材质的结合需要高超的首饰加工技艺，盛京的“永聚”首饰作坊，可以“仿照京式”制作金银首饰，花丝堆垒、宝石镶嵌、法兰、点翠等技艺高超。二是耳饰时兴“偏耳”戴，不再强调对称和庄重，开始彰显个性，这在清代北京女性的耳饰戴法上并未见到相关记载，是当时盛京女性的一种独创，《辽左见闻录》记载，辽左女子耳孔“自一以至三四，为数不等”。三是头饰“只爱绒团不爱花”。绒团也叫绒花，就是用彩色绒线和细金属丝编织成花草造型，立体逼真，佩于头上，走路时微微颤动，清新可爱，曾流行于清宫，也受到盛京女性们的疯狂追捧。《延禧攻略》里有这样的情节，头戴绒花的孝贤纯皇后受到皇帝的宠爱，引来后宫嫔妃们的效仿，令人印象深刻。当时盛京还时兴一种来自京城的“珐琅饰”，《陪都纪略》说：“东省有名珐琅，时兴各样钗环。居常喜事满头钻，俗皆习以为然。”珐琅是用硼砂、玻璃粉、石英等材料加铅、锡的氧化物制成涂料，填在金属的表面形成繁复的图案，经过干燥烧制打磨而成，颜色鲜艳夺目，装饰性极强，深受盛京女性的喜爱。

再看玩物。盛京也有一大批有钱有闲的八旗子弟，紧跟京城的流行时尚，喜欢提笼架鸟，赏玩奇石、古玩玉器、京荷包、鼻烟壶、钟表等玩意儿，这些都有特定的市场和专门的商铺。有卖奇石的“石头市”，其中也卖鹩哥、鹦鹉、画眉等观赏雀鸟，“圣清宫前，驴石雀市，百鸟齐喧，一人叱咤”。也有“雀儿市”，城内甘石桥，城外阳觉寺，清晨小东、大南两大菜行，都有卖雀的“雀儿市”。有“京货铺”，相当于今天的奢侈品店，那里“古玩玉器，钟表西洋，一均俱全”，来自北京、广州等地，都是好东西，当然价格也相当昂贵。还有卖荷包和古玩玉器的“花箱子”，“京花荷包，古玩玉器，京广南货，一切都齐”。还有专门卖鼻烟壶的“鼻烟铺”，“鼻烟南鲜，茉莉双薰，木瓜佛手，永裕天津”。还有钟表铺、眼镜铺，专卖来自西洋的钟表、眼镜。

最后来说说娱乐。泡茶馆和听书，是盛京旗人最喜欢的娱乐消遣。清中叶以后，盛京出现很多茶馆，一些有钱有闲之人喜欢泡茶馆，成为社会生活的时尚。刘世英在《陪都纪略》里说，小河沿茶馆多，“夏日河沿爽气熏，往来茶肆尽游人”，人们都到这里来泡茶馆，天南海北地闲聊，一直泡到晚上二更以后。缪润绂在《沈阳百咏》中写道：“茶坊镇日话津津，晚饭归来意更亲。好待二更钟动后，满街灯火散闲人。”诗尾，诗人自注云：“俗喜于茶坊闲话，土处闲人及游手无藉往往借茶馆为消遣之地，日不足给之以烛，不至二更不散也。”还有一些茶馆老板很有经营头脑，为吸引更多茶客，特请一些说唱艺人，在茶馆中说评书、演鼓曲、说相声，颇受茶客欢迎。这样，原来只聊天饮茶的“清茶馆”，就变成了一边听书一边品茶，乃至以听书为主的“书茶馆”。茶客们为了完整听完一段评书或相声，常常也是钟楼敲响二更钟声才肯离去。盛京城的大鼓书早在明代就产生了，到了清代经过艺人改造创新，说书人自击鼓板并以三弦伴奏进行说唱，最受欢迎的曲牌是“梅花调”，亦称“春风调”。逢年过节，有钱人家也请大鼓书艺人到家中演出，以至于“鸣铁击鼓之声往往彻夜不绝”。缪润绂《沈阳百咏》写道：“铁鼓敲来手不停，高烧银烛照中庭。梅花一曲春风调，人倚金闺彻夜听。”

“闻说都京多绝调，近来关东大时兴。”流行于北京的“八旗子弟书”，在同光年间也风靡盛京，刊刻于书肆，弹唱于茶馆，为一时之盛况。子弟书兴起于雍乾年间，当时大批八旗子弟被征召入伍，连年戍守边关，回京遥遥无期，便把思念亲人、思念家乡的情感形之于曲，述之以调，相互传唱，日久便形成一种喜闻乐见的鼓词俗曲。出征回京的八旗将士，将此曲种带回京城，在八旗子弟中传唱。又有八旗子弟参照弹词形式，创作出早期子弟书曲目，至乾嘉之际，正式称为“八旗子弟书”，其中不用乐器伴唱的称为“清音子弟书”。嘉庆十八年（1813），清廷将一批宗室迁回盛京，安置在小东门外居住，他们把子弟书曲目也带到了盛京。盛京一批失意文人如韩小窗、喜晓峰、罗松窗等，对子弟书这种文学形式十分喜爱，便以会文山房和荟兰诗社为活动场所，积极创作子弟书。会文山房老板邸文裕独具慧眼，40 年间刻印出版了一大批子弟书，如《忆真妃》《糜氏托孤》《宁武关》《黛玉悲秋》《露泪缘》《蝴蝶梦》《百年长恨》《雷峰宝塔》等几十种，深受欢迎。盛京其他一些书商如程记书坊、文盛堂、财盛堂等，也刊刻了一些子弟书作品。这些文人创作的子弟书作品，经世人传阅、艺人弹唱，在盛京广为流传。

“舞榭歌台，风流总被雨打风吹去。”回望 150 年前盛京城人们的生活方式和流行时尚，心中没来由冒出这样一句词。一个时代的人，有一个时代的活法儿，只要是用力地活过，不管是创造物质的生活，还是追求精神的享受，都能形之于商业的繁荣、文化的兴盛。尽管世事变迁、沧海桑田，但总归是会留下一些痕迹和线索，让我们能够穿越回去，重新感受这个时代的肌理和温度。

时尚潮汇 太原街

就像硬币的两个面，如果说中街是沈阳人的乡愁，那么太原街就是沈阳人眺望远方的窗口；如果说中街呈现的是沈阳人的现实生活，那么太原街展示的就是沈阳人向往的生活。

| 太原街街景　门中卫摄 |

在沈阳人口中，“太原街”有两个含义，一是指太原街商业步行街，二是指太原街商圈。太原街邻近沈阳站，北起市府大路，南至砂阳路，全长3950米。其中北起中山路、南至中华路的571米长的地段，是太原商业街的核心地段，也是沈阳市最繁华的商业街之一。随着太原街周边中山路、中华路、民主路等街路商业的发展，这些区域也纳入了“太原街”商圈的范围。从19世纪末仅有十几家杂货铺的小街，发展到21世纪的今天，太原街已成为一个拥有数百家临街店面、十几座现代化大型商场、几千家商业主体、数个大型专业市场和一条闻名全国的商业步行街的繁华商圈，成为东北最有影响力的时尚潮汇地，影响力辐射整个东北亚。

一百多年前，太原街的前身西四条街，诞生于俄日帝国主义在沈阳强行圈定的“铁路附属地”中。1898年，沙皇俄国强行将沈阳站附近地区租用为“铁路用地”，太原街当时称为西四条街，只有十几家油盐杂货小铺。1905年日俄战争后，“铁路用地”被日本强行接管，改称为“满铁附属地”，日本人纷纷来沈阳办商店、开工厂。1910年，“满铁”奉天驿（今沈阳站）建成，“满铁”加速实施其“附属地”建设的新市街计划，按东京银座的商业规划来建设西四条街区域。1919年，日本人将“满铁附属地”内的各条街路一律改用日本语称谓，将西四条街改名为“春日町”，这里聚集了一大批日本商人开办的洋行、商店，成为日本侵略者在沈阳的商业中心。九一八事变后，日本垄断了沈阳市场。1941年，设在太原街一带的外国商号共有117户，其中日本商号达114户，另外的3户外国商号是：印度的大隆洋行、苏联的秋林公司和若路陶拉文具店。当时，中国人在太原街开设的商店仅有中和茶庄、老精华眼镜行两家，还有中国人吴洪开办的洪雅轩理发店，即后来的洪大理发店的前身。

日伪统治时期，太原街的商业基本被日商垄断，呈现出畸形的繁荣。由于日伪当局推行“经济统制法”，当时在沈阳，中国人开办的商店大多因无货可卖而纷纷倒闭，只有日商开办的商店买卖兴隆。“满蒙毛织株式会社百货店”人称“满毛”，坐落在太原街与中山路交会处，是一座五层营业大楼，是当时指定销售奢侈品的四个商店之一，也是当时东北地区设备最新、营业额最多的大型百货商店，创造了50天卖钱额达51600元的纪录。除经营“专卖品”外，这里还经销按定量配给日本人和日伪当局中上层人员的商品，配给的商品有糖、淀粉、鱼、棉布、蜡烛、火柴、香皂、牙刷、和服、搪瓷品、罐头、乳品、调味品等。几久屋百货店，坐落在太原街与中华路交会处，是一座三层营业大楼，经营日用百货、服装鞋帽、床上用品、儿童玩具、舞台戏装、食品糕点、烟酒糖茶等十几个大类商品，主要销售对象是日本侨民和日伪当局的中上层人物，商品、店员主要来自日本。合名会社中谷时计店，坐落在太原北街大体相当于现中兴商业大厦的位置，其总店设在日本大阪，经营各国钟表、贵重首饰、宝石、金银器、眼镜、自来水笔、纪念品、锦旗、

|“满铁附属地”内的春日町（今太原街），摄于20世纪30年代|

照相材料等。广济堂药房坐落在太原街与中华路交叉口，经营西药、医疗器械等，是当时东北地区西药和医疗器械行业的“大户”之一。春日町市场是一座圆圈形建筑，人称“圈楼”，坐落在太原北街临近中山路口，是日商满洲市场株式会社在沈阳经营的三大副食品商场之一，市场内有 40 家私人店铺，主要经营蔬菜、肉蛋、水产品、干鲜果品、杂货等，年销售额占当时三大副食品市场销售总额的一半以上。还有开在中山路上的七福屋，是日商在沈开设的最早的百货商店。

1945 年 8 月 15 日本投降后，春日町改名为太原街。国民党政府统治沈阳期间，太原街变成了破烂市场，各类商号经营艰难，商业活动萧条。沈阳解放后，太原街商业区得到恢复和发展，逐步形成以国营商业为主体、以私营商业为补充的繁华的商业区街。1956 年公私合营后，太原街的商业基本都变成了国营。20 世纪八九十年代，太原街各种商业业态百花齐放，变得更加繁华，这里既有大型百货商店，又有各种特色店、专业店，还有很多小巷店铺，还有早市、夜市、轻工市场，形成了一个十分完整的商业网络。不管是节假日还是平时，太原街几乎天天都是门庭若市，车水马龙，差不多所有沈阳人都曾在这里留下了美好的回忆。

那时候在太原街购物，确实是一种激动人心的体验，商场多，选择多，人更多。1987 年 12 月，太原街上第一艘商业航母中兴——沈阳商业大厦建成开业，五层楼的商场近 8 万平方米的营业面积，包括了百货商店各主要的细分门类，尤其是服装商场细分成了少淑馆、名媛馆、男士馆、儿童馆、精品馆等多个卖场，以时尚新潮吸引了全沈阳市人的目光。1990 年中兴举办第一届服装节，打出了“穿在中兴，美在沈城”的口号，举起引领沈阳时尚潮流的大旗。一时间，太原街商圈硝烟四起，联营公司、和平商场纷纷亮出特色商品或服务，几大商场打起了广告战、价格战，老百姓乐得恨不得天天逛太原街。太原街的一大批专业商店，像丝绸商店、妇女儿童用品商店、工

| 中兴商业大厦内景　门中卫摄 |

艺美术大楼、大明钟表眼镜商店、照相器材商店等，也吸引了一大批忠实消费者。“丝绸商店”专卖苏州、杭州的新款丝绸，带有浓郁江南风格的丝绸，漂亮极了，沈阳及周边城市的人们结婚，都到这里买丝绸做新婚被面。“妇女儿童用品商店”经营妇女儿童服装、用品，还经营各种儿童玩具，应有尽有。还有“老年用品商店”，专卖老年人的服装鞋帽、生活用品。

太原街还是美食天堂，差不多所有沈阳人，都有关于太原街美食的美好记忆。西式餐厅和糕点，是太原街的一大特色，大人小孩子都喜爱。上了岁数的人都记得“南江食品店”，每到夏季的周六周日，二楼开设带有西餐风格的特色午餐，没有炒菜，只有啤酒和香肠拼盘，主食是各种面包，那诱人的味道在楼下就可以闻到，人们宁可排队，也要等候这顿风味独特的午餐。后来该店更名“沁园春”，生意也非常红火。“秋林公司”一楼西式糕点专卖店，每天都是顾客盈门，那独特的味道和繁多的花样，堪称太原街一绝。辽宁宾馆的生日蛋糕需要提前预订，那加厚的蛋糕坯、香甜的奶油味，深深刻在许多沈阳人的年轮记忆里。“园路餐厅”面向普通大众推出西餐美食，最出名的是“罐鸡”“罐牛肉”“番茄意大利通心粉”等，都十分地道；一楼快餐厅的中式甜点也很好吃，特别是澄沙包和元宵，是沈阳市著名的小吃。这里还生产冰棍、冰激凌，也是沈阳市冷饮中的名品。中餐里最有名的饭店，首推“勺园饭店”，位于中华路太原街口，店址为原洞庭春所在地，解放初由鹿鸣春班底接手经营，改为“勺园饭店”，经营正宗鲁菜，是沈阳最有传承的老店，每天中午晚上，这里叮当三响的叫勺声，此起彼伏的报菜名声，昭示着生意兴隆。还有一家“南轩酒家”，这是太原街上唯一一家经营苏扬菜的饭店，由淮扬菜大师唐克明主理，生意也相当红火。1985 年，在太原街北一马路开辟了风味一条街，李连贵熏肉大饼、杨家吊炉饼、山东水煎包、开封灌汤包、马家烧麦等风味小吃，在这里都可以吃到，让逛街的人们又多了一处歇脚和享受美食的好去处。后来的商贸饭店自助餐，新世界百货负一层的港仔茶餐厅等新派美食，也俘获了不少食客的芳心。

太原街最大的特色，是它的文化味儿，在寸土寸金的商业街，难得地保留了一块块文化净土。20 世纪八九十年代，新华书店、外文书店、古籍书店、沈阳科技书店、音像书店，都还在太原街占有一席之地。辽宁大学一位老教授说，他上大学时是太原街新华书店的常客，那里的书多而且便宜。沈阳唯一的“外文书店”位于中山路太原街口的转角处，这里不仅经营外文图书、唱片、磁带、教材，每逢新年春节还出售明信片、贺年卡，颇有时尚气息。对面

| 联营公司 摄于 1954 年 |

的太原街邮局里，很多老用户在这里买报纸杂志、邮票邮册。一般人可能想不到，太原街还有一家“文物商店”，展出从先秦两汉、春秋战国，到唐宋元明清各时期有代表性的文物字画，可以出售，价格面谈，每天在这里观赏的人络绎不绝。联营公司对面的“工艺美术大厦”，卖各种工艺美术品，一楼的檀香木扇子、二楼的文房四宝每天销量都很大，还出售许多书法名家鼎盛时期的书法真迹，以及国画、工笔画名家的作品。逛街的人们还可以去“东北电影院”看场电影，影院墙上的马赛克壁画，电影开幕前独特的敲钟声，都令老沈阳人念念不忘。兰州商场右侧的胡同里，还有一家沈阳市唯一放映新闻纪录片的电影院，叫“新闻电影院”，观看的市民也不少。太原街一带还有中华剧场、工人文化宫、铁路文化宫等演出场所，常有知名院团的话剧、戏曲、歌舞演出，在商业街一片叫卖市声中，还能常听到如清风徐来的弦歌之声，不能不说这是逛太原街的一种偏得。

太原街的时尚是沈阳人公认的，不仅服装品牌前卫、款式新潮，而且聚集了一批美发造型、艺术摄影的名店，给沈阳人留下了难忘的年代记忆。太原街有两家著名的照相馆，一家是“生生照相馆”，以拍摄艺术照片闻名，许多沈阳人家的相册里，都有在生生照相馆拍的照片，或全家福，或结婚照，或个人艺术照，里面储存的都是那个时代最流行的服装、发式等时尚元素。另一家是“和平照相馆”，橱窗里经常摆放辽宁省劳动模范、沈阳市劳动模范、艺术家以及部分领导的大幅照片，令人驻足观看。位于勺园饭店南侧的“洪大理发店”，是沈阳当时的高档理发店，理发师几乎全部是上海人、扬州人，洗剪吹烫水平在沈阳市首屈一指，做出来的发型就是新潮。1983 年，一位新娘在洪大理发店排了一天队才烫上头，然后与爱人拍下结婚照，把那个时代最流行的发式定格为永恒。

因为靠近沈阳站的缘故，太原街还是销售机电、五金、化工产品的“前沿阵地”。据 1985 年统计，太原街地区这类商店有十几家，有凤凰五金交电商店、市化工产品经销部、机电产品贸易中心、市电子产品经销部、太原五金电讯商店、建华五金建材、太原化工商店、交电公司太原商店等。这些产品多为本地工业产品，在太原街开店主要是提供一个产品展示和销售的窗口，这也算是太原商业街的一个特色吧。不过近些年，这些专业店已经越来越少了。

如今的太原街，商业格局已与20世纪八九十年代大不相同，商业调性也已更新为潮玩。随着太原街的多次大规模改造，中兴商业、欧亚联营、新世界百货、万达广场、百盛购物中心等大型商业综合体陆续建成，一些老的商业建筑被拆除，很多传统的专业商店逐渐退出太原街。时尚地下、玖伍文化城、印象城、潮汇生活中心等新的商业形态不断涌现，带领沈阳及周边城市的潮流生活。2023年以来，太原街步行街举办了一系列以年轻人为主角的潮玩活动，像24小时太原街、造趣生活节、搏击格斗赛、汉服主题巡游、动漫主题巡游、太原音乐节等，成为太原街独有的风景线，美食、露营、潮玩、饰品等吸引了年轻消费者的目光。未来，太原街还将深挖潮玩文化资源，以“赏味夜玩”为主题，催热一批例如书屋夜读、运动夜场、零点影院、星光市集、演绎酒馆、沉浸桌游、黑匣子剧场、不打烊便利店等消费新业态，在线上线下消费深度融合的趋势下释放出新消费场景活力。

夏日的夜晚，太原街人流如潮。中兴商业大厦二楼的LED广告屏上，一尾巨鲸挥动尾巴，浪花向人群扑来，人群一阵惊呼。在许多类似这样的场景中，太原街的潮玩文化方兴未艾。我相信，美好的生活在继续，太原街和中街的“双面记”，一定会演绎得更加精彩绝伦。

关东珠宝第一店

说起萃华金店，沈阳人没有不知道的，这是发源于沈阳的一家响当当的老字号。说起萃华金店在沈阳人心中的地位，萃华金店工艺设计总监、萃华花丝镶嵌第四代传承人杨海昱讲了一个发生在店里的小故事。2009年，一个精神矍铄的老太太，在三四个小老太太的陪同下，到中街萃华金店总店来买金镯子，一人一只。店员在与她们的交谈中得知，老太太姓吕，102岁了，当天过生日，高兴之下便要给自己和孙媳妇们一人买一只金镯子。“您老怎么知道的萃华？”店员好奇地问。老太太笑呵呵地说：“我怎么知道的？我出嫁时候的嫁妆，里面的金银首饰就都是萃华的。”一句话把大家都逗乐了。以后这老太太还来过一次，给她家一个刚出生的晚辈，听说是外孙女的外孙女，买了一只长命锁。

岁月的淬炼，成就了这家成色十足的百年老店。萃华金店创立于光绪二十一年（1895），坐落在奉天城内中街的出颖胡同（也称银楼街），当时称作“萃华新首饰楼”。财东关锡龄，别名锡绍彭，奉天锡伯族人，姓瓜尔佳氏，属大清镶黄旗。关锡龄多年为官，家资颇富，利用祖上遗留下来的房产，在中街开了这家金店，以经营首饰为主，兼营金银条宝、珠石钻翠。由于工艺精湛、经营有方，萃华金店在同行中独占鳌头，被誉为“关东珠宝第一店”，于20世纪二三十年代达到鼎盛，成为达官显贵、普通百姓定制、购买首饰的首选。由于历史原因，萃华金店于1949年停业转行。改革开放后，萃华金店于1985年重新开业，秉承品质如金的经营理念和高超的花丝镶嵌和錾刻技艺，迅速成长为行业领头羊。2014年，“萃华珠宝”在A股上市。这家百余年前私人创办的老字号企业，转型成为一家在全国拥有500多家店面的上市公司，不仅把店开进了北京故宫，还把新品展示会开进了巴黎时装周，成为引领中国珠宝首饰时尚潮流的领头羊。

回首往昔，杨海昱颇有感慨地说：“萃华作为一家百年老店，既能保持传统珠宝文化的魅力，又能不断推陈出新，引领时尚潮流，永葆企业活力，缘于三件‘传家宝’。第一是经理人负责制百年不变，萃华从创立之日起在经营管理上就确定了职业经理人负责制，一直延续至今；第二是精湛技艺百年传承，萃华拥有传自宫廷的花丝镶嵌与錾刻技艺，传承至今，且不断发扬光大；第三是经营理念百年如一，从创业之初就确立了‘金品与人品共纯’的宗旨，始终坚持品质如金、童叟无欺的品质和服务，赢得了一代代消费者的信赖。”

萃华金店的第一宝，是职业经理人制度，在百年前叫东伙制。创办萃华金店的关锡龄作为财东，只管投资分红，店里的日常经营管理聘请职业经理人来打理。关锡龄聘请的首位经理人，是经营金银首饰行业多年、有着丰富掌柜经验的祝玉堂（别名祝润）。祝玉堂是河北省抚宁县人，执掌萃华新首饰楼一应经营事务，每年向财东报告经营情况。他的报酬，除了按月领取一份丰厚的养家费外，还可在年底按身股份额分配红利。他负责组建经营团队，招用的一批助手和柜伙，多是河北省榆（关）、抚（宁）、昌（黎）、滦（县）、乐（亭）一带人，俗称“关里帮”。祝玉堂作风果敢稳健，善于把握市场机遇，他带领“关里帮”经营团队连创佳绩，在中街首店开业成功

| 萃华金店总店　门中卫摄 |

后，萃华迅速在中街另辟分号，总店和西店分立在都城隍庙东西两侧，成为当时中街一景。1912—1921 十余年之间，萃华金店发展到总号、分号共 6 处，其中尤以哈尔滨市的两个分号最为兴隆。祝玉堂善于把握行情，派驻人员到天津、上海了解黄金市场行情。第一次世界大战结束后，西方列强大量抛售

| 萃华金店花丝镶嵌工艺品及首饰　门中卫摄 |

黄金，竞相来华抢购物资原料，使市场黄金价格下跌，每两黄金不足50元，祝玉堂抓住时机大批囤货，制成金首饰或金条、小元宝出售，大赚一笔，年获纯利达10万元以上。祝玉堂掌柜期间，为萃华建立了注重品质的经营传统，创下了童叟无欺的良好口碑。

萃华第二任经理是王恒安。在祝玉堂执掌柜事期间，经关财东倡议，任命王恒安为副经理。1921年，祝玉堂委托王恒安代理执掌柜事。1930年前后，祝玉堂因年高多病引退，特予保留原待遇，回原籍养老，王恒安接任总经理之职。他稳健进取，能识人善用，金店生意愈加兴旺。当时，萃华在沈阳市总商会中有董事一席。1922年成立沈阳金银首饰同业公会，以求调整各店牌价，维护同行业利益，王恒安被公举为会长（后改称理事长）。每天早晨，沈城各家金店都派人在萃华金店门前等候，以萃华挂出的同业公议牌价为沈阳乃至东北地区当日交易牌价，萃华成为当之无愧的行业领导者。第三任经理是赵瑞馥，原为王恒安的副手。1946年，日伪时期被迫改名经营钟表业的萃华金店在原址上复业，赵瑞馥出任经理，按照既定章法经营，在做好主业的同时经营黄金条宝，生意颇有起色。沈阳解放后，萃华金店在党和政府经济政策指引下，于1949年第二季度宣布停业，赵瑞馥和店员们成为国有商业员工。1985年萃华金店重新开业时，赵瑞馥年事已高，被聘为顾问，为萃华金店的发展出谋划策。此后的萃华金店股份几经变化，但始终坚持职业经理人负责制，经营发展日新月异。

萃华金店的第二宝，是它的花丝镶嵌与錾刻技艺。花丝镶嵌技艺可追溯至东汉时期，至今已有2000多年历史，因其材料的奢华、技艺的高难和匠人的稀少，花丝镶嵌技艺长期深锁宫禁，只有皇家才能享用。1928年，原在清宫内务府造办处做事的老工匠王征伍受邀加入萃华金店，成为萃华花丝镶嵌与錾刻技艺的第一代传承人。他把原本只服务于皇家的花丝镶嵌工艺带到了民间，使萃华原本的堆叠、镶嵌、錾刻等金银加工技艺得到提升和丰富。著名书法家、金石家李西对萃华金银首饰的精美推崇备至，曾亲赠隶书对联一副，“萃列奇珍夸蜃市，华添藻饰夺龙纹”，赞美萃华金饰工艺的高超技艺，至今还挂在萃华金店的大门口。

此后，一代代的萃华花丝镶嵌与錾刻技艺传承人继续完善技艺，做出许多市面上罕见的花丝镶嵌饰品种类。萃华花丝镶嵌与錾刻的基本技艺主要包括花丝、镶嵌与錾刻三项。花丝是以金、银、铂金等延展性强的金属为原料，将材料拔成细丝，最细的丝直径只有 0.12 毫米，再编结成型；镶嵌指把金、银薄片捶打成片，做成托和爪子形凹槽，再镶以珍珠、宝石等装饰品；錾刻便是使用錾刻工具，在金属板上加工出高低起伏、造型各异的浮雕图案。2006 年，由萃华率先研发、生产并获得国家专利的“转运金珠”，从东北一路席卷至全国各地，形成一股流行热潮，也为全国珠宝行业带来了一个难得的黄金丰收年。

“中国的首饰制作中蕴含着很深的文化内涵，遵照‘有图必有意、有意必吉祥’的原则，首饰中所蕴含的美好祝福和文化底蕴，既需要学习传承，也需要不断创意出新。我们的首饰设计和制作队伍，都是我们自己培养的，像花丝镶嵌与錾刻这样的非遗技艺，只有老师傅手把手地带徒弟，经过多年的刻苦练习才能学成。”杨海昱说，为了更好地传承技艺，2018 年，萃华金店专门组建了花丝镶嵌班组，由老一辈匠人带新一辈，立志将这项技艺一代代传承下去。

萃华金店的第三宝，是讲究诚信，童叟无欺。“这些年来，萃华金店获得了国家、省、市很多荣誉，像‘中华老字号’‘中国名牌’‘中国驰名商标’等等，但萃华最看重的，还是中消协颁发的‘诚信单位’这个牌子，因为它代表的是消费者始终如一的认可和信赖。”杨海昱说，萃华金店坚持“货真价实，童叟无欺”的经营理念，在投料和质量上始终坚持最高标准，金是足赤，银为纹银，器具计量准确，不差分毫，凡是有“萃华”戳记的金银首饰，到哪个金店都可以足额兑换。如今，只要是“萃华”的首饰，不管什么时候买的，都可以拿到店里来清洗和维修，除材料费外分文不取。萃华金店用品质和服务赢得了消费者的信任，这个树在老百姓心中的奖牌，无价！

“萃列珍奇夸蜃市，华添藻饰夺龙纹。”走出沈阳西中街萃华金店总店大门，又看到了门口挂着的这副老对联，让人产生时空穿梭之感。我仿佛看见，一只金灿灿的长命锁，挂在一个粉嘟嘟的小女婴脖子上，又出现在100年前一个长得很相像的小女孩的脖子上，锁上印着“萃华”的戳记。我相信，一个经过了时间淬炼的百年老字号，一定会带给人们平安吉祥的久远寄托。

开埠兴商

嗅着空气中飘荡的咖啡香，就能走到八经街。附近的街巷聚集着许多咖啡馆、西餐厅和小酒吧，还有不少中西合璧的小洋楼掩映在绿树丛中，充满着异域风情和小资情调。100多年前，包括南市场和北市场，以及南北市场之间分布着许多经街和纬路的这片区域，就是奉天商埠地——沈阳最早对外开放的“自贸区”，一个位于沈阳老城和“满铁附属地”之间的新兴商业中心。

闭上眼睛，站在市府广场，我仿佛回到20世纪初，那时的沈阳，正站在历史的十字路口。那时，这里是小西边门，路口有一座顶上饰有双龙、上书“陪都重镇”四个大字的铁制大牌坊。牌坊背后，是大清的陪都盛京，又称奉天省城，是东北的政治、经济和文化中心。牌坊的前方，是通往京城的大御路，可以望见“南满铁路”的奉天驿（现沈阳站）和“满铁附属地”。1861年营口开埠通商后，商贸兴盛，日益成为东北新兴的经济中心城市，奉天省城也加快了工商业近代化的步伐。1896年，清政府在沈阳大东门里建立奉天机器局，使用蒸汽动力生产，成为沈阳城内第一个机械工厂。同时，沈阳的油坊陆续开始采用机器榨油，一些纺织工厂开始使用机器生产，至诚永、永兴和、同兴、天增利、天增东等织布工厂也相继开办。20 世纪初，随着中东铁路支线、京奉铁路先后开通，沈阳成为东北产品出海和入关的海陆交通枢纽，与国内主要城市贸易联系日益密切。沈阳城内各种商铺林立，商业繁华，1905 年全年商业总交易额已达到 540 余万元，成为各国商人关注的重要商埠，也成为日俄美英等国争权夺利的焦点城市。沈阳是封闭还是开放，是摆在清政府面前的重大选择。

沈阳开埠通商，是主动开放，也是无奈的选择。甲午中日战争以后，东北主权逐渐沦丧。在东北地方官员的强烈要求下，清政府决定，通过对奉天省城等东北城市的自行开放，允许各国通商，以保利权。1903 年，中美、中日续订通商行船条约，其中规定奉天府、安东县、大东沟三处地方，由中国人自行开埠通商。1905 年日俄战争后，清政府派赵尔巽出任盛京将军，在东北实行新政，对内改革官制、发展经济、振兴军事、兴办教育，力图使东北强大起来；对外采取“以夷制夷”的均势外交政策，将奉天等地实施开埠通商，试图引入欧美势力来牵制日俄在东北的扩张。1906 年 6 月 1 日，奉天省城正式对外开放，划定沈阳老城与“南满铁道附属地”之间约 10 平方公里的区域，“作为华洋公共通商之埠”。同时，“于交涉司内附设开埠总局，专理其事”，拉开了沈阳对各国商人开埠通商的大幕。当时的开埠总局，其职能包括对外交涉、招商、埠内土地清丈、规划建设、税收、警务、城市管理等，大致相当于后来的市政府，是沈阳实施近代化城市管理的雏形。

一个近代化的新城区，在沈阳老城与“南满铁道附属地”之间的空地上迅速崛起。奉天开埠总局将商埠地划分为正界、北正界、副界和预备界，分阶段开发。从奉天商埠地鱼鳞图上可以看到，商埠地的形状就像一支电话筒。电话的手柄部分是正界，位于市府大路与十一纬路之间，是商埠地的核心区，商埠局、海关、税务、邮政、警署等机构和各国领事馆都在这儿，外国人住宅、公馆、商号、银行比较集中；听筒部分是北正界，位于正界北端，即北市场所在地，主要为本土商民所用，用于工业、商业和居住；话筒部分是副界和预备界，副界位于正界之南，南市场是其核心，其功能与北市场类似，二者构成了极具本土特色的消费空间。预备界位于副界以西，为商埠地预备发展空间。其中正界由于交通便利、地理条件优越而被率先开发建设。1919年，奉天当局开始建设南市场和北市场，加快了北正界和副界的开发步伐。商埠地内的道路，规划和命名都与国际接轨，南北为经街、东西为纬路，道路整齐宽阔，有人行道，路面多为柏油路，种植行道树，安装路灯。商埠地还规划建设了马拉铁道等公共交通，以及自来水、排水、电灯系统，建设了学校、公园，设置了商埠警察局和消防队。为维护公共卫生，商埠地还修建了32处公共厕所，设专职卫生队近百人清运垃圾，并购置4辆汽车洒水降尘，很快成为先进时尚的新兴城区。

行走在经街纬路，仿佛走进了万国建筑博物馆，一座座西式或中西合璧的小洋楼新颖别致，掩映在绿树丛中，让人目不暇接。为了保证城市天际线的完美和尽可能增大城市的空间容量，商埠局制定了严格的建筑高度和建筑布局标准，规定各土地租买者必须依照章程使用土地。章程规定在主要街路两侧，楼房高度不得低于三层楼，同时外墙要有统一风格的装饰。商埠地绝大部分建筑为砖混结构，外观模仿欧洲古典式、巴洛克式风格，造型美观，坚固实用，富有异国情调，成为市街中的一道夺目亮丽的风景线。为了适应时代发展，一些达官显贵的公馆建筑也逐渐改良，呈现出中西合璧的建筑风格。在此背景下，商埠地造型各异的洋房、别墅和商业栈房，如各国领事馆、法国汇理银行奉天支行、汇丰银行奉天支行、同泽俱乐部等拔地而起，城市空间结构呈现出浓厚的现代化色彩，强烈冲击、震撼着国人的视觉。在南市场，商埠局特别规划设计了极具中国特色的八卦街。《奉天通志》记载称：“近者省会开辟商埠，建筑宏丽，悉泆欧西，于是广厦连云，高甍丽日，绵亘达数十里，栉比鳞次，顿易旧观。”

在青年大街西侧、二纬路以南，一大片住宅楼中间，有一幢三层楼的英式老建筑，这是一百多年前建成的奉天海关旧址。外商的涌入和对外贸易的增加，使奉天商埠地成为当时沈阳最具经济活力的新区，使得在这里设立海关成为必然。沈阳商埠地是仿照开放口岸的办法自行开放城市部分土地，允许中外商人在此租地建房和经商，通过减税、让利等优惠手段招商引资，吸引了大批握有巨资的外商集结，各种洋行、银行纷纷落地。据1909年统计，商埠地先后办起各种企业192家，其中中国人经营的26家，多是服装、餐饮和娱乐业，外国人经营的166家，多是商店、洋行和金融业。据1920年《奉天省城商埠局第一次报告书》统计，商埠区内经营工商业者，外国有141户。外国工商业者中，日本为最多，达103户，朝鲜次之，为26户，其他依次为美国6户，德国和法国各为2户，英国和俄国各为1

| 奉天海关大楼旧址 门中卫摄 |

户。仅南市场就有美、德、日、俄等国洋行30多户。以商埠地为先导，各国商人陆续进入沈阳城全域经商，德国的天利、华惠、西门子、东大、魏德、雷虎公司，英国的老晋隆、怡和、亚细亚、仁纪等20余家公司，美国的美孚、慎昌等洋行，俄国秋林等10余家商行，其他还有奥地利的百禄、挪威的福康、捷克的斯克达、丹麦的文德等洋行，都在沈阳开张营业。随着在沈阳的外国投资和外国人增多，各国领事机构也都纷纷进入商埠地，日、俄、美、英、法、德、意、奥等国纷纷在商埠地设立总领事馆或领事馆，在二纬路、三经街一带形成了比较密集的领事馆群。位于三经街的迎宾馆，那时是日本总领事馆。

良好的经商环境，使商埠地也成为民族工商业发展的一片沃土。中国商人在商埠地办了不少企业，如奉天纺纱厂、惠临火柴公司、兴奉铁工厂等工业企业，辽宁民生银行、奉天储蓄会等金融机构，以及北市、民生、中原、公和等百货商场。奉天纺纱厂、惠临火柴公司投产后迅速成为行业的翘楚，原先由洋行经营、垄断沈阳市场的进口洋布、洋火，逐渐被物美价廉的国产棉布、火柴取代，国产货不仅满足了沈阳人自用，去掉了这类商品上的“洋”字，而且还可以行销国内并出口海外。奉天纺纱厂采用机械化的大生产，从美商慎多洋行引进美国纺纱机2万锭、织布机200台及发电机等全套设备，工人多的时候有两三千人，生产的棉纱、棉布除供应本土还对外出口，进入了全球采购供应链。据1920年统计，商埠区内经营工商业者，总计1028户，其中中国887户。北市场、南市场的兴建，更是吸引了许多餐饮、娱乐、百货等各种商号的入驻。1928年，商埠局总办韩麟生在报告中说：“自西人至此，建造楼房，开设工厂、领事馆、商店、银行、洋行和车站等，十余年间情形大变，商埠内商肆云集，百货辐辏，列尾连云，渐臻繁盛。”商埠地的设立和建设，对外来资本和先进生产、管理技术的引进，有力推动了沈阳民族工商业的发展。如今的抚顺路一居民小区里，还矗立着复原的奉天纺纱厂办公楼，楼顶的时钟仿佛在提示人们这里不凡的过往。

在八经街随意一家咖啡小店，端起一杯咖啡，都会喝出时间的味道。一百年前，商埠地激增的人口、时尚的生活方式，催生了一大批配套的生活服务业和娱乐业，包括咖啡店和西餐厅。商埠地居住着很多外国人，有各国领事馆的领事、工作人员及其家属，奉天海关的洋关员，各个洋行的外商，沈阳各大工厂聘用的外国顾问、管理人员和技师等等，使这里成为一个非常国际化的社区。据统计，1924 年在商埠地居住的外国人达 441 户、1632 人。他们住着小洋楼，穿着西服，出门坐小汽车、洋马车，还可以骑自行车，或者坐“马铁”（马拉铁道，奉天驿至大西门）、公共巴士（北市场至大北横

| 八经街咖啡飘香　李浩摄 |

街），可以去凯宁饭店吃西餐、喝咖啡，去六国会馆喝下午茶、游泳或打网球，去十间房的日料店吃日本料理，晚上可以去六国会馆、同泽俱乐部看电影、跳舞，有空还可以去逛逛司戴德公园。这里的西式生活方式和流行时尚，也在改变着沈阳城一些时尚人士的生活习惯，比如，逛公园、看电影、穿西装、戴手表、吃西餐、喝下午茶等。沈阳摩登女士的衣着和打扮也发生了明显变化，1926 年 7 月 13 日《盛京时报》报道说，她们“有服时装者，有改西服者，有剪发者，有烙发者，更有中服而西冠者”。位于三经街的孔雀理发店，专为时尚人士打理头发，能做洗剪烫全活儿，可做各种时髦发式，达官贵人、太太小姐们趋之若鹜。

当然，中式的生活方式更有市场，南市场和北市场的服务业、娱乐业最为发达。两大市场聚集了全沈阳最多的休闲娱乐场所，喝酒、看戏、品茶、听书、泡澡堂子、看摔跤，要啥有啥，不管白天晚上都是人声鼎沸，尤其是夜生活十分丰富，吸引了全沈阳的“夜猫子”。想吃饭，北市场有普云楼、品香斋、会宾楼、三合盛，南市场有鹿鸣春、商埠楼、新德馨、厚得福；想看戏，南市场有东北大戏院、商埠大舞台，北市场有大观茶园、共益大舞台、中央大舞台；想洗澡，南市场有第一池，北市场有登瀛泉、天河池；想看电影，北市场有奉天剧场、保安电影院、云阁电影院；想泡茶馆听书，北市场有四海升平茶社、玉明茶社；想寻开心，南市场、北市场有许多生意红火的大小“书馆”。北市场在 20 世纪 30 年代达到鼎盛，有各种娱乐场所 150 余家、饭店 120 余家、影剧院 6 家，以及一批茶馆、澡堂、摔跤场等。这里的演出市场尤其火爆，奉天落子、京剧、评剧、西河大鼓、评书、相声、二人转、地方小戏应有尽有，甚至还有几家专门接待各地演出班子的旅社，和专为名角儿定制戏服的戏衣庄。

走在绿树成荫、车水马龙的和平大街，我忽然有一种时空迷失之感。老沈阳人都称和平大街为“国际大马路”，当年沈阳面向世界自主开放的商埠地与被日本侵占的“满铁附属地”，就在这里分界。马路两侧商厦、银行林立，马路中间的绿化带里，一百多年前栽植的作为界标的银杏树，如今还有存活者，已是粗可围抱、绿荫如盖。老人们说，银杏树又叫“公孙树”，意思是说爷爷辈栽树，孙子辈乘凉，诚哉斯言！

『三畲堂』盛衰记

在沈阳著名的张学良旧居东侧、紧邻朝阳街有一座罗马古典复兴样式的三层大楼，十级台阶、六根直径一米的爱奥尼巨柱，显示出卓尔不凡的气势。这里曾是张氏父子私人银行边业银行总部,存放了张家父子积累的巨额财富，九一八事变后被日本人掠夺一空。如今，这里变成了沈阳金融博物馆，一楼大堂内的蜡像群塑复原了当年边业银行的营业场景，狐毫貂髾的大款豪客，西装笔挺的银行员工，无不显示出当年张家商业帝国的煊赫气象。

人们知道张作霖是奉系军阀的头子，但可能不大知道，他还是一个经商理财的“高手”。张作霖发迹前，卖过烧饼，学过木匠，做过货郎和兽医，都是小打小闹地勉强糊口。1902 年，他接受清政府招抚，从团练摇身一变成为新民府的清军巡防营管带，头脑活络的他利用剿匪攫取了大量钱财，在新民办起了“三畲油坊”“三畲成当”，这是他以后经商发财的产业基础。以后几年中,他人走到哪儿,商号就开到哪儿,新创办的商号均以他的堂名“三畲堂”冠名。1908 年，张作霖奉命前往辽北的松辽平原剿匪，他的三畲油坊、三畲当铺、庆畲祥粮栈、烧锅坊便在郑家屯开起来。1912 年，张作霖进入奉天城，奉天城内也就先后开设了三畲粮栈、三畲当、祥钱号。在短短十余年间，张作霖所经营的三种商业（即油坊、典当行、粮栈）就初具规模，并以新民县为基地，先后在法库、铁岭、开原、大连、海城、辽阳、黑山、大高坎、八角台、台安、中安堡和姜家屯等地，开设三畬油坊、三畬粮栈和三畬当铺的分号，计有大小商号数十家之多。一时之间，三畬号成为东北地区最大的"连锁企业"。

张作霖所开的买卖中，规模最大、买卖最兴旺的，要数位于皇姑屯火车站附近的三畬粮栈。随着京奉铁路通车，终点站皇姑屯站周边地区变得热闹起来，商贾云集，仅商号、货栈、药房等就有30多家，还有旅店、饭庄、油坊、表店、银匠铺、刻字社、照相馆、邮局等。在皇姑屯车站北侧有一条热闹的大街，当时名叫皇姑屯大街，今天叫天山路，三畬粮栈就在这条大街的街北，原天山路第一小学的位置。三畬粮栈有前后两个大院，前院供办公休息，后

| 边业银行复原内景　李浩摄 |

院为场院和仓库，占地面积16750多平方米。院内四角设有炮台，围墙有3米多高，内有青砖小瓦房三栋、平房一栋，共56间，均为砖木结构。靠着铁路运输的便利，张作霖在沈阳掌权的十几年间，三畲粮栈垄断了南北往来的农副产品交易和奉系几十万大军每年的粮草供给。除此以外，三畲号还兼营许多军需用品，如军队所需的服装、马具、灯具、皮革、医药等，无形中三畲号又成为奉军军械被服的供给地。这种稳定的供给关系，让张作霖不费力地就赚取了大笔钱财。到了张学良时代，又成立了三畲公司，除了在皇姑屯设址外，还在商埠地另辟新址，大发其财。1922年以后，张学良等人独资或与人合资开办了大昌兴军衣庄、魁畲祥军衣庄、魁盛祥军衣庄、三长木铺、强华公司灰铺、三畲长煤局等商号。1924年6月，张学良等出资50万元开办东方粮栈，业务遍及全东北，仅派往中东、“南满”、四洮各路的办事员就有130多人。

有权有钱又有势，张作霖在金融行业也玩得风生水起。干典当买卖有盈无亏，典价很低，获利甚巨。张作霖以奉天的三畲号为总号，下设分号，遍布各地，新民有三畲成当，营口有三畲和当，以经营衣物、古玩、金银首饰、杂物典当为主，就是枪支弹药他们也接收。但张作霖并不满足，在奉天又开设了祥钱号、公济平钱号，又在营口开设了三畲和银号，专门从事货币买卖。发行私帖是一种无本万利的买卖，其发行全凭商家信用，不须经任何手续。因此私帖发行不可能是大量的，一般在数百元至数万元之间，流通区域一般不出县境。张作霖的三畲和银号“发行私帖，民国九、十年度，其发行额达六十万元”。张作霖发行私帖数额之大，在东三省内无第二人可与之相比。张作霖还通过改组东三省官银号，掌握奉天金融命脉，发行钞币，控制金融市场，并随时支现为自己所用。

张作霖还通过投资或参股银行，获取超额利润。张家先后投资或参股殖边银行、边业银行、东北银行、盐业银行、中华汇业银行、奉天裕金银行等，给张作霖带来了可观的回报。1920 年成立的边业银行，原是北洋政府以殖边为名成立，1924 年第二次直奉战争后张作霖接收该银行，一次性投入启动资金 500 万元，占有其 95% 的股份。张学良长期担任董事长，边业银行成为张家的私家银行，总行也随之从天津迁到奉天。边业银行归属张作霖以后实力大增，在北京、天津、济南、张家口、哈尔滨等地设有分行 43 处，是东北最大的银行之一。它享有代理国库发行货币的特权，并与东三省官银号有着密切而又微妙的关系，被业内人士称为“化名的东三省官银号”“东北的中央银行”。由于边业银行属张家私家银行，它为张氏父子积累和创造了大量财富，截至九一八事变时，关外边业银行的总资产达千万元以上。遗憾的是九一八事变以后，张家的这部分资产连同寄存在边业银行的四万七八千两黄金及古董珍玩，全部被日本人没收，损失惨重。

凭借强大的资本投资实业，是张作霖的又一条发财捷径。第一次世界大战之际，中国的民族工商业得到了一个难得的发展机会。向来投资眼光极准的张作霖，大笔投资实业，大发其财。他的投资分布范围极广，遍布于东北三省，甚至在山东、直隶、天津、北京等地也有他投资的企业；从投资领域来说，更是涵盖了各行各业，有煤矿、滑石矿、铁工厂、纺织业、银行业等，而且投资数目巨大。为了挤进那些质地优良的企业，张作霖见缝插针，有利就上。1919 年，天津最早的纺织工业——恒源纺织有限公司筹备成立，为了挤进这家新式工厂，张作霖参与了公司的发起，以海城三畲堂的名义，投入 500 股（每股 100 元）。同年，张作霖借给政记轮船公司 30 万元，并以东北官商名义，加股 200 万元资助张本政渡过难关，从而获得从日本等地运送军火或物资的特权，大发横财。这一年，黑山八道壕煤矿面临破产，张作霖乘机以 70 万元收购了该矿，从而独占了这家东北较大的煤矿。该矿的三个井每日平均产煤 250 吨，一年即产煤 9 万多吨。张作霖私人投资或以张学良名义投资的矿业有：黑山县八道壕煤矿和中兴煤矿、热河北票煤矿、鹤岗煤矿、阜新煤矿、吉林蛟河奶子山煤矿等几十家；投资或入股的工厂有：永兴铁工厂、大冶铁工厂、大亨铁工厂、奉天肇新窑业公司、奉天纺纱厂、惠临火柴公司、宁古塔发电所、鲁丰纺织公司、恒源纺织公司等；张作霖还以官商合营的名义，参股奉海铁路、大通铁路，大发横财。

张作霖培植、挖掘了一批善于经营的人替他打理生意，而他则坐享其成。协助张作霖经营私人生意的最大帮手是彭贤，彭贤是他的救命恩人之子，后投奔他做了军需官，东三省官银号改组时，张作霖委任他为官银号会办兼总稽核，后升为总办。1925 年 4 月，张作霖接手边业银行后，任命彭贤为总裁，并调派东三省官银号大批骨干担任边业银行各级管理人员，掌握运营核心。张作霖的另一个亲信钟承之，为他经理商业项目和钱庄生意。张作霖此前在新民开办三畲油坊，囤收大豆贩运营口，在姜家屯开设三畲当、三畲粮栈，都是钟承之一手操办。钟承之的儿子钟恩，也是张作霖生意上的得力助手，

为他经营打理三畲粮栈。姜家屯三畲当的副经理杨荫普，也被张作霖委任为三畲银号经理。张作霖接手黑山八道壕煤矿后，任命阎廷瑞为第一任督办，继之以王正黻为总办。阎廷瑞是张作霖的亲信，曾随张作霖屯垦满蒙，任过蒙荒局局长；王正黻毕业于北洋大学采矿冶金科，是在美国哥伦比亚大学留过学的硕士，因管理八道壕煤矿颇有成绩，后升任奉天矿务局总理兼总工程师。张作霖的亲家于文斗（张学良发妻于凤至之父）也在郑家屯帮张作霖经理商业。

历史总是惊人的巧合。1928 年 6 月 4 日，张作霖坐火车从北京返回奉天，经过京奉、“南满铁路”交叉处的三孔桥时，被日军预埋的炸药炸成重伤，回到帅府后死去，史称“皇姑屯事件”。他被炸的地点，距离他在皇姑屯车站开设的三畲粮栈不远，真是兴也皇姑屯，亡也皇姑屯。1931 年九一八事变后，日本侵略者将张家在东北的财产作为逆产没收，包括存在边业银行的黄金珍玩。张学良名下被没收的私人财产，仅金银一项就价值 2.5 亿元，这些大都是张作霖积累下来的。以“三畲堂”为核心的张作霖商业帝国，到底总共有多少财产，至今也没人能说清楚。抗战胜利后，有关方面曾成立“三畲堂资产清理委员会”，追索被日本侵略者掠夺的张家财产，但最终并没有一个确切的数字。

纵观张作霖整个经商发家史，学界普遍认为，张作霖作为奉系军阀头子，他和他所带领的奉系军阀们的经商历史，就是大地主、高利贷者和官僚资本家对人民的掠夺史。一位学者说，军阀经济活动的最大职责，就是“谋取私家之利，维护一帮之位”，完全不代表人民利益和历史趋势，所以必然短命。从这个观点来看“三畲堂”的兴衰史，“其兴也勃焉，其亡也忽焉”，是多么准确和恰当啊！

头顶庆丰润，脚踩内金生

“头顶庆丰润，脚踩内金生”，现在很多沈阳人可能都不知道这句话了。但在100年前，这句话在沈阳可是人尽皆知的。“庆丰润”（后改名叫“润记帽店”）是做帽子的，“内金生”是做鞋子的，这两家店铺都开在沈阳最繁华的中街商业街，是沈阳人买帽子买鞋必去打卡的两家店，所以民间就有了这个佳话。换句话说，那时候只有穿戴了这两家的鞋帽出门，那才叫体面，沈阳的达官显贵、富商大贾都是他们的老主顾，连伪满洲国皇帝溥仪登基，都派人来沈阳“润记帽店”和“内金生”鞋店订制朝冠朝靴。

能把小小的帽子和鞋子做成大生意，这可不是一件简单的事，要有天时、地利、人和的共同作用。先说天时，过去在东北，帽子和鞋子的重要性，要超过其他任何地区。为什么？冷！所以东北八大怪里有“狗皮帽子头上戴”这一怪，东北三宝里有“乌拉草”这一宝，狗皮帽子和乌拉鞋，都是东北人御寒必备的装备。再说地利，沈阳曾是大清的陪都，也是东北的政治、经济和文化中心，王公贵胄、官商人等着装的礼制和习俗要求很高，对帽子和鞋子的形制、款式、材质、穿戴场合等的细分需求更加多样，所以在沈阳经营帽子和鞋靴的商号也很多，卖鞋帽原料的店铺也多，像皮行、布店、绸缎铺、轻裘店、帽领铺、帽盒铺等等，形成了完整的产业链。再说人和，能从许多家同业商号中脱颖而出，“庆丰润”（“润记”）和“内金生”在经商方面必有其过人之处，才能积聚起强大的人气，成为市场的王者。这也正是我对这两家老字号最感兴趣的地方。

经商者最看重的，是商号的品牌信誉。“内金生”和“庆丰润”（“润记”）在经营过程中，尽管经历了世事变迁，但他们对品牌的坚守始终如一。在 20 世纪 20 年代沈阳中街的一张老照片上，沿街一家商铺门口，写着“内金生”三个大字的招牌格外醒目。内金生鞋店位于中街路北，它是由康豫州等四人合资经营，始建于 1914 年。内金生制作的布鞋，做工精细，别具一格，货真价实，遐迩闻名，在与同业竞争中跃居首位。鞋店命名“内金生”的意思有二：一是“店内生金”，祝愿本店财源茂盛之意；二是“鞋内生金”，

| 内金生鞋店 摄于 1918 年 |

祝愿顾客发财走运之意。产品的注册商标是“金鼎牌”，寓意鼎盛兴旺，符合买卖双方的心理。庆丰润帽店创立于清咸丰年间，由姚、高、苏三家合资经营。河北丰润县青年董益三，1922 年到沈阳中街庆丰润帽店当学徒时，帽店为前店后厂，制作和经营的帽子质量颇佳，信誉很高，生意十分兴隆，当时沈阳已有“头顶庆丰润，脚踩内金生”之佳话。九一八事变后，庆丰润帽店被迫关门歇业。1933 年 2 月，由原经理姚锡三带领 10 多位老员工，在中街木行胡同重操旧业，创办了“润记帽店”，聘董益三为副经理，承续老店的经营理念和业务，重新获得了市场的认可。解放后，商业部门为了挖掘鞋帽工艺，于 1957 年将“内金生”鞋店与“润记帽店”合并，改为“内金生润记鞋帽店”，以两个老字号联合品牌走市场。

在中街这个经商宝地占据有利地段，是“润记帽店”和“内金生”生意兴隆的不传之秘。“庆丰润”的门市原本在中街，歇业后自然就没了。1933 年 5 月，“润记帽店”开业后，作坊在胡同里，又没有好的门面卖货，生意不佳。于是副经理董益三建议：必须在中街找到一个好门市作卖柜。经多方查找，润记帽店租下了中街路北的一处二层楼房（富长源旧址），以前屋为卖柜，后屋为作坊。楼上转租给广兴泰皮袄铺卖皮货，给润记 20% 提成。同年 9 月，润记帽店在新址开业，顾客盈门。这时，润记帽店扩大了经营范围，除卖四季帽子外，还经销水獭、狐皮和各种皮领。经营一年之后，考虑到卖柜在路北，橱窗朝南，对皮货样品成色在感观上有不良影响，因此，润记又租下了中街路南一个橱窗朝北的门面作卖柜，生意越来越好，声誉远超原庆丰润帽店。内金生鞋店坐落在中街路北，房子是租的。1929 年，第二任经理王中和决定扩大生产，壮观门面，准备建一栋三层楼房。当时的中街，商号林立，土无原地，如何盖新楼？王中和向房东提出了一个令人意想不到的盖楼方案：将现平房拆除，就地重建新楼，产权仍归房主所有，内金生拥有承租权，建房费从租金中扣除，建房费没扣完之前，房主无权停租。房主大喜，这不等于白捡了一栋楼房吗？其实，这正是王中和的一个精明盘算，一招直接锁定了未来至少20年在中街经营的有利地盘。双方一拍即合，皆大欢喜。

这两家老字号在经商中，最讲究货真价实，将诚信经营视为生存的根本。润记帽店做帽子的原料，均采选全国各地上等呢、绒、绸、缎、纱、布和各种粗细皮张，如貂皮、水獭、灰鼠、狐貉皮、剪绒及进口的好皮张。即使絮帽子用的棉花，都选用白长绒的上等花，如顾客不相信，便拆开帽子随便看，以示真假。内金生鞋店股东康豫州，是鞋业的行家里手，认为在与同业竞争中，须用高质量产品打开渠道，树立信誉，以信誉招揽顾客。因此必须把好两关：一是材料关，二是质量关。首先是精选原材料。鞋面选用英国名牌“荣泰牌”头号、二号纯毛礼服呢，俄国“青平呢”，日本“司马相如牌”呢和国产名牌软缎。夹鞋里选用本白（棉花原色）漂白斜纹布，既耐用又美观。棉鞋里选用纯毛白毡，既轻便又保暖。鞋底料选用进口三色牛皮（呈三层颜色），香港法蓝皮（石蓝色），及国产上等牛皮。纳鞋底选用大麻制绳，就是糨糊也选用“绿兵船”牌上等面粉。在制鞋过程中，各道工序都有严格要求。纳鞋底规定，每斜方寸49针，即每寸7针，每行7针；上鞋规定，每寸针码三针半，一针套上一针，不许套甩；上完的鞋，必须前后周正，成品须达到里白外净。内金生对产品检查验收极为严格，要求外表美观大方，穿着柔软舒适，耐磨耐用，劣品一律不准上柜台。这些措施，保证了“润记”和“内金生”的帽鞋产品品质过硬，驰名东北。

有了好的商品品质，再加上点恰到好处的销售技巧，就不愁没钱赚了。润记帽店对产品按质论价，分等分类，优质优价。如冬季的皮帽，一般级别的帽子薄利销售，“皮毛差一线，价钱差一半”，以量取胜，贵重的细皮毛货则标以高价出售，正所谓“好货招远客，货高价出头”。上等货大都是达官显贵们买走，他们买东西不嫌贵，越贵越买，以显阔气。因而，贵重的细皮帽子获利最高。内金生则首创了“挂彩”销售的办法。在新楼建成开业前，

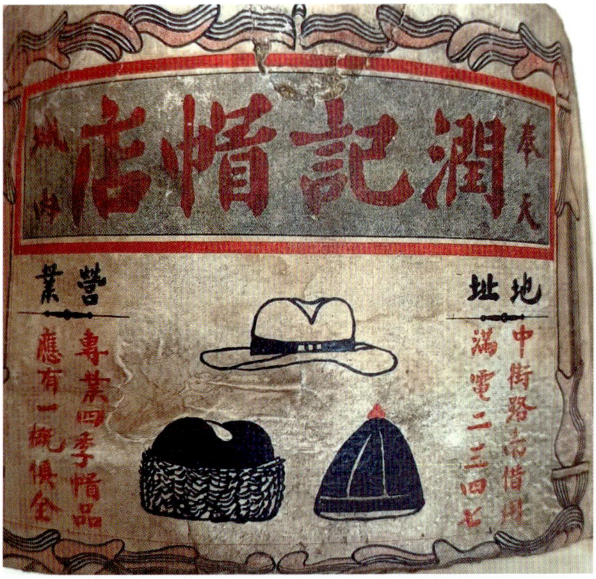

| 润记帽店的帽盒 |

内金生推出了买鞋“挂彩”活动，顾客买鞋时，每双鞋内都会有一张写着彩号的纸条，按彩号到柜台领取奖品，每张纸条都有奖，只是大小多少不同而已。有一农民只花七角五分买双鞋，中彩却得到价值10多元的挂钟，于是一传十、十传百，顾客蜂拥而至，名为买鞋，意在中奖，使内金生生意兴隆，经久不衰。

如果说销售技巧只是“术”，那么善待顾客就是“道”，是真正的商业大智慧。庆丰润帽店非常重视待人接物，店员见顾客进门，便马上招呼：“请坐！请坐！”顾客选商品，店员百挑不厌。无论成交与否，临走时一律客气地送到门外，即所谓“买卖不成仁义在”，为的是顾客下次再来。经理经常在柜台上照应，监督和考核店员待客情况，并经常讲：“买卖人得有三分纳气，这次卖不成，要想办法服务好顾客，让下次能卖成，绝不能得罪顾客。”如店员和顾客发生争吵，闭店后轻者罚跪，重者甚至被辞退。内金生鞋店对顾客也是“来必迎，去必送”，店里还准备了烟茶，待客如宾。对销售出去的产品，内金生还在业内率先提出“三包”，即包退、包换、包修。只要鞋底断折，开帮绽线，无论何时买的都按“三包”处理。这一下，给内金生带来了巨大的声誉，不仅赢得一般顾客的信任，而且得到上层社会的“青睐”，各大公馆的人和绅商名流前来做鞋定鞋者日益增多。“三包”显示了内金生在经营上的高超智慧，因为他们对自己的产品质量有绝对把握，断底开帮的事概率极低，因此“三包”不仅不会成为店里的负担，反而还能赢得最宝贵的人心，带来口碑和声誉。

时代的变迁，让“庆丰润”（“润记”）和“内金生”逐渐淡出了沈阳人的生活。1957 年，“内金生”与“润记帽店”合并，改为“内金生润记鞋帽店”，下设一个卖鞋、两个卖帽的门市部，职工 120 人。在党支部的领导下，积极扩大生产，产品由原来的 30 多种增加到 50 多种，深受消费者的欢迎。“文革”前，内金生鞋帽商店改为“红星鞋帽商店”；“文革”期间又改为“中街鞋帽商店”；直到 1980 年，才恢复了“内金生鞋帽商店”的字号。这一年，内金生鞋帽商店生产的牛皮圆口鞋荣获沈阳市名牌产品证书，“内金生”仍是沈阳人信赖的品牌。进入 21 世纪以后，随着大型综合商超、新型鞋业超市、电子商务等新业态的崛起，“内金生”鞋帽商店渐渐淡出了人们的视线，在中街已经找不到“内金生”的门店了，但它始终保持的“信誉第一，顾客至上，货真价实，童叟无欺”的优良传统，及其经营管理方面的一些商业智慧，仍然是值得后起商家学习和借鉴的。“庆丰润”和“内金生”作为沈阳人喜爱的老字号，若遇春风化雨，他日也许还有重新绽放之时！

八卦乾坤 南市场

沈阳有个八卦街，它位于南市场，是中国最有特色的商业街区之一。它不仅是一个具有独特路网结构的百年商业区，一个旅游者打卡的网红景点，一个发掘宝藏美食的天堂，还是许多沈阳人居住生息的家园，也许还会是一个能走到你心里的朋友。

在这里，你可以迷失在八卦街的小巷里，看老街风情，探各种美食神店；你也可以在街边来杯咖啡，看着街头雕塑和来往的人群发呆；你还可以在傍晚光临八卦街夜市，逛吃逛吃，感受老城的市井烟火气；你也可以在晚归的深夜来访，到你常去的深夜食堂小酌一杯，抚慰你疲倦的身心……是的，八卦街给人的感觉就是神秘、纷繁、醇厚、真实、古朴又时尚。在这里，你能感觉到生活有滋有味，像一杯老酒，让你微醺，让你迷离；在这里，你能感受到老街有情有义，像一位老友，陪你悲喜，给你温暖。

八卦街的名字和造型，让人想起诸葛亮的八阵图，进来了就出不去，容易迷失在这里。1919 年奉天当局要在省城商埠地副界开辟南市场，其范围东至三经街，西至马路湾，北至十一纬路，南至十三纬路，要将这里建成带有中国兵家谋略，既有御敌除邪之图，又有消遣娱乐之意的市场。于是，由日本工科大学毕业的商埠局工程科科长何毅夫，将中国古代八卦的思想融入南市场的设计中。在紧邻十一纬路的一方形地块中心，设置一个圆形广场“华兴场”，四周环绕半圆形两层圈楼，向方形对角线方向放射出四条道路，在方向上分别对应了八卦中的乾、坎、艮、震、巽、离、坤、兑八个卦象，以八卦的卦象按顺时针方向分别命名为乾元路、艮永路、巽从路和坤厚路。再以四条道路依次连接方形地块各边中点，形成 45° 斜置的外圈环路，按顺时针方向分别命名为坎生路、震东路、离明路和兑金路，总称为八卦街。从八卦街又分出 12 条小胡同，分别为温元里、良永里、恭从里、俭后里、让东里、刚明里、健明里、笃生里、实金里、辉生里、生金里、廉东里。中心广场外的街道里巷，分布着几百家大小商家。这种设计突破了中国传统商业

| 南市场八卦街夜景 |

街的一字形或回字形格局，采用了以广场为核心，以八卦形道路和小巷构成的围合空间，人进入其中转来转去很容易迷失方向，客观上可以为沿街商家留住顾客，招揽生意。不过也不用担心，里面的人不管在哪个方向都能回到中心广场，再从来时的原路离开即可。这种设计堪称鬼斧神工！

八卦街独特的八卦路网设计，置于方方正正的里坊制街区中，形成一个相对独立的“结界”空间。奉天商埠地位于东边的沈阳老城区与西边的“满铁附属地”之间，整体上对“满铁附属地”形成包围，有吸引国际投资、发展实体经济、加速新区建设，以阻止日本侵略势力东扩的意图。南市场所在的副界位于商埠地正界之南、预备界之东北，东邻老城的大西边门，西邻“满铁附属地”，门前十一纬路连接老城和“满铁奉天新站”（今沈阳站），地理位置极为重要，商业潜力巨大。在城市路网规划上，副界西面的“满铁附属地”为日本设计师设计，采取了以奉天新站为中心的放射状路网结构；北面的商埠地正界采用的是国际通用的经纬路网结构，但经街和纬路并不是垂直相交，而是有一定夹角的斜方格路网。副界路网规划沿用了中国自古以来里坊制传统，采取了独立的方格路网设计，经街垂直于十一纬路，纬路平行于十一纬路，形成20多个整齐的正方形里坊结构，每个里坊边长为250米。八卦街整体为正方形，正好占据4个里坊的面积，整个副界只在这里采用了特殊的八卦形内部路网，开拓出更多的沿街商业空间，有利于容纳更多商铺入驻，形成一个更加集中的商业氛围。

两仪四极生八卦，经纬里坊有乾坤。开市以后，南市场的商业以餐饮、娱乐、服务业为主，是当时有钱人吃喝玩乐的天堂。以八卦街华兴场为中心，形成了南市场最热闹的商业中心地区，高级妓院都围绕在这周围。在华兴场四圈，建有青砖灰瓦的半圆式排列的二层楼房，俗称“圈楼”，四面圈楼各开有两家“书馆”（妓院），是同一家开的买卖。至于烟馆、赌场则不计其数，到处都有。南市场内还建有东北大戏院（即后来的辽宁艺术剧场址）、商埠大舞台（即后来的胜利剧场，在今沈阳市第七医院址），都是当时沈阳最好的大戏院。饭店业则有鹿鸣春、商埠楼、厚德福等30余家大中型饭店。鹿鸣春创立于1929年，是经营山珍海味、高档宴席的高级饭店，当时鹿鸣春以鲁菜见长，与明湖春、洞庭春并称沈阳饭店业的“三春”。如今，鹿鸣春仍是沈阳餐饮界的领头羊，不过已改营辽菜。厚德福1929年开业于南市场，是当时沈阳最有名的南菜馆，招牌菜有铁锅蛋、燕菜卷、糖醋瓦块鱼等，无不脍炙人口。商埠楼开业于1922年，坐落于南市场艮永路，以经营豫菜为主，是沈阳知名酒楼之一。解放后曾先后改名为新新饭店、元香斋，1985年以后恢复老字号商埠楼。20世纪二三十年代，南市场还有浴池、照相馆、理发店、旅馆等服务业店铺近10家，有鲜果店10余家，还有小吃店、洗染店等各种小商家近千户，是沈阳比肩小河沿、北市场、西关的又一繁华热闹所在。

南市场的繁华，不只是吃喝玩乐，还有商贸金融、工厂作坊等硬核产业。南市场开市以后，外商投资不断进入，在南市场及十一纬路沿线形成了一个商贸金融产业区。南市场集中了日、美、英、德、俄、朝等外商企业30余家，如美国的美亚友邦、慎昌洋行，德国的孔士洋行，日本的三利洋行，俄国的牛奶洋行，朝鲜的天助堂等，是当时沈阳外资企业比较集中的地区，还有3家经营洋货的民族商店（公司）。南市场内有商埠协济储蓄会、典当行等6家金融企业，十一纬路沿线先后开设了两家外资银行——美国花旗银行和英国汇丰银行，主要经营奉天官办企业、外资企业进出口生意的资金汇兑等业务，在十一纬路沿线形成一条国际金融街。另外，南市场还集中了一批中小民族工业企业，如兴奉、成源、成发等制铁业工厂12家；裕丰、裕祥、恒兴等木材加工业工厂13家。这些工厂在解放后通过赎买和公私合营，成为沈阳部分国有工业企业的基础。

南市场所在的商埠地副界的里坊制街区，创造性地使用了中国古代“制里割宅”制度，徜徉其间，仍能看到中国古代营城制度的某些影子。中国传统城市的里坊是一种以“里”为单位的方格网规划，基于传统的院落式空间组合特征，根据“营邑、立城、制里、割宅”的思想，采取先将城内土地划分为每个面积为一方里的方形里坊，里面分别用主要道路、次要道路和街巷道路三级逐步划分，最终形成适宜一户居住的地块。通过对唐代长安里坊的分析发现，各里坊基本上以一里见方，坊内道路的尺度、等级都有详细规定：主要道路十字大街宽为五丈，次要道路宽为两丈，街巷道路宽为一丈。这种规划的目的，在于最终形成适宜一户居住生活的一亩之宅。从沈阳商埠地副界鱼鳞图和 1917 年“奉天省城市街全图”发现，副界的方格网等级规划及土地划分方式和隋唐时期的里坊的“制里割宅”规划思想非常相似，而且副界内地块也被命名为“×× 里”。副界内共命名有 22 个“×× 里”，其中完整的里坊尺度基本上约为 250 米见方，相当于公制米尺一里见方的四分之一，为一个“里”。从里坊内的道路系统来看，副界新式里坊内的道路和唐代长安的里坊内道路等级和宽度可谓惊人相似。因此有学者认为，副界的里坊是传统里坊的本质内涵的延续与再发展。

时代的发展，总会不断地赋予传统商业街区以新的生命。解放后，南市场经过人民政府的改造，根除妓院，取缔烟馆、赌场，市场更加繁荣。1969 年，在市场西部建起了南市百货大楼，成为沈阳又一崭新的商业地标。20 世纪 80 年代，南市场内开辟了一处综合露天市场，对原来的商业网点进行大面积的改造，使街道面貌焕然一新。近年来，政府愈发重视发掘历史街区的文化内涵，打造集商贸旅游于一体的特色文化街区。2017 年，和平区在对八卦街改造施工过程中，在云集广场周边挖掘出几处老建筑基础，经专家鉴定为民国时期建筑墙基，周边发现有青砖卦象及生活用品残片，有关部门进行了及时的保护与修复，并将这一遗址保护起来展示给观众。如今的八卦街，已被改造为“八卦街特色文化街区”，汇集了餐饮、服务、金融、娱乐等业态，人们纷纷来这里看老街、尝美食、品书香，体验古城韵味和市井烟火气，成为沈阳市民和各地游客争相打卡的网红景点。

从地铁“南市场站”出来，就是八卦街入口。穿过长长的甬道进入八卦街广场，站在广场中心放眼望去，就像打开了一个万花筒。四面的青砖建筑、3D壁画和青铜雕塑，让人感觉回到了民国时代的市井之中，弥漫在空气中的香味会打开你的味蕾，把你带向各种美食店铺。在这里，你可以吃到最正宗的辽菜，像鹿鸣春家的葱烧海参，海洁家的灌汤包和熏鸡、南鹿家的饺子和锅包肉；你可以品尝到最地道的沈阳风味小吃，有老四季抻面、鸡架，有“非著名”小店出品的菜包子、熏肉大饼、麻辣烫、吊炉饼、关东煮、熏酱鸡架，有吃过都知道的小摊卖的拌蚬子、驴打滚、烤地瓜；你还能遇到各种烧烤神店，像红池塘、贾记手工烤肉、张记铜火锅涮肉、左烤右涮、乌隐、

| 南市场八卦街　张文魁摄 |

小酒窝等等，有一家曾经的排骨串令人无比怀念，如今只剩下烧烤江湖还流传着它的传说；你能吃到全国甚至世界各地的美食，像粤式晚茶、成都市井火锅、柳州螺蛳粉、广东肠粉、海南鸡饭、武汉热干面、日本料理、墨西哥塔可等等，都可以满足你猎奇的味蕾，有一家解忧日料店是许多人的深夜食堂，这里的京葱烧鸟、寿喜锅、手握寿司令人回味；还有小资们最爱的轰趴、迪厅、比萨、咖啡、精酿啤酒、各种新奇的创新融合菜，令小年轻们乐不思蜀；还有北方图书城让你坐拥书城，品着咖啡遨游书海。

如今的八卦街，在年轻一代的流行文化里，已变成一种全新的文化符号。如果你想去南市场逛逛，或者想找南市场的某家小店，网上的视频博主们会这样告诉你它的位置："奉味麻辣烫吊炉饼，方位坤，位置南十二路；老友记广东肠粉，方位兑，位置南五经街；驴打滚，方位离，位置南四经街；肥佬老式麻辣烫，方位乾，位置云集东巷……"不能再唠了，再唠就饿了，要打车直奔南市场了。

喝茶看戏 老北市

作家马秋芬说："如果你爱一个人，就把他放到北市场，因为那里是天堂；如果你恨一个人，就把他放到北市场，因为那里是地狱。"沈阳北市场，

| 北市场 门中卫摄 |

曾经是与北京天桥、上海城隍庙、南京夫子庙齐名的民国四大市场，在老沈阳人眼里，那时候的北市场就是沈阳人找乐子的杂巴地儿，是天堂，也是地狱。100年过去了，北市场已经变成“老北市”，但它作为最有沈阳特色的民俗文化乐园，正受到越来越多沈阳人和外地游客的钟爱。

2023年春天，夜幕降临，几组硕大的白色铁艺魔方突然变身舞台，驼铃声从风中传来，一匹白骆驼带着来自远方的祝福来到北市场，广场上的游人瞬间置身于一幕由古老传说营造出的奇妙体验中。这是东北首部沉浸式音乐剧《沈水之阳》在国家4A级旅游景区沈阳老北市首演的情景，在60分钟的戏里讲述了发生在沈阳的五个小故事：老北市白骆驼传说、锡伯族西迁戍边、旗袍的起源、抗美援朝中的城市守望、城市新兴产业的破土发芽。一幕幕的戏剧场景，发生在观众眼前，让人沉醉其中。此后，每天晚上，老北市露天舞台都有文艺演出，有百对新人集体婚礼，有环球霹雳飞车秀，有跤王争霸表演，有民间艺术团点播欢唱，还有电音音乐表演等等，吸引了无数市民和游客来老北市看演出、吃小吃、逛夜市，大街小巷人头攒动。有人说，这是和平区以文化植入带动产业振兴，打造“老北市不夜城”的全新突破性尝试。

在很多人眼里，现在的北市场就是喝茶、看戏、听相声、看民俗表演、逛夜市的地方。其实，早在100年前兴建北市场时，奉天当局是将它作为一个“全科生”，而不是一个“文艺特长生”来培养的。1920年春，奉天当局为了开拓市面，活跃商业，在兴建南市场之后，又在商埠地北正界辟建北市场，1921年底建成。因为这里有很多可租用的土地，基础设施比较完善，交通便利，吸引了很多中外投资者前来开设工厂、商号，又吸引了很多人来这里摆摊、做工、卖艺讨生活，很快形成了一个繁华的新兴商业区，形成与城内中街商业区遥相呼应、与日本人经营的“满铁附属地”相抗衡的板块格局。到1927年，这里已有包括商场、饮食、娱乐、服务等的40多个行业，商户 1369 户，总资本为奉洋 352 万元。其中主要有大中型京洋杂货商号 67 户，当铺 2 户，金店 2 户，钱庄 10 户，医院诊所、药房 25 户，钟表行 17 户，下杂货业 121 户，米面铺 44 户，酒店油坊 17 户，肉菜铺 72 户，澡堂 5 户，戏院茶社 10 户，其他行业 977 户。在诸多行业中，不乏有名的工厂和商家，如奉天纺纱厂、英美烟草公司，都是千人以上的大工厂；百货商场有北市、公和、中原、民生四大商场；知名药房有广生堂、宝和堂、万芝堂、益寿堂；金店有东金华、聚宝兴、广顺、爱华等；澡堂子有登瀛泉、第一泉、天河池等；饭店里普云楼、会宾楼、品香斋、三合盛最有名。还有旅店、书场、妓院、赌场、烟馆、照相馆等行业，无不生意红火。

作为一个人口密集、商业繁华的新兴商业区，北市场吸引了文化娱乐业的大举进入。20 世纪二三十年代，北市场是整个东北地区曲艺发展最繁荣、戏曲剧院最集中的地区。这里有全沈阳最叫座的剧场：大观茶园、共益舞台、中央大戏院，评剧、京剧名角演出档期不断；有全沈阳最火的茶社——会文茶社、四海升平茶社和玉明茶社，相声、大鼓书勾人心魂；有奉天、保安、云阁三大电影院，上映最新的中外影片；街头还有摔跤打擂的、变魔术演马戏的、打把式卖艺的，吸引市民观看，不管白天晚上都是热闹非凡。其中，奉天当局虽然谈不上长远的主导产业规划,但确实有一些有意的引导和鼓励。北市场兴建之初，奉天当局下令将火车站、大西门、九门脸一带的妓院全都迁至北市场，鼓励商人在此地兴修剧场、茶社及影院，以吸引富商土豪来此寻欢玩乐，市民百姓来此消遣娱乐。据老沈阳人回忆，当时在北市场上演的剧种多达二三十种，例如奉天落子、辽南皮影戏、东北大鼓、北方越剧、评剧、太平鼓、八角鼓、西河大鼓、快板书、评书、木偶戏、辽南戏、二人转、山东琴书等等。人们从四面八方涌向北市场，各大商场顾客盈门，大小饭店高朋满座，书馆妓院歌酣酒酽，大街小巷小商小贩多如牛毛，叫卖声不绝于耳，热闹异常。这滚烫的人气，让北市场的商家个个生意兴隆，按现在的话说就叫“流量变现”。

第一个剧院大观茶园的爆火，揭开了北市场剧院扎堆兴建、大腕名角云集的艺苑奇观。大观茶园始建于 1922 年，是马洪源、孙福臣、李东瀛、何福臣等人以合股形式修建的两层板楼。当时，整个剧场可容纳观众 800 人左右，设施比较简陋，所有观众座席均是长条木凳，前几排较为高级，设茶座并配有方桌。大观茶园建成后，主要演出评剧，有名的唱班有“警世戏社二班”“天下红班”等，深受普通百姓的喜爱，就连社会上流的达官显贵也是常客，生意十分兴隆。大观茶园每天两场演出，第一场通常是上午 11 点至下午 4 点，第二场则是下午 6 点至午夜 12 点。评剧皇后李金顺、评剧四大名旦筱桂花，红遍东北的筱麻红和刘氏三霞，莲花落著名演员孙凤玲、金菊花、杜之义等，都曾在此演出过。当时在北市场，人们总是把大观茶园比作评剧艺人的表演“擂台”，演员们也多以能进大观茶园演出作为荣耀之事。大观茶园的火爆，让股东们看到了商机，决定另辟一处剧场，便又兴建了共益舞台。共益舞台坐落于北市场中部，原北市百货大楼南侧，1926 年兴建，为砖木结构，1928 年建成。初开业时邀请了评剧皇后李金顺及评剧四大花

| 大观茶园旧影 |

旦筱桂花、王金香等轮流演出，后改为唱京剧，全国著名京剧演员菊朋、杨宝森、张君秋、尚小云，东北著名京剧演员唐韵笙都在此演出过。当时沈阳地面有一个财东阎子臣，拥有自己的戏班子，他想聘请当时评剧的名角来大观茶园演出，但被以剧场太小为由拒绝了。阎子臣便找孙海山、赵忠武等人入股集资，1928年在北市场西南部又建了一个大戏院，取名为“中央大戏院”。中央大戏院建筑宏伟，共有四层楼，一、二、三楼为座席，一楼中间为池座，两侧为走廊，二、三楼两侧为包厢，其余为散座，能容纳1700多名观众，是当时沈阳条件最好、座席最多的剧场。当时的京剧名家，如梅兰芳、程砚秋、荀慧生、金少山、裘盛荣等都在此演出过，红极一时。

茶社也是北市场很火的演艺场所，以说相声、唱大鼓书吸引人。北市场内拥有众多的茶社，分为清茶社和书曲茶社（又叫花茶社）两种。北市场一般的书曲茶社规模较小，设备简陋，顾客多为小市民阶层，比如拉人力车的、轿夫、厨师、小商贩、店员伙计、棚匠、泥瓦匠等，他们通常把茶社当作每天休息娱乐的场所。在这里，客人除了能品茶外，还能欣赏书曲、相声、双簧、大鼓、京剧等表演，著名的茶社有会文茶社、四海升平茶社、玉明茶社等。会文茶社位于北市场的西北市场东公遇里胡同，由田瑞山开办。会文茶社分茶座、散座两部分，有140个茶座、80个散座，共计220个座位。会文茶社成立之初，以相声表演为主吸引观众。据记载，茶社里的观众每听一段相声收费3分钱，每天从中午12点一直演出到晚上9点多才结束。许多从北京、天津等地而来的相声名家多到此演出。四海升平茶社和玉明茶社，是北市场里比较高级的茶社，仅有茶座没有散座，每天早、中、晚三场，此为三开箱。早、中场大部分说成套演艺，晚场是十样杂曲。说西河大鼓的有郝艳芳、郝艳秀、王香桂、王香琴、白玉凤，说奉派大鼓的有朱玺珍、郑奇珍、霍树棠，说评书的有宋桐斌、石文学、张少轩等。他们轮流在此演出，上演的都是《大隋唐》《杨家将》《呼家将》等经典书目。在北市场演出的曲艺名家既有来自东北本土的，又有来自关里北京、天津的演员，著名相声艺术家侯宝林、马三立等都曾在北市场演出过。沈阳解放后，相声演员佟雨田等人在四海升平茶社开办“沈阳相声大会”，后转到会文茶社，会集了王志民、王福田、朱文志、白银耳等 16 名沈阳相声演员，持续演出 10 年之久，打出了“沈阳相声”的名号。此外，具有沈阳地方色彩的剧种——奉天落子也广受好评，在北市场唱出了名气。北市场的茶社不仅汇聚了南北曲艺之精华，而且还成为奉天落子、沈阳相声等东北曲艺品种的发祥地，成为北市场的一个重要文化符号。

在方圆不到一平方公里的地方，聚集了三家电影院，也是当时的北市场一个令人称奇的地方。在北市场，比较早的电影院是奉天剧场。奉天剧场坐落于市府大路三间房地段，建于 1918 年，面积达 400 多平方米。奉天剧场

| 老北市的相声演出　门中卫摄 |

是日本人开的，专门上演日本电影和话剧，专为日本人服务，中国人很少去观看。在北市场里最受欢迎的电影院，当属保安电影院和云阁电影院。保安电影院位于皇寺广场东面，建于1925年，是北市场乃至沈阳城比较早的一家电影院。当初的保安电影院比较简陋，是一座油毡大棚子，仅能容纳300多名观众，采用手摇电影放映机，上映的影片多为无声电影，如《关东大侠》《荒江女侠》《火烧红莲寺》《女镖师》等。1935年一场大火将保安电影院烧毁，1937年重建，环境和设备得到明显改善。云阁电影院始建于1937年，位于北市场二十六纬路东影翠里六号，由鸿垣祥房产财东李云阁投资10万元兴建，场内设有1200个座位，开业第一天上映电影《摇钱树》。解放后，这三家电影院分别改名叫民族电影院、群众电影院、解放电影院，成为许多老沈阳人挥之不去的童年记忆。

马戏、魔术、摔跤、飞车走壁，也是非常具有北市场特色的娱乐项目。星星马戏团历史最为久远，演出时间长达40年，主要节目有悠小辫、凳技、遛狗熊、踩钢丝、马技等，每年马戏团最忙碌的时候就是赶庙会的时节。当年在北市场经常演出的有两个魔术团，一家“奉天华美福乐班”，另一家是“韩敬文歌舞魔术团”，常年在北市场“靠地”演出。当时的表演多在露天场地进行，他们有自己的一套卖“票”收钱的办法。“票”其实是用竹子或木头做成的牌子，在场外的伙计负责卖，在场内的伙计负责收，散场后两人对数算钱。人们最爱看的，还是北市跤场的摔跤，最出名的摔跤手叫徐俊卿，人称“毯子徐”，曾摔倒日本相扑能手而一战成名。后来徐俊卿的弟子董永山，在北市场经营起一个比较成规模的摔跤场，前后存在了近30年，教了不少徒弟。“北市摔跤”融合了满族布库游戏和汉族角抵之长，主要诀窍是用手控制对方，再用腿绊倒对方，叫作“手是两扇门，全凭脚胜人”，出名的绝活有“千手别”“腰上飞”“乌龙摆尾”“夜战八方”“寒鸭浮水”“苏秦背剑”等。改革开放后，北市跤场又涌现出了许多摔跤高手，如关贵林、范士皇、刘国兴等，培养出众多世界冠军的中国柔道队原总教练刘永福，当年也是在北市跤场摔出来的。沈阳人津津乐道的飞车走壁，也是从北市场走向全国的。1951 年，蔡少武在北市场圈起一个大木桶，在里面表演飞车走壁绝技，艺惊四座。之后，蔡少武组建飞车走壁团，在全国各地巡回演出，蔡氏飞车走壁名扬天下。如今，北市摔跤、蔡氏飞车走壁分别被列为国家级和市级非物质文化遗产，成为老北市重要的文化符号。

说北市场是娱乐商圈，不仅在于娱乐项目多，更在于娱乐项目把上下游产业串成了一条互利共生的产业链条。比如说饭店行业，在北市场内既有豪华气派的饭庄酒楼，又有深受百姓推崇的“街边美食”，它们都和北市场的演艺业挂上了钩。成立于 1930 年的普云楼饭庄，以八宝酱肉、北京烤鸭闻名，其位置离中央大舞台、共益舞台、大观茶园都很近，当时戏班子来往演出，流传着“上马饭”“下马饭”的说法，开始唱戏之前，由剧场经理出面请前来演出的戏班子吃“上马饭”，唱完临走的时候要吃“下马饭”。此外，不仅演员与普云楼的跑堂伙计有联系，就连普通观众也可以随时点餐，或是要一碗打卤面，或是要几个烧饼等等。不光是普云楼，老边饺子等饭店也常有这样的宴请。更多的是街摊小吃，当时老北市人津津乐道的风味小吃如年糕、打糕、黏豆包、黏火烧、油炸糕、吊炉饼、荞面饸饹、熏肉大饼、马家烧麦、海城馅饼、葱花缸炉等，应有尽有，因物美价廉，深受听书看戏的人们喜爱。还有旅馆行业，北市场有专为流动演员提供住宿的旅馆，叫“戏子店”，最著名的“戏子店”是十九经路的信诚旅馆，还有复兴旅馆、汇丰旅馆等，都长年接待戏班和零散演员，可以为较长住宿的演员提供包房服务，外来的演员没钱也可以先住下，等演出以后再付账。他们也做“邀头”生意，就是给剧院、茶社介绍演员，起中介作用。还有戏衣行业，专门为戏班和演员订做戏衣、朝靴、靠子等行头和道具，北市场最有名的“王恒泰戏衣庄”创立于 1926 年，先是在信诚旅馆南院，1936 年在中央大戏院西侧建起一栋两层楼的门市，曾经为不少名角订制戏服，为京剧名角唐韵笙订制过“云莽肩”，为白玉昆订制过绣衣，为张春山订制过道袍，皆巧夺天工，获得梨园行的一致赞誉。如今，源自王恒泰戏衣庄的张氏传统戏衣制作技艺，被列入沈阳市非物质文化遗产，继续为梨园添彩。

岁月会酿造好酒，愈久愈醇。老北市的很多文化符号，经过岁月的沉淀，如同老酒经历了窑藏，散发出更加迷人的醇香。如今不论白天晚上，人们来到北市场，都能感受到浓浓的民俗文化的氛围，随时可见很多熟悉又新鲜的文化符号。在老北市剧场喝喝茶，听听相声，感受百年前的茶社剧院遗风，看年轻一代的相声人怎么开“沈阳相声大会”；在皇寺广场看文艺演出，有歌舞、戏剧、真人秀、电声音乐、说唱等各种表演，赶上啥看啥，要的就是这个热闹劲儿；在街头看变魔术、飞车走壁和老北市摔跤表演，还可以到小摊看看拉洋片，回味老北市的杂巴地儿时光；还可以去“老沈阳博物馆”看看各种老物件，了解老沈阳人的生活起居、那个时代的流行时尚；还可以到皇寺去敲钟祈福，到美食广场大快朵颐……总之，在老北市醉人的微风中，感受一座城市的灵魂和呼吸。

小西关的『市民乐园』

开口馅饼、牛肉锅烙、羊汤、回头、烧卖、清炖牛肉、烤羊肉串、烤包子、烤羊蹄……飘香的清真美食，吸引了无数的新老食客。每天中午和晚上，这里格外忙碌，资深老饕、网红们从四面八方奔向西关美食街，和一家家餐

| 西关美食街 门中卫摄 |

馆食档的老板伙计热络地打着招呼。早晨最忙的要数西关回民市场，大厅里有 100 多家卖牛羊肉、熟食、调料和小吃的商铺，早早就起来卖货，大厅里灯火通明，人声鼎沸。与回民大厅隔路相望的沈阳茶城，随着马路上车辆渐多，也开始了一天的忙碌。入夜，小西路、奉天街沿街的餐馆、洗浴、茶楼，家家宾客如云，夜半方散。这，就是沈阳小西关商业区的日常。

小西关，在清入关以后渐成沈阳繁华商业区之一。康熙十九年（1680），康熙帝下旨，在盛京方城之外修筑圆形边墙，边墙开设八个边门，与方城的八门相对，在方城与边墙之间形成八个“关厢”，又叫“关”。“关厢”是以城门为中心划分的,如大西门至大西边门及街路两侧的区域被称为大西关，小西门至小西边门及街路两侧的区域被称为小西关，其他六关亦然。“八门八关”成为沈阳城独具特色的历史地名，小西关则是八关中最为繁华、最有特色的一个。康熙六十一年（1722），王一元在《辽左见闻录》称：“盛京八关厢以小西关、大北关为盛。盖从山海关至盛京者皆由小西关。而大北关则开（原）、铁（岭）出边孔道也。城东故僻地，城南止通辽阳海盖诸邑，行旅往来者少，故较逊云。”相比之下，大北关的繁华比之小西关还要稍逊一些。同治年间，刘世英在《陪都纪略》中称：“大行买卖，尽在外攘，通两京道，尽在关厢。”外攘门即小西门，就是说大行买卖都集中在小西关，因为它是连通两京的必经之路，往东，进城就是盛京城最繁华的四平街（中街），往西，出了小西边门就是去往北京城的大御道，商旅往来频繁，因此小西关商行众多。

清代云集西关的商号，主要是发行店、大车店、米粮店、茶庄、船行等等，做的是往来客商的生意。“发行店”做的是批发生意，挨着关厢大道，货物集散方便，不用进方城就用车发走了，《陪都纪略》称：“大发行店，均在西关，商贾云集，百货俱全。”西关还有卖大豆和米面的米粮市、卖皖浙名茶的茶行，都有批发走货性质，主要做大宗交易。还有卖椽枋柁梁的木

| 回民市场 门中卫摄 |

行，是盛京城四个木行之一，称为西木行。这里还有服务于货物运输的船行和车行。船行是浑河十里码头各船商的代理店，主要服务于粮商，粮商要走水路往营口运粮的话，在这儿就能把船雇了，《陪都纪略》称："来往小艇，营口载粮，十里码头，西关有行。"车行可以雇车，帮客商载人送货，"觅车代步，风雨不误"，有点类似今天的"货拉拉"。为过往旅客提供食宿的旅馆有多种，有专门为旅客提供食宿的，接待官差的是公馆店，接待普通旅客的有小客栈；也有为运货客商提供食宿和货物存储的大车客店、小车客店。大车客店有大院，停的全是大车、各种货物和拉车的骡马，《陪都纪略》说："西北二关，大车客店，米粮杂货，云集满院。"还有为往来客商服务的货栈、饭馆、茶馆、澡堂子、小吃店，专赚客商钱财的妓院、烟馆、宝局等等，五行八作，无所不有。

清末民初，从西方而来的近代化疾风，吹到了盛京城，吹到了皇城根下的小西关。1906 年，奉天开埠通商，将沈阳大西、小西边墙以西至“满铁附属地”之间的区域划作商埠地，面向各国商民开埠通商。与商埠地一路之隔的小西关地区，迎来了商业发展的新机遇，日本、美国总领事馆先后设立于小西关，商埠地新开设的洋行、银行，北市场新开的商场、工厂、娱乐场所，也带动了小西关地区的商业发展。给小西关地区发展带来最大机遇的，是交通状况的极大改变。1908 年，由“南满铁路”奉天站到沈阳老城的马拉铁路首段建成通车，运营区间为奉天站至小西边门，小西边门马铁车站成为连接商埠地、“附属地”和老城三大商业板块的交通枢纽，年客流量达到上百万人次。1911 年，连接北京和奉天的京奉铁路东端终点，从皇姑屯延伸到了沈阳小西边门（今市府广场）外，在这里新设了一座车站叫“奉天新站”，俗称奉天皇城根站，从小西门一脚就可以登到北京，沈阳与关内客货联系更加紧密。马铁站和火车站的设立，使小西关地区成为人流如潮的交通要地，各种生意自然就越发火爆起来，商场、宾馆、旅店、代理店、饭店酒楼、茶馆、洗浴等各种商号林立。位于小西路与大什字街路口的茂林馆，是一座设施先进的二层楼宾馆，是沈阳最早可以接待外国旅客的“涉外宾馆”之一。小西关大什字街南北两条街上多为代理店，外地来的客商可以把货寄存在这里，由店家代为销售，从中打佣钱（中介费）。这种经营业态也是当时小西关商业的一个特色。

小西关独特的区位、活跃的商业氛围，孕育出沈阳商业史上的一朵奇葩、一个高峰——奉天第一商场。1923 年，奉天市政当局为了整顿市容，便利交通，开始清理改造盛京古城的西门脸儿（大西城门至太清宫），建设从大西城门经太清宫到小西边门的有轨电车道。1925 年有轨电车道建成通车，让有识之士看到了商机。1926 年，小西关回族知名人士李恒久、刘冠卿、杨沛然、王福庭、白相若、张志田等人组成“六一”公司，在现市府大路与奉天街交叉口东北角位置建起了奉天第一商场，在其东邻建起了兴游园，让

| 奉天第一商场旧址 门中卫摄 |

一些原先在西门脸杂巴地儿谋生的小商贩、杂耍艺人来这里重操旧业。商场里为“井”字街，店铺排成“回”字形，意在为回民所建。商场大门西侧集中了干鲜果品、烟卷瓜子小摊床，场内四周和中心的摊床，经营布匹、鞋帽、成衣、京广杂货、化妆品、小百货等，共有商户 194 家。东北角有一座可容七八百人的“明星电影院”。商场东侧南北各有一门，通往兴游园。兴游园的四周是一圈木板小房，中间以白祺三茶馆为中心，开辟了杂耍十二棚，表演评书、鼓词、相声、双簧、戏法、小戏儿、西洋景（拉洋片）、驴皮影、小电影、摔跤等，许多杂耍艺人技艺高超，如东北相声创始人朱凤山、评书笑星赵本发、口技绝活米精一、魔术大师“杜半仙”等，引得观众流连忘返。

游乐棚四周木板房是卖吃食的店铺，有于家馅饼、杨家烧饼、张家大饼、王家饺子、林家包子、白家抻面、冯家五花糕、铁家煎饼果子、王片粉、刘切糕等，都是美味可口，经济实惠。奉天第一商场昼夜营业，风雨无阻，人们来到这里逛吃、看戏、购物，乐此不疲，人称“百姓乐园”。

站在今天回头再看沈阳商业发展的历史，“奉天第一商场”名为“第一”，实属当之无愧。有学者认为，无论是建筑样式，还是经营模式、经营方式、经营效果、文化内涵，奉天第一商场都是独特而有创造性的，是民国时期沈阳商业发展的一个标志性成果，确实创造了多个“第一”。其一，在经营主体上，奉天第一商场与之前成立的沈阳南、北市场有明显的不同，南、北市场是由奉省当局倡导创建的，举办者为政府，是官办产业；而第一商场是由商人合伙兴建的，为民间投资，是第一家由民间资本合资兴办的大型综合性商场。其二，在经营模式上，奉天第一商场首次将商业、游艺、美食业态相结合，三者熔为一炉，相互引流，达到了“游人甚众，交易发达”的最佳效果，开创了沈阳商业综合体的全新经营模式，这种巧妙的设计构思堪称沈阳商业文化的一大创举，至今仍有颇多可借鉴之处。其三，在文化内涵上，奉天第一商场以沈阳刚刚兴起的市民阶层为消费主体，打造通俗的流行文化消费乐园，区别于老城的贵族文化圈和“附属地”、商埠地正界的西式文化圈，形成一股清新生猛的消费新势力。遗憾的是，1946 年 2 月，一场大火将“奉天第一商场”化为了灰烬。

在小西关这块商业沃土上，回族民族特色是其重要的特点。小西关是回民聚居区，沈阳人称“回回营”。从元代开始，沈阳已经有回族人居住。明清两代，河北、河南、山东等地的许多回族人通过随军、经商、闯关东、逃避官捕、招垦、朝廷命官等方式来到沈阳。清崇德元年（1636），有功将领铁奎率族人在盛京城外攘门（小西门）外，修建了沈阳历史上第一座清真寺，即清真南寺。回族人一般喜欢围寺而聚居，到乾嘉年间又相继建立了清真东寺和清真北寺。久而久之，形成了以清真寺为中心的西关回族聚集区。至清末，沈阳城区共有回族1200多户，7300余人。沈阳回族居民保留了善于经商的传统，将经商作为安身立命的生计。回族在饮食行业发展的历史源远流长，回族民间将其概括为“回回手里两把刀，一把卖牛肉，一把卖切糕”。当然，沈阳回族人经营的范围不只是饮食行业，还有金银珠宝、中药材、茶叶、商场、沐浴业、工厂等。1926年，由回族商人发起建立的奉天第一商场，不但成为沈阳第一个五行八作无所不包的大商场，而且也使“回回营”更加热闹起来，不少回族群众靠此生意养家。1946年，奉天第一商场毁于火灾后，兴游园延续经营到1952年，后来一些回民饮食业也转向经营。改革开放后，沈阳西关先后建起了西关回民市场、回民饭店、回民综合商场、民族大饭店、西关美食街等商业项目，让西关商业重新焕发出勃勃生机。一些回族美食名店，如回民九大碗、杨家馅饼、金家回头、回味包子、马家一口酥火勺、荣记烧饼、冯家串店、西关开口馅饼、西关回头、李杨五桂花糕等，都已成为清真美食爱好者的打卡胜地。

时光流逝，如同西去的浑河水；岁月变换，让曾经风光无限的奉天第一商场变成了居民住宅区。夜色降临，站在市府大路与奉天街的交叉口，望着街市的灯火与流淌的车河，空气中传来炙烤牛羊肉的诱人香味，脚步不自觉地走向那烟火氤氲处。日暮乡关何处是，西关美食解千愁，咱们走起！

铁轨上的商圈

“火车一响，黄金万两。”在铁路发达的国家，火车能到达的地方，商业的发展都差不了。回望近代以来沈阳的商业发展历史，铁路同样扮演了极

| 奉天驿（今沈阳站），摄于 20 世纪 20 年代 |

为重要的角色。商圈的形成与繁荣，百姓餐桌的丰满与富饶，甚至周边省市的市场供应情况，一呼一吸都与沈阳这个铁路枢纽的运作有着莫大的关系。

铁路的修建改变了商人旅行和货物运输的方式，也改变了近代以来东北的商业格局。1861 年营口开埠以后，营口依靠海上贸易迅速崛起，东北腹地的大豆、粮食等物产通过辽河水运或马车陆运集中于营口出海，营口旅馆、粮栈、银号、钱庄、洋行、仓储、百货、外贸等商号云集，俨然成为东北最繁华的商业贸易中心。1899 年，俄国攫取了东清铁道及南部支路的修筑权。1901 年，东清铁路南部支线谋克敦站（即今沈阳站）建成通车，沈阳开启铁路时代。大宗货物的铁路运输逐渐取代辽河航运和马车运输，成为货物运输的主要方式。此后 20 多年间，“南满铁路”、京奉铁路、安奉铁路、奉新铁路、奉海铁路、沈抚铁路等陆续开通，沈阳成为连接关内外、辐射广大松辽腹地乃至朝鲜半岛的东北铁路交通枢纽。东北地区的丰富物产入关出海，关内商品货物出关，外国商品欲进东北市场，都要经过沈阳，或以沈阳为中转，或以沈阳为中心。《奉天通志》在论及沈阳商业时说，“各帮采运各地货物，懋迁有无，以此地为中心点”。因此沈阳商业贸易进步神速，在原有基础上更加稳固了东北商业贸易中心的地位。

火车站的修建，一步步地奠定了沈阳市内商圈的大格局。对俄国独占中国东北的筑路权和沿线利益，日本非常不满，1904 年日俄战争爆发。1905 年俄国战败，日本获得了中东铁路长春至旅顺的所有权，改名为“南满铁路”，在沿线城市设立火车站及“附属地”，攫取中国的商业利益。1910 年，由“南满铁道株式会社”投资兴建的奉天驿（今沈阳站，当时人称“日本站”）建成后，“满铁”加速了在沈阳“附属地”的“新市街”建设计划，规划和建设了街道、广场、商店、学校、医院、邮政、公园等，大批百货、食品、服装、料理、汤池等日本商业机构进驻，如日资的七福屋百货、满蒙毛织会社百货店、春日町市场、中谷计时店、喜多商行、沈阳馆、九州馆、大和旅馆、过江吴服、东洋拓植株式会社、三井洋行、朝鲜银行、横滨正金银行等，外资的如秋林洋行、大隆洋行等。还有一些中资商业如悦来栈、中和茶庄、老精华眼镜等，也在“附属地”开设店面。以春日町（今太原街）为中心的“附属地”商圈日益繁荣起来，人们来这里购物、就餐、看电影、洗浴，各种服务应有尽有。这就是今天太原街商圈的雏形。“附属地”商圈除了服务日本人之外，还是日本掠夺中国商业利益的阵地，通过奉天驿和马拉铁道两大流量入口，吸引沈阳老城市民和过往旅客来此消费。沈阳老城已有的中街商圈，与“满铁”的“附属地”商圈形成中日对抗格局。

为了维护中国的利权，由清政府借用英国资本建设的京奉铁路加速推进。由于日本占领了“南满铁路”，阻挠京奉铁路穿越“南满铁路”，计划修建到沈阳城墙下的京奉铁路终点，只能改到“南满铁路”西侧的皇姑屯。1907年，皇姑屯车站建成，随着铁路通车，客货汇集，皇姑屯车站附近出现旅馆、饭店、浴池、货栈、药房、粮栈、油坊、照相馆、银匠铺等商号几十家，形成颇具规模的皇姑屯商圈。1912年张作霖在皇姑屯车站开设三畲粮栈，资本5万元，

| 沈阳站 门中卫摄 |

除供应奉军军粮外，还经营钱庄、当铺等生意，有前后两进院、50多间房，是皇姑屯商圈最大的商号。后来中日两国经过协商，日本得到了营口支线的所有权，作为交换，日方同意“京奉铁路展至奉天城根”，从“南满铁路”桥下通过。1911年，京奉铁路延伸至奉天城根下，终点站名为奉天新站。奉天新站位置大体在今市府广场北侧，位于新开发的奉天商埠地北正界，紧邻老城小西边门。1924年，建成京奉铁路沈阳北站，位于北市场北侧的总站路，当时称作沈阳总站。1930年，由中国工程师杨廷宝主持设计的北宁铁路（原京奉铁路）终点站，称为辽宁总站。1921年，奉天当局为了开拓地面、繁荣城市，在商埠地北正界兴建北市场，建起了许多商场、旅馆、茶园、剧院、书馆（妓院），成为沈阳新兴的商业区。奉天新站（沈阳总站、辽宁总站）使沈阳与关内的货物运输更加便捷，并为北市场提供了源源不断的客流。京津两地来北市场演出的京剧名角、鼓书艺人、相声大腕络绎不绝，单这一点就可见当时北市场与京津的联系有多紧密。以商业服务和娱乐业为主要特色的北市场商圈，与“满铁附属地”、中街形成三大商圈三足鼎立的态势。

奉天当局决定打破日俄对东北铁路的垄断，计划在“南满铁路”之外自建两条干线铁路，连接奉吉黑三省。西干线从大虎山往北经通辽、洮南、白城子到齐齐哈尔，东干线从奉天起经海龙、吉林到呼兰。1925年7月，东干线奉天到海龙段奉海铁路开工，全长236公里。1927年9月，奉海铁路建成通车，这是东北地区第一条中国人自己出资、自己设计和建设的铁路。奉海铁路的始发站，位于民族工业集中的大东工业区，紧邻东北大马路，初名奉海站，1929年随奉天市改名沈阳市而改为沈海站（1945年后改称沈阳东站）。伴随着奉海铁路的建设，铁路周边的用地也纳入了规划。为了发展民族工商业，与“满铁附属地”进行商业竞争，奉天当局在奉海车站前规划建设一个奉海市场。奉海市场的规划也是按照西方近代城市规划模式提出的，与“满铁附属地”一样，在车站外形成放射性的几条大街，在车站附近再建一个中心大广场。1929年奉海市场改名为沈海市场，到1931年九一八事变之前，奉海市场的开发一直处于初始状态，没有形成真正的市场。只是因为客货运输的需要，车站周边出现了一些旅馆、餐饮、仓储、运输等从事服务行业的商家。奉海铁路的开通，使奉省（辽宁省）东部六县的大豆、烟麻、粮食、木材、煤炭等物产，“均可吸收集中于省城”，供给大东工业区，并通过东北大马路输入沈阳老城区，满足中街商业区市场供应和城内居民生活需求，同时也便利了辽吉东部地区商人到沈阳经商，有力地支持了老城区中街商圈的持续繁荣。奉海铁路后来又与京奉铁路接轨，加强了东北腹地和关内的经济联系。

至九一八事变前，沈阳已经形成了“附属地”、商埠地、中街三大商圈。每个商圈背后，都有一个火车站的巨大流量支持，它们分别是沈阳站、奉天新站（辽宁总站）和奉海站（沈海站）。三大商圈和三大车站共生共荣的大格局，大体上确定了三大商圈的调性和主流消费人群。中街商圈主要是中国风，客群主体为军政要人和老城区居民；北市场商圈主要是北京天桥风，消费人群主要是新兴的市民阶层；“满铁附属地”则主要是东洋和西洋风，消费主体为日本人和时尚人士。直到后来几十年，沈阳人在说起上哪儿去逛街时，还能感受到这三大商圈的调性区别，在大家的印象中，中街老、太原街洋、北市场乐，于是男女老少各取所需，各得其所。

时代的发展，不断改变着城市的商圈格局，续写着沈阳商业的辉煌。1990年新的沈阳北站建成通车，站前约3平方公里的区域被确定为沈阳金融商贸开发区，吸引了大批银行、保险、商业、商会总部项目，现已建起100多座高层写字楼，其中200米以上高楼17座，是沈阳高楼最密集的地区。这里聚集了大批年轻白领人群，形成一个崭新的城市CBD商圈——北站商圈，沈阳第一家外资超市家乐福，高端购物中心卓展、市府恒隆广场，商业综合体华府天地、久光百货等都落户在这里，还有康莱德、万豪、莱星顿、凯莱、格林等一批高端酒店林立，为商务人士和追求时尚品位的消费人群所青睐。近年新建的沈阳南站位于浑南区南部，靠近市政府新址，主要停靠高铁列车，随着商业配套的日益完善，一个新南站商圈的崛起指日可待。

沈阳作为全国铁路枢纽，给人们的生活带来了极大的便利，沈阳蔬菜、水果等副食供应的地图，也是以火车站为圆心的。沈阳人最熟悉的十二线蔬菜批发市场、八家子水果批发市场，都是依靠铁路发展起来的，来自全国各地的新鲜蔬菜、肉类、水果，从这里走上沈阳千家万户的餐桌。十二线蔬菜批发市场位于哈尔滨路 2 号，紧邻原辽宁总站（老沈阳北站），前身是伪满时期的中央卸卖市场，内有长 550 米的双轨铁路专用线。该段铁路专用线解放初期改为军用，编号 12，故名“十二线”，1958 年改为民用。改革开放后，“十二线”成为沈阳市内较大的蔬菜农副产品批发中心，内有肉品、生鲜果蔬、干调、日用杂品批发零售，年交易量约 50 万吨，年营业额超 50 亿元，占沈阳全市蔬菜经营总量的 30% 左右。每天子夜时分，十二线便开始忙碌起来，前来批菜的商贩们便挤满了十二线的大院、大厅甚至周边的街路，在夜色中把新鲜肉品、蔬菜水果运向全市各个市场的摊位。在改革开放初期蔬菜、水果还比较短缺时，差不多所有沈阳人家都去十二线市场批过菜，用自行车把成袋的白菜、土豆、洋葱、国光苹果驮回家，这就是一家人一冬天的嚼裹儿。沈阳人也不会忘记，在新冠疫情最紧张的时候，十二线仍然运转有序，从全国各地源源不断运来新鲜的蔬菜、肉类，供应全市几百万人的一日三餐。

八家子水果批发市场也是依铁路而建，位于沈阳东站南侧的东贸库。东贸库是 1950 年抗美援朝时开始建设的共和国第一代仓储园区，设有铁路专用线和大型冷库。市场 1995 年由十二线蔬菜批发市场搬迁而来，是东北地区最大的以水果为主的农副产品集散中心。市场内交易的有来自全国 24 个省区的 120 多个水果品种，经营业户 1 万多户，年销售果品 500 万吨，年交易额 100 多亿元，占沈阳市水果销售量的 80% 以上，其中向辽宁省内和吉林省、黑龙江省、内蒙古东部的销售量占总销售量的 40% 以上。这里的营业时间也是从半夜到中午，大部分是商贩来批发上货，也有不少市民开车过来，成箱成篓地买回爱吃的水果，这里确实比其他地方便宜太多了。沈阳最早的果子市出现在清朝，位于老城鼓楼南大街，是个季节性市场，每年只在中秋节前后开放一段时间。现在即使在北风烟雪的大冬天，沈阳人也能吃到苹果、香蕉、梨、菠萝、哈密瓜、葡萄、车厘子、鲜桃等来自各地的新鲜水果，“抱着火炉吃西瓜”早已不是什么新鲜事了，连着周边省市的人们都有口福了。

视线拉开一点儿，以沈阳铁路枢纽为圆心，其货物运输的圆可以画到全东北、全国，甚至覆盖东北亚，横跨亚欧大陆直到西欧。新中国成立以后，沈阳铁路枢纽经过一系列的建设，在全国和国际客货运输中发挥越来越大的

| 八家子水果批发市场　门中卫摄 |

作用。苏家屯编组站在抗美援朝的战火中边生产边建设，扩建完成后成为全国最大的编组场之一，日均编组 11000 多辆。改革开放后，随着沈阳市场搞活，沈阳往返广州、深圳、上海、杭州、温州、福州、武汉、成都等地的列车上，坐满了南下上货或上货归来的商人和个体户，列车把南方的新潮时装、电子产品、家具建材、各种小商品以及农副产品等等运到沈阳，再从沈阳各大批发市场批销到东北各地。最火的五爱市场，其辐射范围甚至跨越国界，来自俄罗斯的“国际倒爷”乘坐国际列车来到沈阳，在五爱市场倒腾买卖，为此五爱市场还专门开设了外国人交易区。近年来，在沈阳集结的中欧班列年开行近千列，将中国商品销往欧洲 20 多国、50 余城。来自世界各国的商品也通过铁路、航空云集沈阳，在沈阳自贸区进口商品直销中心，沈阳人可以不出国门，在家门口就能购买到世界各国的时尚商品。

打开全国的高铁建设规划图，可以看到以沈阳为中心将建成一个“米”字形的路网，覆盖东北地区所有重要城市，连接京津及全国。一些有远见的电子商务巨头如京东、阿里、当当、顺丰等都开始提前布局沈阳，在沈阳建有多个城市仓和区域仓，京东还在沈阳建了东北第一座京东 mall。100 多年来的城市商业发展史让沈阳人相信，在最多铁路交汇的地方，一定有一个巨大的蓝海市场。

一盒火柴 点亮的辉煌

| 张志良 |

“哧——”一根火柴划破黑暗，点亮了盏盏油灯，点亮了千家万户的灶膛。100年以前，沈阳人用一盒本地产的惠临火柴，打败了曾经垄断东北市场的“洋火”，照亮了沈阳民族工商业发展的前行之路。

惠临火柴的创始人，叫张志良，堪称沈阳民族工商业的一代传奇。他不仅创办了奉天惠临火柴有限公司，还创办了八王寺汽水啤酒酱油有限公司等众多实业，经营领域涉及银行、纺织、日用化工、食品酿造、典当、百货、外贸等行业，是东北民族工商业的重要代表人物。他曾连任两届奉天商工总会会长，致力整顿会务、振兴实业、提倡国货、兴办教育，为沈阳近代民族工商业的发展奠定了坚实的基础。

张志良（1878—1947），字惠霖，别号惠临，祖籍山东泰安，祖上是闯关东逃荒到东北的。1878 年 5 月，张志良出生于沈阳虎石台乡大古城村。他幼年曾入私塾读书，勤奋好学，长于书法，经常为他人写门匾和字画。初入社会时任沈阳县衙文书。民国初年曾任奉天督军署监印官，因为办事干练、业绩突出，被授予三等嘉禾勋位。1922 年，张志良担任奉天储蓄会会长，兼任东三省官银号稽查。他目睹日本侵略者蚕食鲸吞东北疆土，掠夺经济资源，吸吮民脂民膏，市面上充斥洋布、洋火、洋油等各种洋货，民族工商业举步维艰，于是萌发了“振兴实业挽救中华”的志向，决心创办“以纯华商为限”的民族企业。

创办实业，从生产家家户户每天都离不了的火柴开始。20 世纪初，瑞典的“凤凰牌洋火”和日商的“猴牌洋火”占据了中国大部分市场。在东北，火柴工业全部被日本垄断。1908 年，奉天省（今辽宁省）进口日本火柴达 5 万箱（每箱 240 包），当时在东北还没有我们民族自己品牌的火柴。1922 年 1 月，张志良联络了 7 名奉天的绅商富户，共集资 18 万元奉钞，购置几十部设备，于同年 10 月在北市场皇寺路后身（今和平区总站路 135 号一带）创建了惠临火柴股份有限公司，其中张志良占主要份额，是奉天较早的民族工业之一。

惠临火柴一经面世，就受到了市民的欢迎。惠临火柴公司所生产的产品主要有两种：一种是硫化磷火柴，为“麒麟牌”红头火柴；一种是安全火柴，为“双鹤牌”黑头火柴。后来又出了一种“红光牌”的惠临火柴。年产量达万余箱，产值 20 余万元。惠临火柴因质优价廉，又是国货，一投入市场就深得广大消费者的欢迎，当年就收回成本并稍有盈余。由于张志良经营有道，短短两年工夫，工厂便获利甚丰，市场份额越来越大，迫使日资奉天磷寸株式会社垮掉，1924 年被惠临火柴厂收购，惠临火柴年产量增至 3 万箱。

| 惠临火柴厂生产的双鹤火柴 |

《奉天通志》记载：“……迨十三年七月，以日金十八万元买日商奉天磷寸会社财产全部……每日可出火柴一百余箱，每箱二百四十包，每包十盒，现年约出三万箱。”辽沈地区的进口火柴，由 1921 年的 4 万余箱锐减到 1925 年的不足千箱，终于把日本火柴挤出辽宁市场，张志良以实业抵制外货的斗争首战告捷。

下一个对手更加强劲，是世界火柴巨头瑞典瑞中洋行。在惠临火柴公司的带头作用下，中国人在东北各地又相继成立了几个火柴厂。与此同时，垄断世界火柴制造业的瑞典瑞中洋行，开始疯狂地向中国倾销火柴，宁肯暂时赔本也要抢占中国市场。1925—1926 年间，瑞中洋行收买了日商在吉林、大连等地的火柴厂，并在吉林省建厂生产火柴杆儿和火柴盒，准备在沈阳建厂，与惠临火柴争夺市场。在这种情况下，张志良决定联合奉天省（今辽宁省）的所有火柴厂组成奉天火柴同业联合会，并联合吉林省、黑龙江省的火柴厂成立了东三省火柴同业联合会，通过统一划分产品销售区、统一定价等办法，团结一致，共同抵抗瑞中洋行的扩张。张志良的爱国行动受到了东北当局的支持，当局没有答应瑞中洋行在奉天建厂的要求，理由是中国自己生产的火柴完全可以满足东北地区的需要。政府还在税收上对中国的火柴厂实行优惠，使惠临火柴公司等中国火柴企业更加发展壮大。从此，张志良声名远播，成为享誉关东的火柴大亨。

张志良的目光，又投向了更广阔的市场。1924 年，为发展奉天的民族工商业，张志良又与朱晓斋、金恩祺等人集资 32 万元大洋，租用大北关八王寺（亦称大法寺）前香火地 52 亩，签约 20 年，兴建了奉天八王寺汽水啤酒酱油股份有限公司。公司于当年 11 月投产，年生产能力为汽水、啤酒各 10 万箱（每箱 48 瓶），酱油 1000 万斤。八王寺汽水厂以水质甘洌、制作技术出众而远近驰名，产品投入市场后，立即受到老百姓的青睐。“金铎牌”汽水和“金星牌”啤酒，在省内外都负有盛名，“金铎牌”果汁蜜汽水、柠檬汽水还多次在商品交易会上获奖。张志良之所以采用“金铎”为商标，目的是要唤醒民众警惕外国的经济侵略，靠发展民族工商业而奋发自强。八王寺公司的代销店多达 120 余处，分布在东北各大城市及京、津、沪各地，产品畅销不衰。张志良还独资经营了四先海外贸易公司、皇寺宝兴估衣庄和四恒当铺，在南市场开了万通酱园和百货商店。这些产业的创办和发展，使张志良成为当时奉天最具声望的实业家。

张志良深知，一花独放不是春，百花齐放春满园。他以常人所不具备的远见卓识和博大胸怀，热情支持致力于民族工商业发展的爱国青年创办实业。曾留学日本、抱着“提倡实业以救中国的愿望”的杜重远，1923 年回国创办肇新窑业公司时，请在奉天工商界德高望重的张志良担任公司第一届董事长，张志良慨然答应。肇新窑业生产的瓷器物美价廉，很快占领东北市场，迫使大

| 惠临火柴 |

连、瓦房店日资瓷厂不得不转产。同样留学日本、矢志实业救国的陈楚材，欲创办实业但苦于没有资金，张志良帮他筹集资金 5 万元大洋，购买房产、设备，创办了东兴染织厂，很快发展为拥有 780 名职工的大型企业，产品打破洋货垄断。在张志良的示范带动和热情支持下，奉天的民族工商业呈现出蓬勃发展的态势。

由于经济地位和社会威望，张志良于 1924 年被选为奉天商工总会会长，并连任两届。任职期间，他积极整顿会务，处处以身作则，摒除私弊，融洽工商，所以会中董事无不奋勉，会务因之大有进展。首先将各分会之“水队”改为消防队，划归总商会管理。又将 16 个街分会归为 6 个分会所，以便于领导。并新建了办公大楼，在会内创办月刊，还刊出《奉天省城商工名录》，对全市 6600 多户工商业简况均有记载，为后代留下了有价值的历史资料。1924 年 9 月设立了商工夜校，帮青年工商业者学习商业知识和经营之道。1925 年春又举办了贸易补习班，为开展国际贸易培养人才。他还积极倡导组织东三省商会联合会，该会于 1924 年 6 月 15 日成立，他被选为会长。东北三省商会事事联合，对外一致行动，成为中国民族工商业发展的一支重要力量。

一直致力于振兴民族工商业的张志良，后来却抱憾离开商会。1927 年，张志良被委任为沈海铁路总办，遂脱离商会。他在此前的一次会员代表大会上说：“敝人本志在振兴实业，挽回利权，直接为商工界谋幸福，间接为国民谋便利。孰料事与志违……”九一八事变后东北沦陷，张志良不愿意为日本侵略者效劳，于 1931 年秋抱病解职，退居大连，在黑石礁建了一处“张松叟花园”，以养花、卖花为名隐居山村。1945 年抗战胜利后，张志良返回沈阳养老，于 1947 年 3 月病故，享年 69 岁。辽沈大地一代民族工商业巨擘，就此陨落。他创造的惠临火柴已成历史烟云，好在今天的人们还能喝到甘甜的八王寺汽水，让沈阳人常常回想起他的传奇。

商会领路人

| 卢广绩 |

他不是一个纯粹的商人，却是一个纯粹的爱国者。因为这份深深的爱国之情，使他成为沈阳商会的领路人，带领沈阳工商界走过风雨如晦的岁月，走向胜利与光明。他就是曾任辽宁商工总会副会长、沈阳市商会理事长、沈阳市工商联首任至第八任主席卢广绩。

卢广绩，号乃赓，1894年生于辽宁省海城县毛祁村的一个中医家庭。1909年，15岁的卢广绩随伯父到沈阳，进入奉天官立第六两级小学读书，该校后改为奉天省官立东关模范两等小学校。翌年，周恩来也入该校学习，当时卢广绩在高等乙班，周恩来在高等丁班。周恩来每次作文，文辞清俊，立意新颖，深得老师和同学的称赞。卢广绩与周恩来同为文学爱好者，彼此相知，遂成文字之交。当时，少年周恩来在作文中表明“为中华之崛起而读书”的远大志向，对卢广绩影响很深，终生不忘。

1918年，卢广绩从沈阳国立高等师范学校博物科毕业，抱着教育救国的理想，先后任教于沈阳国立高等师范学校附属小学校、海城县立中学、奉天省立第一小学等。1920年4月，全国基督教青年会在天津召开全国代表大会，卢广绩作为奉天教育界代表之一参加这次大会，结识了天津南开中学校长张伯苓、山西太谷铭贤中学校长孔祥熙、江苏省教育会长黄炎培等知名人士，初步显示出他出色的社交能力。1926年，一直支持学生爱国行为的卢广绩被迫离开教育界，经同学、好友于省吾介绍，出任“奉复印版石矿公司”经理。这家公司矿山在复县，加工厂设在沈阳，专制石印用的印刷石，后改制建筑用的大理石，在国内销路不错。当时在广州修建的中山纪念堂，就采用了奉复公司磨制的青花色大理石作围墙。亲身经商的经历，使卢广绩对实业救国有了深刻的体会和理解。

一次意外参会，让卢广绩成为全国商界瞩目的人物。1928年秋，南京国民政府在上海举办中华国货展览会，约请东北三省选送国货展品。10月，卢广绩代表奉天总商会去上海参展。卢广绩到沪后，正值全国商会联合会在上海召开代表大会，上海总商会要求卢广绩参加大会。卢广绩经电请张学良和奉天总商会同意，代表奉天总商会参加了这次大会。当时东北三省只有卢广绩一人参加，大会选卢广绩为五人主席团的主席之一。大会期间，卢广绩根据张学良的意见，努力同各方面加强联系，宣传介绍东三省情况。除参加上海当局和工商界同行的活动外，还出席了上海反日会举办的招待会。在招待会上，卢广绩受邀发表了简短谈话，就东三省受到日本经济侵略情况做了介绍。他动情地说：“抚顺之煤，鸭绿江沿岸之森林，南满洲之铁路，一切权利均握诸日人之手。”据日本人报告，1926年日本在东北各种附加收入达一亿七千万日金，“可见东省之精华，均遭日人夺去矣”，并表达了与全国工商界同仇敌忾、实业强国的决心。大会结束时，卢广绩当选为全国商会联合会七常委之一。

接下来的一次公开演讲，让卢广绩名声大噪，直接改变了他的人生走向。11 月 1 日，中华国货展览会在上海隆重开幕。这次国货展是近代中国规模最大的一次全国性国货展览会，盛况空前，历时 64 天，中外参观者总数逾 130 万人次。本次展览的宗旨是“促进工商，提倡国货”，所以展品对象仅限于国货，“东自辽沈，西迄川黔，南暨滇粤，北达察绥，均有物产到会陈列”。大会共征集到来自全国 22 个省、4 个特别市的展品共 13271 件，只有西藏、青海、内蒙古等几个极偏远的省份没有出品参展。奉天省共展出商品 87 件，基本上都是出自沈阳一地的产品，其中 22 件展品分获特等、优等、一等、二等各奖项。展会期间，为了使民众增进对国货和各地工商业发展状况的了解，大会设立了各省市宣传日活动。在“奉天宣传日”，卢广绩向参观群众发表演说，介绍东三省的丰富物产和被日本侵略掠夺的情况，受到极大关注，上海《申报》和《新闻报》发表了卢广绩的讲话。奉天省长翟文选看了《申报》上的文章，对卢广绩的演说大为赞赏。卢广绩回到奉天后，面见张学良汇报了大会的情况，张学良十分满意地说：“你这次去上海的表现很出色，我从报纸上看到了你的发言，分寸适宜，内容得体，同事们很高兴。”并当面征询他是否愿意到商会工作的意见。不久，省政府就派卢广绩到辽宁商工总会工作，并接任大亨铁工厂总经理。1929 年 6 月，他被选为辽宁商工总会副会长。

面对日本人的经济侵略，卢广绩在商会的工作，很重要的一个方面就是开展对日斗争，维护中国利权。1929 年 2 月，日本驻沈总领事借口保护日侨利益，竟不顾国际公理、悍然用武力拆毁我国北宁铁路通往东北大学工厂的北陵支线。事件发生后，东北当局多次同日方交涉，竟遭到无理拒绝，因此激起奉天各界人士的义愤。为此，阎宝航、车向忱、杜重远、高崇民、金恩祺、卢广绩等号召各界反对日本的霸道侵略行径，随即掀起了声势浩大的抵制日货等反日行动。1929 年 7 月，辽宁各界在沈阳举行大会，成立了“辽宁国民外交协会”，推选阎宝航、卢广绩等七人为常务委员，主持协会工作，积极开展群众外交活动，与日本侵略者展开针锋相对的斗争。当时，一些日本浪人在日本政府支持和怂恿下，向我国东北大量输入鸦片、海洛因等毒品，残害东北同胞。据统计，至九一八事变前，东北的吸毒者已有 20 万，日本人从中牟取暴利。阎宝航、卢广绩等与辽宁各界爱国人士成立了“辽宁省拒毒联合会”，号召同胞拒吸毒品，并在沈阳小河沿体育场召开群众大会，当众焚烧日本浪人偷运来的毒品。

苟利国家生死以，岂因祸福避趋之。卢广绩因参与领导商会开展反日活动，早为日本人所痛恨，但他毫不畏惧和退缩。1931 年九一八事变日军侵占沈阳后，沈城笼罩在一片白色恐怖之中，卢广绩和金恩祺代表沈阳工商界，到日本驻沈阳总领事馆向总领事林久治郎提出抗议，抗议日军的侵略暴行。随后，卢广绩在友人帮助下前往北平，与阎宝航、高崇民、杜重远、车向忱、王化一等会合，在北平联络爱国人士数百人，组建“东北民众抗日救国会”，卢广绩任总负责人，东奔西走，为抗日筹款。其后，卢广绩先后辗转北平、南京、上海、西安、武汉、重庆等地，参加抗日救亡运动，还参加了张学良、杨虎城发动的西安事变。其间，他有机会多次面见同窗好友周恩来，二人倾心长谈，卢广绩深受教益和鼓舞。抗战胜利后，卢广绩回到沈阳，继续担任商会副会长、会长。1948 年 10 月，在沈阳解放前夕，卢广绩与在解放区的高崇民、阎宝航等同志取得联系，与赵毅一起争取国民党五十三军一百三十师起义投诚（后来是自动放下武器），为解放沈阳做了许多有益的工作。

沈阳解放后，卢广绩受党的重托和信任，继续主持沈阳市商会的工作。在党的领导下，卢广绩通过工商联组织，积极协助政府宣传党“发展生产，繁荣经济，公私兼顾，劳资两利”的保护民族工商业的政策，引导工商业者消除疑虑，安下心来，努力恢复生产，积极搞好经营。同时，卢广绩代表商

1979 年，卢广绩（左二）出席全国工商联第四届代表大会时与沈阳代表合影

会和粮食部门召集会议，布置收缴国民党军粮工作，并根据朱其文市长指示，出面向粮业大户借用一批军粮，支援大军南下解放全中国。1950 年抗美援朝开始后，卢广绩号召并带领工商界制定爱国公约，做好纳税工作，开展捐献飞机大炮、购买公债和拥军优属活动，积极支援抗美援朝，受到沈阳市党政领导的赞许。1952 年，在对资本主义工商业的社会主义改造中，卢广绩衷心拥护党的和平赎买政策，帮助工商界认清社会发展规律，接受社会主义改造，坚定地走社会主义道路，于 1956 年实现了全市私营工商业全行业公私合营。

他一心向党、勤恳工作，深受沈阳工商界的爱戴和人民的信任。1950 年 2 月，沈阳市工商联举行第一届会员代表大会，卢广绩当选为会长。此后，他又连任市工商联第二至第八届会长职务，并先后担任沈阳市副市长、沈阳市政协副主席、辽宁省政协副主席等领导职务，为国家建设和发展做出了毕生贡献。他身上洋溢的爱国热情，成为沈阳工商界代代传承的宝贵精神财富。

跨越百年的时尚担当

行走在东北第一商业街——沈阳中街，你会发现很多百年甚至百年以上的老字号商家，其中最具特色的一家，在中街路路南一座古色古香的三层小楼里。100 年来，这座小楼上方的正中，始终镶嵌着一只走时精准的时钟。商店门楣上是金色的店名“亨得利钟表眼镜”，店名下方有四个小字“百年老店”，显示出这家商店的不凡历史和低调作风。

沈城钟表眼镜业的快速发展，与城市的近代化步伐是一致的。1907 年奉天自开商埠后，钟表成为官员、富商和时尚人士趋之若鹜的追求对象。1908 年，奉天实施新政，推行 24 小时计时，政府机关作息时间、工作安排均按精准时刻执行，钟表成为政府机关和官员们的刚需。奉天省谘议局向上海美华利钟厂订制了楼顶大钟，1910 年，一面 60 英寸的大钟安装在谘议局欧式风格建筑的楼顶，昭示出文明、现代的城市价值取向。民国初年，奉天省城钟表眼镜店迅速增加，据《奉天通志》记载，1924 年奉天省城共有钟表铺 48 家、眼镜铺 12 家，其中开业于民国以后的眼镜铺 10 家、钟表铺 40 家。到 1929 年，沈阳市钟表眼镜行业的商户发展到 157 家。张家大公子张学良身穿西装、腕戴手表的摩登派头，代表了那个时代沈阳人的时尚追求。

| 亨得利钟表眼镜店 门中卫摄 |

1920年，沈阳怀远门（大西门）里，一家新开张的钟表眼镜商店应运而生。这就是沈阳亨得利钟表眼镜店在沈阳的首店，隶属上海亨得利钟表眼镜总行。总行有几十个股东，在上海设有管理处，统管各处分号，沈阳是其中之一，各地分号经理人选，均由总行委任。沈阳亨得利的创始人周锡纯，是浙江省宁波樟村人，多年经营钟表行业，经验丰富。沈阳亨得利开业之初，选址在大西门里作为第一发行所，专营钟表眼镜，兼做钟表修理、验目配镜。1928年，亨得利在寸土寸金的中街翻建起一座三层楼房作为新

店址，营业面积120平方米。为表示隆重、扩大影响，新店特邀请著名文人、上海大书法家李瑞清书写了店名，请名匠刻字做成牌匾挂在店门正上方，并在报纸上打出广告，与大西门里老店一起减价酬宾30天，一时间声名鹊起，顾客盈门。在随后的两年里，亨得利在沈阳又新设了第二发行所、纽约钟表行、青年钟表眼镜行和万年声商店，共5个营业点。亨得利进入沈阳的时间节点和扩张节奏，与沈阳钟表眼镜市场的发展完全同步，可以说分秒不差。

说起来，沈阳钟表眼镜行业从诞生到现在，已有200多年的历史。据《沈阳市志》记载，嘉庆二十一年（1816），山东籍商人王振德在中街鼓楼南，开办了沈阳第一家眼镜店，名为“德润斋”。光绪元年（1875），伦凤翥在中街鼓楼南办起沈阳第一家钟表眼镜店“天象斋”。之后，沈阳又陆续出现经营旧表回收、钟表修理的商店8家。刊刻于清同治年间的《陪都纪略》记载，当时沈阳已有不少钟表铺和眼镜铺，其中提到的钟表铺商号有“胜吉怀”“吉庆斋”“宝兴齐”“宏宝郑记”四家，提到的眼镜铺商号有“天顺兴”，其业务包括验目配镜、修理眼镜，眼镜有茶色、墨镜和水晶三种。现在大多数老商号都已消失在历史的烟云中，唯有“亨得利”一直屹立不倒，成为至今仍经营良好的百年老字号。

亨得利长盛不衰的秘密，很重要的一点，在于它始终坚持的紧跟时代潮流、引领消费时尚的经营策略。亨得利自开业以来，即经营瑞士、日本、法国的钟表和眼镜片。当时珍贵的怀表有18开金带打响的“推把问”，还有银质珐琅镶珍珠的闷壳怀表，以及“郎京”“西马”等瑞士产的名牌手表。另有各式大小挂、座钟，以及各种规格的眼镜片。亨得利在营业上，素以货真价实、童叟无欺而驰誉远近，为国人所欢迎。1920年至1930年间，亨得利主要经营瑞士手表，也销售少量美国、日本产的手表，所销售的木钟除日、德产品外，还有国产的沈阳钟厂、烟台钟厂的座钟等。主打高端的亨得利生意兴隆，沈城显贵名流纷纷光顾。1931年初，张学良要向蒙古国馈赠一批

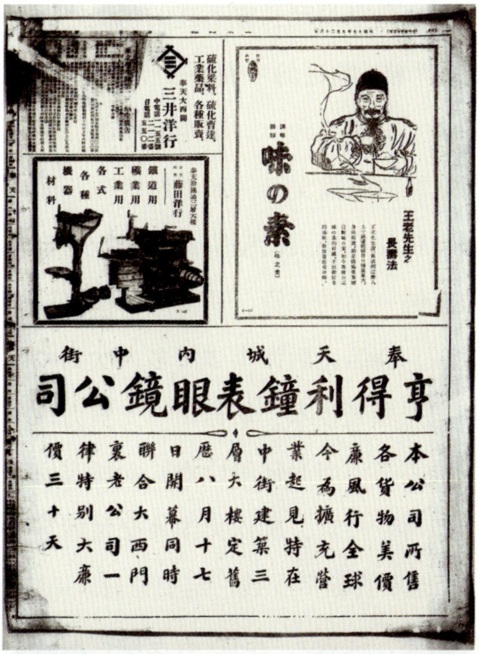
奉天城内中街

亨得利鐘表眼鏡公司

本公司所售各貨物美價廉風行全球今為擴充營業起見特在中街建築三層大樓定舊曆八月十七日開幕同時聯合大西門裏老公司一律特別大廉價三十天

味の素

三井洋行

藤田洋行

1928 年亨得利中街店开业广告

1956 年公私合营后的亨得利

手表，看了很多都不中意，最后选中亨得利的 100 块金壳手表。日伪时期，欧美货源中断，亨得利只能以销售日本产品为主。抗战胜利后，又以瑞士手表取代了日本手表的主货源地位。沈阳解放初期，亨得利专卖进口的欧美手表和苏联手表，年销售量在 4700 只左右，国际流行的名表品牌，如瑞士的劳力士、欧米茄、天梭、罗马、梅花、英纳格（俗称“大英格”），日本的西铁城，法国的列普，苏联的首都等，这里都能买到。1960 年国产上海手表上市以后，亨得利在继续经营进口表的同时，“上海”“北京”等国产品牌手表也摆上了柜台。改革开放以后，亨得利名表业务越做越大，始终保持与国际同步，走在沈城一线品牌腕表销售的前列，除国际知名品牌手表以外，所销售的国产红旗、上海、牡丹、百花、海鸥等手表风靡全城，是名副其实的沈阳时尚界的翘楚。

对产品质量和服务品质的极致追求，也是亨得利长盛不衰的秘诀之一。从创立之日起，亨得利就对进货要求极为严格，购进的手表要逐个测试校对，才能摆上柜台。店内规定，所出售的手表“三不上台”，即走时不准、不经校正、有明显擦痕的不上柜台；出售和配制的眼镜实行“四不付货”，即光度不准、两镜片形状不一、镜片有砂眼、镜片有擦痕的坚决不付货。为确保维修质量，亨得利创业之初以高于一般店铺一倍的工资，从上海、南京、扬州、郑州等地聘用能工巧匠。改革开放后，商店先后派出 200 多人次到国内各地和国外学习钟表维修、眼镜研磨和配光验光技术，培养出一支实力雄厚的技术队伍。亨得利要求，顾客拿来的钟表必须当面仔细检查，向顾客说明需要维修的项目和更换的部件，修好后经再三核对，确认无误才交付顾客。凡是接下来的钟表，不管怎样都必须修，也不管赔多少钱一定要修好。一次，有一块亚美加手表，机芯中的一个部件损坏，接表人当时没有发现，最后宁可把商店出售的同样手表的同样部件拆下来换上，将顾客的表修好，因为这关系到亨得利的信誉。店内还定下“包退还洋”的规定，确属质量问题负责包退包换，其实每年退换不了几块手表，却由此赢得了各界赞誉。

很多沈阳人包括一些名人，都在亨得利买过钟表、配过眼镜，享受过这里周到的服务。评书表演艺术家单田芳的第一块手表，就是在沈阳亨得利买的。1950 年，单田芳还在沈阳读初中，家住在北市场。正值青春年少的单田芳很爱赶潮流，看到同学里有戴手表的，便央求父亲也给他买一块。一个星期天，父亲带着他到中街亨得利去买手表。一进门，经理就热情迎上来打招呼，问给谁买手表，父亲说给孩子戴，经理说，那就买一款便宜点、质量好、禁造的呗，耐心地帮着挑选了一款当时国际流行的大三针夜光手表。几十年后，单田芳仍对这次买表的经历记忆犹新，说自己对这块手表喜爱得不得了，连睡觉都戴在手上，舍不得摘下来。亨得利还坚持送货上门，顾客买钟，店员都给送到家，直到把钟挂好调好方归。亨得利老经理周锡纯曾说：“亨得利之能有声望，在于卖出的钟表保证质量，商店讲信用，接待主顾有礼貌，不夸大宣传，不说空话，讲实事求是，特别是注意接待好回头顾客。”

近年来，亨得利继续保持名表行业的领跑地位，一方面扩大名表新品货源，一方面加强精工修表等售后服务。亨得利同各地的钟表眼镜商店组成了钟表销售行业企业协会，并且与瑞士、日本及国内京、津、沪、粤、闽等省市众多厂家建立了业务联系，以便及时掌握市场信息，扩大进货渠道，增加产品种类。随着名表销售市场竞争的加剧，一些高端品牌手表渐渐组建了自己的终端销售网络，亨得利及时调整策略，将目标人群锁定为中端，做普通市民买得起的名表，主打品牌有雷达、天梭、英纳格、天王、梅花、飞亚达、罗西尼、依波路和依波表。在眼镜方面，主打的中高档镜架有阿玛尼、都彭、萧邦、精工、登喜路，太阳镜有暴龙、雷朋等，都是时尚但不贵的优质产品。同时，还与全国大中城市56家专业商店、百货商店建立了钟表联合保修业务，从而大大方便了顾客。亨得利还先后签约，成为瑞士梅花手表、日本西铁城手表的特约维修中心。近年，亨得利又采取了上门验光配镜、登门修理、快递到家等新的服务措施，颇受各界人士的欢迎。

跨越百年风云，唯有诚信永恒。100多年来，一直引领着沈城时尚的亨得利，始终像精准计时的钟表一样，坚持着自己不变的商道理念，一步一步稳健前行。

过年过节的说道

2023年春节，沈阳中街天天都是人流如织，人们像举行仪式一样衣着光鲜，举家出行，逛街购物、品尝美食、观影看戏，感受着浓浓的年味。过

| 春节的沈阳商场 李浩摄 |

年过节，对于市民百姓来说是集中消费，对于商家来说是最大的商机。近日翻看《奉天通志》等史料，了解到百年前沈阳商家过年过节的一些“说道”，和蕴藏其中的商业秘密。

对沈城商家来说，最重要的节日要数春节。春节不仅是一年中生意最火、人最忙碌的季节，也是“节目”最多的日子。刚进腊月，商家就开始忙活了，不仅在店里开展各种节日促销活动，还在店门口出摊卖货，中街还组织商家“出大行”，招揽生意。《奉天通志》记载：“十二月初一日起，省城四平街开设画棚，谓之出大行，人争往观。”一直忙到腊月二十九。大年三十起闭店休息，账房忙着算账，伙计们打扫店面，在店门口贴春联，里里外外张灯结彩，喜气洋洋。吃年饭之前要祭祖，在祖师爷画像前摆上鸡鸭鱼肉、干鲜果品，点上香烛，跪拜祭祀，丝房（商店）祭商圣范蠡，钱庄票号祭财神爷，药房祭药皇神农，茶庄祭茶圣陆羽，等等。正月初五迎财神，满城商家鸡鸣即起，开始忙着接神，在招幌上挂上红布，在门前摆上寓意吉祥有余的羊头、鲤鱼等贡品，放鞭鸣炮，三拜九叩，迎接财神。正月初六开市，照例要放开门炮，寓意开门大吉、生意兴隆，商家竞相在自家门前放起一万响的大鞭和震天响的麻雷子，大街小巷鞭炮声响成一片，满城弥漫在呛人的硝烟和喜庆的气氛中。

正月十五元宵节，是商家和市民亲密互动的狂欢节。从正月十四起，沈城主要街市张灯三天，其中最热闹的要数中街，商家赛灯争奇斗胜，市民观灯欢天喜地。中街各丝房内外张灯结彩，并在街心高搭台架，由商家制作的花灯沿街悬挂展示，入夜灯火通明，赏灯的市民摩肩接踵，热闹非凡。《奉天通志》记载：“旧例，商家预制各式彩灯，悬于门际，形肖人物、瓜果、禽兽、鱼蟹，或用绢纱，或用彩纸，穷工极巧，角胜争奇。沈阳四平街灯市可拟京师。近则代以电炬矣。又杂陈龙灯、狮子、高跷、旱船、秧歌、灯官诸剧，士女游观，填溢衢巷。”其中“灯官”表演最有意思，一男子扮成官员骑坐在长木板上，由两人肩抬前行，一女子扮作官员娘子倒骑驴背跟随，

| 春节时的中街　张文魁摄 |

又有杂役数人拥护着他们沿街查灯，商户门前无灯或者灯数不足的，要罚元宵千百数颗，受罚的商家也乐呵呵照办，没有提出异议的。在人们的欢声笑语中，沿街商家完成了一次最体面的形象展示和广告宣传。

过年也是商家年终决算、分红的日子。以前沈阳商家的财务决算，习惯使用阴历。清朝时期为平衡年度之间的盈亏，大多数商号三年决算一次，进行利润分配，民国以后基本上是每年决算和分配一次。一般以从正月初一到腊月三十日之间为营业年度，也有的商号是根据当初的合同规定，从开业之日起满一年为一个决算年度。会计核算一般会在月末小结、端午中结、中秋小决算，年底清理账目，进行大决算，决算完毕后根据盈利情况按股份进行利润分配。比如萃华金店，每年年终结算后，经理须向财东汇报经营成果并提交清单。决算后如有盈利，利润分配一般是先留下一部分作为资本公积金，然后支付财东的股息和红利，以及有身股的掌柜（或称经理）应得的红利，还要拿出一些给伙计们发花红，大家欢欢喜喜过大年，信心百倍地开始新一年的商场征战。

每逢过年过节，也是商家收款进账、日进斗金的日子。很多商家平时会对老客户、大客户记账销售，客人每次来买货时都会拿个单子，伙计在单子上记上所购货品和价款，柜上再记一份留底，客人不需要现结现付，直接拿货走人。商家会在端午（五月初五）、中秋（八月十五）、除夕（腊月三十）三节结账前，派外柜的掌柜或伙计逐一登门拜访，照单收取货款，顺便了解客户还有什么需求，以便采购置办。商家这么做，既能让老客户体验到一种尊贵的待遇，又能拉近与他们的距离，其实是笼络大客户、稳定客群、扩大销售的一种经营技巧。对于经多次催收仍然拖欠的个别客户，商家会在大年三十再三派人上门讨取，毕竟民间公认过年不能欠钱，账房先生和要账的伙计也要过年，欠账的人家也要个脸面不是？

对于学徒和伙计来说，过年过节却要面临两个坎儿。一是连续加班的考验。因为过年是营业的旺季，需要准备的货品多，商家经营时间也长，伙计们就要加班加点地干。萃华金店每到农历十月初一开始加夜班，当天给一顿饺子吃。一直忙到腊月二十三小年，加最后一个夜班，给一次灶糖吃。这八十多天，劳累困顿，最是难熬，所以伙计们说是“要命的饺子，救命的糖”。二是要过算人（辞退人）的关口。《奉天通志》记载，沈城商家习俗，“正月初六日商户开市，定柜伙去留”。润记帽店每逢正月初六、五月初六、八月十六算人。中街各家丝房是在每年正月初七“人日”这天算人，东家事先会通知承保人，但不通知本人。正月初七这天，承保人来领人时，被辞退者本人才知道，就是正在吃饭也要立马放下碗筷，拿起铺盖卷走人。一旦被辞退，别的店铺也概不收用，就算打破饭碗了。被辞退者工作时间满三个月的付半年工资，超过半年的付全年工资，所吃伙食不扣除。

当然对于伙计们来说，过年过节也有值得期盼的事。每逢节日，主要是春节、五月节（端午节）和八月节（中秋节），商家都会给伙计们改善伙食。每年大年三十，中街各家丝房闭店放假，中午开席，菜为八中碗，有酒。学徒每人发橘子十斤，还有苹果、梨、花生等，以及一个大红纸包，里面装有4角钱、1条毛巾、1条香皂、6尺色布。正月初一到初六，每天早上4个菜，吃饺子，中午6个菜、火锅，有酒，白酒、黄酒任选；隔天一次席和火锅。正月十五元宵节，照例成席。五月节和八月节，伙计们除了有粽子和月饼吃，晚餐还加菜。还有三月二十八天齐庙会、四月十八娘娘庙会、四月二十八药王庙会等日子，商家也会给伙计们小改善一下，吃面条和大饼。

今天的沈阳商业街上，商家农历年底结账的算盘声已然远去，元宵灯会也已搬到棋盘山，灯与市分了家，过年少了许多味道。但汹涌的人流和喧嚣的市声，仍在中街等商业街反复上演，商家过年过节的生意经，还在不断地续写着城市商业的繁华。

多面银行家

| 巩天民 |

在繁华的沈阳太原街商业区中华路上，有一座欧式古典主义风格的四层老建筑，现在由中国工商银行沈阳南站支行使用。80 多年前，它曾是沈阳最大的民族资本举办的私人银行——志城银行所在地。志城银行的创办者、总经理，就是被称为沈阳商界传奇、多面银行家的巩天民。

巩天民是河北临榆县（今秦皇岛市）人，生于 1900 年。他 16 岁闯关东到奉天（今沈阳）谋生，经表舅介绍在东三省官银号下设的公济平市银行当练习生。满徒后开始独立跑市场，做工商业放款业务，了解各行各业。勤奋好学的他一边跑业务，一边到奉天基督教青年会学习，结识了阎宝航、郭尊三、苏子元、刘仲明等一批志同道合的爱国青年。

1925年，巩天民和郭尊三等人秘密加入中国共产党，成为沈阳市第一批党员。他利用工作之便，积极参加党组织的反帝爱国宣传活动，同时参加辽宁国民常识促进会、奉天工商联合会等组织的提倡国货、抵制日货、反毒销烟等活动。1927年，巩天民创办世成庆贷庄，在沈阳从事存贷款业务，并被选为贷业公会主席，二十几岁就成了沈阳金融界的头面人物。

九一八事变后，沈阳的民族工商业纷纷倒闭，巩天民经营的世成庆贷庄也已停业。1932年6月，被日寇掠夺的东三省官银号、边业银行、吉林永衡官银号、黑龙江省官银号等4家银行“合并重组”，成立伪满中央银行。不久，日伪政府又颁布了“私营银行法”，规定银行的资金规模不能少于40万元。许多小银号和钱庄都在整顿之列，其中就包括山西太谷曹家在沈阳的咸元会、义泰长、渊泉溥、富森峻和锦泉福5家钱庄。太谷曹家是著名的晋商，在沈阳经营钱庄许多年，当时沈阳总共有10家钱庄，曹家就占了一半。随着新式银行的兴起，票号与钱庄的业务受到很大的冲击，再加上奉票贬值、九一八事变爆发，使这些老字号的钱庄面临灭顶之灾，一方面自己放出的贷款收不回来，另一方面向东三省官银号拆借的款项必须偿还。伪满中央银行成立后，“继承”了东三省官银号的债权，这些老钱庄无力与蛮横无理的日本人打交道，面临倒闭的境地。

当时，沈阳的10家私人钱庄同属一个贷业同业公会，公会主席正是巩天民。他为人公正，精通银行业务，做事沉稳干练，同业都非常信赖。曹家的股东们经过商议，决定聘请巩天民代表曹家的5个钱庄，与日伪财政当局及伪满中央银行交涉。巩天民历时一年多，经过与债权、债务各方反复磋商，终于达成共识，即由他出面申请，成立一家新银行，性质为股份有限责任公司；将五家钱庄拖欠伪满中央银行的债务划分为四部分进行处理，即现款偿还、免息延期、豁免债务、入股新银行，各占四分之一。众人经过商议，决定取“众志成城”之意，将新银行定名为“志城银行”。志城银行董事会由曹家几位股东共同组成。因为伪满中央银行的股份不多，其“官方人士”未能进入董事会。董事长由曹家股东代表曹章甫担任，巩天民任董事兼总经理。1935 年 1 月，志城银行正式开业，行址设在北关区火神庙胡同，经营业务包括工商业存款、放款、贴现、押汇等。

志城银行开业以后，迅速打开市场。由于是民族资本开办的银行，在经营中没有“官架子”，服务亲民，志城银行很快获得了民族工商业者的信赖。加上巩天民又是商会的头面人物，人缘广，资源多，使志城银行在开展业务上拥有一定的优势。在巩天民的用心经营下，志城银行原定 5 年还清的债务，仅用 1 年时间便还清了。随着业务的迅速扩展，志城银行不久便在沈阳大北门里毗邻伪满中央银行（现沈河区工商银行）的地方，新盖了一座银行营业大楼。该楼建筑群布局是四合院式，占地面积 1500 平方米，主楼是钢筋砖混四层灰色楼房，朝西的正门上方悬挂着“志城银行”大字牌匾。在主楼出

| 志城银行旧址 门中卫摄 |

纳室内，有一个秘密地下室，是储存钱币的地下金库。银行后院南侧，还建有一座钢筋水泥筑的金库。营业场所相当气派。光是营业用房，就有64间。当时，志城银行还在市内大北关、义光街和外埠赤峰开设了三处支行，这样的经营规模在当时的私营银行中还是少有的。

很快，新的斗争又开始了。1942年，日本帝国主义为了进一步垄断东北经济，加强对私人资本银行的控制，实行所谓“强化整备”措施，要求东北民族资本搞组合，限定银行总资金必须达到1000万元，否则取缔。志城银行当时无力筹借更多资金，便经过协商，与当时陈楚材经营的奉天实业银行合并，成立了新的志城银行，由陈楚材任董事长，曹章甫为副董事长，巩天民为专务董事兼总经理。新的志城银行资本金总额定为伪币1200万元、24万股，每股金额50元。日伪政府规定，各家银行的股票必须公开发行，并允许自由交易。巩天民看穿了日本人企图通过股票市场收购银行股权的阴谋，他和股东们百般搪塞，一直拖着不将银行股票投放市场。最后伪满中央银行经理大岛（日本人）向志城银行董事长陈楚材施加压力，陈楚材不得不拨出1万股，在股票交易所公开买卖。所幸日本人持有的股票甚少，没能挤进董事会，志城银行始终为中国人管理经营。

在巩天民和众人的努力下，这一时期志城银行的发展进入鼎盛阶段。当时志城银行的主要客户有皮毛、食品加工厂、陶瓷厂、酒厂等民族工商企业，银企携手，在日本人经济掠夺政策下相互支持，共渡难关。志城银行的业务也有了新的扩展，除总行外，沈阳市内有一经街、大北、义光街、铁西、皇姑、敷岛、和平、沈海8个分行，外埠在鞍山、抚顺、长春、赤峰等地设立4个分行，共有分支机构12处，从业人员近300人。志城银行以其机构分布之多、放款额度之高，位居东北私营银行之首。

谁也没想到，巩天民这样一位社会名流、职业银行家，另一个身份竟然是党的地下工作者。他利用志城银行经理的职务便利，安排党的地下工作者张为先、丁宜等到银行工作，成立了中共中央社会部领导的秘密情报组织“觉社”。为了打入敌人内部开展工作，巩天民经党组织同意，加入了一些日满亲善组织，成为“协合会”会员、伪满洲国金融协会理事等，利用到“新京”（长春）开会、参加日本人的聚会等机会，与日伪军政大臣及日本财团等广泛接触，了解到许多核心机密，获取了大量重要情报。1941 年秋，“觉社”情报组织获取到驻东北的日本关东军精锐部队开始南下集结的情报，迅速传递到中共晋察冀社会部。苏联获悉这一重要情报后，迅速将远东地区的苏联红军调往西线作战，取得了莫斯科保卫战的胜利。毛泽东主席在了解到东北情报工作的情况后，作了批示：“看来东北不是铁板一块，国际线是可以突破的，伪满工作是大有可为的。”

志城银行总行朝西大门

抗战胜利后，巩天民又以工商界领袖、民间外交家的身份，积极参加恢复沈阳社会、经济秩序的工作。1945 年 10 月，巩天民经中共中央社会部确认为中国共产党特别党员，不公开身份，继续在隐蔽战线开展工作。11 月 3 日，沈阳民主政府召开首届各界代表会议，巩天民作为商界代表出席了大会。1947 年 12 月，由于中共北方情报系统被破坏，巩天民被国民党军警秘密逮捕，在审讯中，他利用“银行家”“地方士绅”的合法身份与敌人巧妙周旋，始终不承认自己的真实身份，终于在沈阳解放前夕获得自由。

沈阳解放后，巩天民按照党组织的指示，仍然以私人银行家的身份开展工作。1949 年 6 月，他代表工商界，被选举为沈阳市出席东北人民代表会议代表。1949 年 9 月，巩天民被推选出席了中国人民政治协商会议第一届会议，并当选为全国政协常务委员会委员。10 月 1 日，他光荣地登上天安门城楼，参加了开国大典。此时此刻，巩天民心潮澎湃，他感到作为一个中国人无比自豪。

沈阳解放初期，在巩天民的领导下，志城银行承担了国家银行的一些职能，在恢复沈阳金融秩序、落实统一货币等工作中发挥了重要作用。1953 年，巩天民把自己在志城银行持有的股份和房产全部交给了国家。1955 年，志城银行由人民银行正式接管，成为中国人民银行沈阳分行储蓄部。至此，志城银行画上了一个圆满的句号。巩天民也结束了自己作为银行家的使命，全身心投入到建设新中国的更广阔事业中去。

兰画茶贾

“数花凝露独精神，碧叶澄鲜不染尘。一种芳香殊众卉，常留岩畔伴幽人。”一幅国画上，两丛幽兰相伴而生，兰叶遒劲，恣意纵横，笔法老道，意境幽远，右上部以草书题写清代诗人缪公恩题兰诗，落款为“一如高常荣”。画诗相配，境界不凡，高常荣是何许人也？

一本装帧精美的画册——《中国现代文学馆馆藏珍品大系·书画卷（第一辑）》，收录了傅抱石、关山月、黄宾虹等名家的近百幅佳作，高长荣的一幅《丛兰图》入选其中，意境高古，格调不凡，令人过目难忘，与前述兰画颇多神似之处。这让我不禁疑惑，高长荣和高常荣是同一个人吗？

兰花，是中国文化的经典题材，咏兰与画兰，往往是士人君子之雅好。兰画形成于宋朝，目前可见最早的兰画为南宋赵子固所作。兰画经元明之发展，到清代而有大成。清代文人之画兰者，郑板桥堪称翘楚。郑板桥之画兰咏兰，谓其为“四时不谢之兰”，对兰花推崇之至。而关东画兰高手，首推缪公恩。缪公恩一生爱兰，有《题兰稿》诗 200 余首，且工于画兰，“不画凡花只画兰”。高长荣与缪公恩有何渊源？

一个偶然的机会，我从沈阳文化界几位前辈口中，了解到高长荣其人

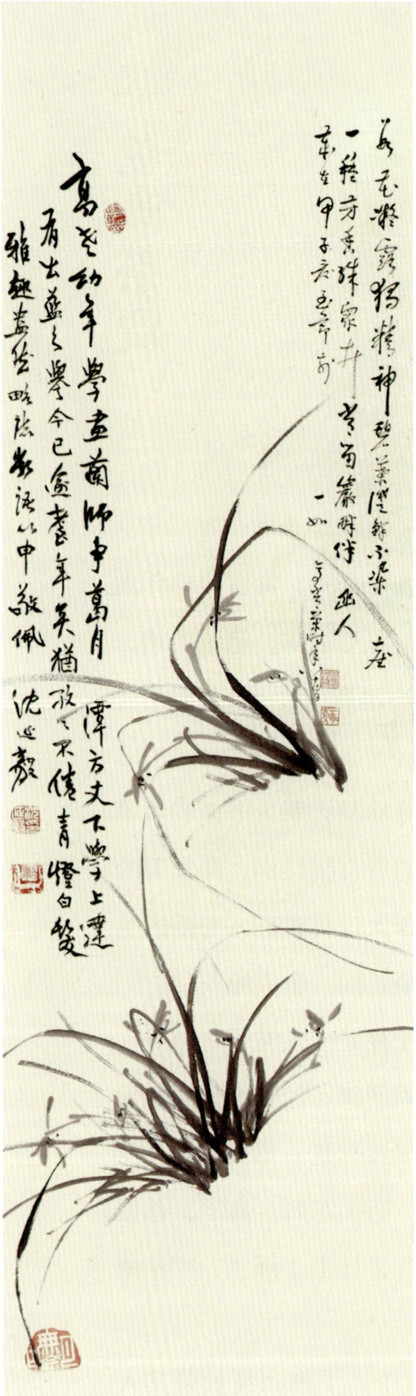

沈延毅题款的高长荣兰画

和他的不凡艺术成就。高长荣（1903—1987），原名高绍恒，字长荣、仓庸、常荣，后以字行，又字一如。师赐字耀东，赐道号治通，自号一如居士，斋署月寿堂。山东蓬莱人。1929年自安东（今辽宁丹东）到沈阳，结识太清宫葛月潭道人，遂拜于门下，研习书法绘画。其所绘兰花成就尤为卓著，笔法无异于师传。篆刻初师沈阳名家王光烈，后又师沪上名家张鲁庵。为早期沈阳书画研究会创始人之一，1984年任沈阳市文史研究馆馆员。有《一如印存》四册，出版有《高长荣先生百兰图集》。辽沈文化界名宿对高长荣的艺术成就大加力赞赏，沈延毅称其兰画“有出蓝之誉”，杨仁恺赞其画“神情皆备”、其人“积学深厚”，李仲元称其兰画“风姿动沈阳”。中国著名的兰画大家萧龙士，也盛赞高长荣的兰画，为其百兰图题词曰：“芝兰百畹，清新九州。”盛誉之下，令我更添探究的想法。

然而没有想到，高长荣并不是一个传统意义上的文人或专职画家，而是一个茶叶商人。因其在兰画和篆刻艺术上的成就，是彼时少有的横跨艺商两界的奇才，人送雅号“兰画茶贾”。一个经营茶叶生意几十年的茶商，能坚持写兰一生而且有如此成就，实在是令人感佩。1929 年，高长荣从安东来到沈阳后，即入北市场蚨聚华茶庄学习经商。20 世纪 30 年代中期，高长荣在北市场创办了“仁生泰茶行”，后更名为“仁生茶庄”。1948 年后，高长荣先后任沈阳市茶叶公会理事长、沈阳市商会监事、沈阳市工商联合会执行委员等职。1955 年仁生茶庄参加公私合营后，高长荣到沈阳市茶叶公司及北市场“松竹梅茶庄”工作，直到退休。

| 高长荣在作画中 |

高长荣作为茶商，生意做得怎么样？可以说，作为商人，高长荣是成功的，能做到沈阳市茶叶公会理事长和沈阳市商会监事，说明他的为人和经商成绩都是得到公认的，在当时的沈阳茶行他真正是数一数二的人物。北市场从 1921 年开办以来，迅速成为沈阳市新兴的商业中心，这里临近火车站，大工厂也多，是人流密集之地，商号林立，消费娱乐场所众多，尤其茶馆、酒楼、戏园子扎堆，茶叶消费量、流通量巨大，因此茶商云集。据统计，截至 1935 年，北市场共有大小茶叶商号 28 家，是沈阳茶商较为集中的地区。高长荣的仁生茶庄、赛登禄的禄记茶庄都是当时沈阳有名的茶叶商号，店面都在北市场。仁生茶庄位于北市场十八经路南口，也就是今天的北市一街与市府大路交叉口西北角附近，现在北市一街上还有文俊绿茶庄、朋来茶业等

几家茶商。仁生茶庄主要经营花茶、绿茶，主要品种有珠兰花茶、茉莉花茶、西湖龙井和老竹岭大方等。高长荣注重茶品品质，凡事亲力亲为，自己到南方茶场进茶，进来的茶叶自己拼配，品质有保障，深受茶客欢迎。

一个茶商，为什么会爱上画兰？书法大家、沈阳文史研究馆原馆长沈延毅先生与高长荣因画结缘，堪称莫逆之交，对其艺术生涯自然了解。在高长荣所作的一幅兰画上，沈延毅在题款中写道："高老幼年学画兰，师事葛月潭方丈，下学上达，有出蓝之誉。"高长荣结识葛月潭道长，是在 1929 年初到蚨聚华茶庄以后，茶庄老板与葛道长素来相交甚密，每次葛道长来访，高长荣都在跟前奉茶，就这样认识了葛道长。葛道长是东北道教丛林的领袖，又是著名的书画家，以四君子画名世。高长荣自幼学习画兰，便拜葛月潭为师，"欲步后来为一家"。不管刮风下雨还是大雪雹天，他都雷打不动地前往太清宫，在葛月潭指导下练习书法绘画。每天练习画兰叶、花瓣、山石，是一件极其枯燥的事情，但高长荣从来都是一丝不苟，毫不懈怠。葛月潭隐居斗姥宫后，高长荣继续前往照顾其生活起居，勤学苦练。葛月潭对这个弟子深为赞许，悉心指导，直至 1934 年 11 月羽化。经过几年的刻苦学习，高长荣的梅兰竹菊四君子画终于大成，尤以丛兰见长，书艺也是大涨，尤以草书最工，一幅幽兰配上流畅的草书题识，自有一种古雅清新、浑然天成的大家气派，慕名求画者络绎不绝。高长荣不忘师恩，专门治了一方"月潭道人是我师"的印，常常钤于自己的画作之上。

人生的起伏，磨炼了高长荣的性格，如空谷幽兰一般低调坚忍、清新脱俗。认识高长荣的人都说，他为人忠厚，做事认真，生活俭朴，特别低调。1955 年，高长荣把自己经营了 20 年的老店"仁生茶庄"交了公，然后被分配到"松竹梅茶庄"做了一名普通的店员，没有一句怨言。每天早晨，他总是提前一小时到店，把炉子生好，烧水拖地，把炉子烧得暖暖和和，把店房打扫得干干净净，让同事和顾客一进门就感到如到家般的温暖。他虽然曾经是叱咤商海的大茶贾、名满关东的大画家，但退休后却十分清贫，仅靠微薄的退休金生活。他爱画画，却舍不得买上好的宣纸，茶行的老友赛登禄便帮他买，每次到安徽进茶，都会给他带回数刀上好的宣纸。他爱治印，尤其在继承汉印风格上颇具功力，却买不起好石料，就买来便宜的石料，不管什么质地和形状的石料，他都能随物赋形，刀笔生花。尽管条件艰难，他仍然痴迷书画金石，“闲向轩窗写素心”，每天都在窗前伏案创作，笔耕不辍。

20 世纪 80 年代初，刚刚改革开放不久，百废待兴，沈阳市文史研究馆馆长、著名书法家沈延毅正为文史馆人才凋零而烦恼。每天，他都要经过黄河大街，看到一间临街楼房一楼里，总有一个清瘦的老头在窗前作画，孜孜不倦，笔下功力深厚，这份执着和定力着实令人敬佩。这人是谁呢？照说辽沈书画界的老人，没有沈延毅不认识的呀，这位老先生可真是从没见过。有一天，沈延毅又从这儿经过，看到老人又在窗前画画，实在忍不住敲门进去，询问之下才知道，原来是大名鼎鼎的葛月潭弟子、“兰画茶贾”高长荣，而且两人还同庚，二人一番畅谈，大感相见恨晚。从此，沈延毅成了高家的常客，二人谈书论画，相知日深。沈延毅为高长荣的才华人品所折服，推荐他为沈阳市文史研究馆馆员。高长荣进入文史馆后，潜心钻研兰画，又有颇多佳作问世。1987 年，高长荣仙逝之后，有关方面编辑整理了《高长荣先生百兰图集》（2003 年由吉林音像出版社出版），沈延毅先生作诗一首以志之，诗曰：“四年馆聘忆前尘，老友同庚谊最亲。百幅幽兰忽到眼，不堪涕泗悼斯人。”至交真情，流露无遗。

“墨光笔气得精神，花叶何须尽似真。我今学兰五十载，尚嫌挥洒未离尘。”1984 年，82 岁的高长荣受聘沈阳市文史研究馆馆员后，在当年所作的一幅兰画中，借用缪公恩诗意，谦逊地表达了自己在兰画艺术和精神境界上还要更进一步的追求。以兰花为画本，以高洁为画魂，一代兰画茶贾，以自己毕生的追求，成为沈阳商界、艺坛之绝响。

商业人才的摇篮

“我们毕业啦！”随着一声欢呼，百余顶学士帽飞向空中，辽宁大学美丽的蒲河校区，又一批商学院的毕业生欢呼雀跃，定格在毕业合影的镜头中。

| 辽宁大学商学院 门中卫摄 |

他们即将走向四面八方，走上工作岗位，成为中国特色社会主义市场经济的建设者。

曾几何时，经商之人是没有专门的学校可上的，更别说上大学了。中国传统的士大夫文化讲究“重义轻利”，而商业天性是追逐利益，因此，商人处于“士、农、工、商”的末位，商业知识的教育是不会纳入正统的学校教育的，学习商业知识和技能只能通过家传和学徒两种方式。家传教育的前提是家中本是经商的，教育方式是“父兄之教，传之子弟”，教育的内容是“观凶饥，审国变，……料多少，计贵贱，以其所有，易其所无，买贱鬻贵”之类。商业行会出现后，逐渐发展出师徒制的教育形式，孩子要学经商可以到商铺去当学徒。商铺对招学徒是有要求的，一要有引荐人，二要有铺保，三要立字据。字据上要写明“逃跑、病死等一切与铺无关，家长要赔偿学徒期间的饭钱。不遵守铺规，随时辞退”等。学徒时间一般是三年，要住集体宿舍，不能回家，主要工作是打杂，伺候老板的生活、给商铺跑腿、干杂活等，且没有工钱。把活干好了，才有师傅教一点儿东西，多数情况还是靠自己观察、领悟和练习，来掌握一些经商的知识和技能，比如日常生活中与人打交道的基本礼仪，以及书法、记账、打算盘、商品质地鉴别、包装商品、推销话术等等。掌柜的会耳提面命地强调一些规矩，比如忠诚老板、克己奉公、讲究信义、肯于吃苦等，如果坏了规矩就会被辞退，学徒一旦被辞退就等于砸了饭碗，这一行再也没人敢用了。如果顺利出徒，就能被商铺留用作伙计，叫吃劳金，吃上劳金之后还要在工作中不断学习，精进业务，直到能独当一面，才有可能晋升为掌柜，成为一名职业经理人。在沈阳征集的商业方面的文史资料中，就有不少反映解放前商号学徒制度和学徒生活的。

辽宁近代商业专科教育，始于清朝末年兴起的实业教育。20 世纪初，清政府为发展实业，颁布《癸卯学制》，提出要在通商之地设置商业学堂。1904 年，日本军政官仓喜平在营口创办营口商业学堂，1905 年被清政府收归省办，改名为官立商业学堂，成为辽宁省第一所中等商业专门学校。根据学制，中等商业学堂分为预科二级、本科三级，招收对象为高小毕业生，“授以商业所需之必要技能，以将来实能从事商业为宗旨”。主要课程有修身、中国文学、算术、地理、历史、外国语、格致、图画、体操九科；实习科目有商业地理、商业历史、外国语、商业理财、商事簿记、商事法规、商品学、商业事项、商业实践九门。应该说，比起学徒制教育，学堂教育对商业人才的培养更为系统和全面，但尚不完善。据 1909 年统计，全国中等商业学堂共 10 所，在校学生 974 名，其中奉天 1 所，在校生 136 人。1912 年 9 月，奉天官立商业学堂由营口迁入奉天省城（今沈阳），校址位于大西关热闹街原奉天高等实业学堂旧址，改名为奉天省立中等商业学校，校长为孙祖昌。1913 年 2 月，南京政府公布“壬子癸丑”学制，将实业教育分为甲、乙两种，该校又改名为奉天省立甲种商业学校。1923 年新学制颁行，该校由省教育厅定名为奉天省立第一商科高级中学校，预科即初级中学，本科即高级中学。有本科六级，预科四级，常年经费 52266 元。1929 年，奉天省改名辽宁省，该校相应改为辽宁省立第一商科高级中学校。

奉天省立甲种商业学校及省立第一商科高级中学校时期，师资相当强悍，既有中国教员，又有外国教员。中国教员多是北京大学毕业的，因此有北大派之称，如教国文的杨成能、教簿记学的傅振玉、教英语的汪兆璠，这些北大毕业生专业知识功底深厚，教学认真负责。如傅振玉，是辽宁开原人，毕业于北京大学经济系，原本是奉天纺纱厂秘书，兼任该校簿记学教师，后来升任校长。据该校学生吴建白回忆，傅振玉执教时精益求精，“认为国内的簿记学版本内容较浅，就与美国联系，购来美国版本，进行讲授”。外国教员主要有奉天基督教青年会的丹麦人华茂山、英国人施立尔、美国人贾克巴斯等，相继来校教授英语课。最著名的外教是日本人三田村源次，他负责教授日语、商业要项和商业实践三门课，同学们对他教授的商业科目颇为重视，而对日语不感兴趣。这所学校于1905年被收归省办时的条件之一，就是三田村源次的月薪要比校长高出二分之一，可见当时奉天当局对职业教育师资的渴求。

当时商业学校的教学非常重视实习，学生都能从实践中学到真本领，成长为商界的新生力量。学生的实习一种是课堂实习，一种是上岗实习。课堂实习的形式，是学生模拟商号、银行的各种商业业务运作。每个学生都事先自己命名一个商号名称，如晋阶洋行、兴隆百货公司、宏大商店等，并刻有商号的应用图章，油印纸币、支票以及多种应用的单据，设立各种账簿。这些基本材料准备就绪，就通过课堂模拟的形式开始实习。各商号、银行开业做生意，进货售货，向国内外商行订货销货，办理汇兑、贴现、保险、向银行存款、借款等业务，像真的经营企业一样。实习时间为一个学期，实习终结计算盈亏，作各种表册，向股东报告。学生毕业时的实习，就是到商号或者银行去顶岗实习。开始时，是由学校送到东三省官银号录用，先当练习生，视工作成绩，要一步步地提升为职员，进而到高级职员。以后又扩大介绍范围，向东北各私立银行、储蓄会等金融机构，及其他企业、事业部门介绍录用。成绩好的毕业生可进入东三省官银号，其他毕业生去往东北各私立银行、储蓄会等金融机构和各大商号，撑起东北商界的半边天。有些毕业生成为经济界的知名人士，如刘叙五担任东三省官银号经理，王晋生由官银号经理转任利达公司经理，魏采章由官银号经理转任利达公司经理，又转任天津华北银行账房，傅子余由奉天边业银行转任天津边业银行股长，关善夫是官银号行庄经理，在东北经济界都很有号召力。

九一八事变后，辽宁省立第一商科高级中学校暂时停办，校长傅振玉留守。时任该校军事训练教员的许赓杨离校入关，参加了抗击日军的江阴保卫战等战役。抗战胜利后，1946年初，许赓杨出任东北保安第四总队少将总队长。同年8月，随着东北各学校纷纷复校，辽宁省立第一商科高级中学校也正式复校，更名为辽宁省立沈阳商科职业学校，招生复课。1948 年 9 月，辽沈战役拉开序幕。10 月底，国民党新编第一军暂编五十三师携重炮营、坦克营、铁甲列车分队驻防沈阳东北郊，师长正是许赓杨，此为东北人民解放军的主攻方向。1948 年 10 月 31 日晚 8 时，许赓杨宣布暂编五十三师起义，为解放军让开进城通道，使其于次日凌晨顺利进入沈阳中街。起义后，暂编五十三师被改编为东北人民解放军第五十三师，师长由许赓杨续任。1983 年，许赓杨被任命为国务院参事，1999 年在北京逝世。当年许赓杨为解放军让出了沈阳城门，也为自己曾经任教的商科学校翻开了全新的一页。

1948 年 11 月沈阳解放，沈阳商科职业学校也迎来了新生，经改组成为中国共产党创办的第一所专门商科高校。为培养自己的商业管理干部，东北行政委员会商业部迅速接收了辽宁省立沈阳商科职业学校，以之为基础，组建成立了东北行政委员会商业部商业专门学校，简称东北商专，来自延安的北上干部丁克坚受命担任该校校长。东北商专组建后，立即按大学教育计划转入招生工作。建校初的学生来源，除沈阳商科职业学校原有学生外，其余大部来自原东北大学自京返沈的经济系、工商管理系学生，东北行政学院拨转来的财经系学生，长春大学、长白师范学院等高校以及东北青年中学高中的学生等。1949 年，东北商专又改称东北人民政府贸易部商业干部学校，受贸易部领导，承担商业贸易系统的干部培训工作。1950 年 8 月，学校一分为二，一为东北人民政府贸易部商业干部学校，一为东北商业专门学校（1952 年改称东北商业专科学校）。东北商业专门学校属东北人民政府贸易部、教育部双重领导，校址迁到长春南岭。学校设有统计、国内贸易经济、对外贸易经济、合作经济、会计和俄文六个系及一个高职部，汇集了蔡寅二、唐启贤等来自复旦大学、上海交通大学、东南大学、东北大学及原中央大学的多名教授和一批讲师、助教，师资力量雄厚。东北商专经充实提高后，学校飞速发展，到 1951 年时，不仅是东北实力最雄厚的商科院校，在全国亦属仅有的强者。其毕业生走上工作岗位后，迅速成为商业流通、经济管理和教育科研方面的高级人才。该校学生王佩苓毕业后，曾留校就职于本校教务处出版科，后成长为东北财经大学教授、税务系主任。

经过一系列的院校调整后，东北商专最后并入东北财经学院，成为新中国财经类高等教育的一部分。1952 年 10 月，东北人民政府根据教育部颁布的全国高等学校调整设置方案，决定将东北财政专门学校、东北银行专门学校、东北计划统计学院和东北人民大学（吉林大学前身）的财政信贷系、会计统计系合并，在沈阳创建东北财经学院。郭沫若为学校题写校名。学校创立之初，便汇聚了国内外一大批开宗立言的财经教育家和著名学者，是当时东北地区唯一的高等财经院校。东北财经学院校部设在沈阳南昌街，在南湖和南昌街两地上课。当时设有经济计划、统计、财政信贷等三个系，另有一个专修科。1953 年 8 月，根据高教部指示，东北商业专科学校和东北合作专门学校并入东北财经学院，院部迁到沈阳北陵原东北合作专门学校校址（现辽宁中医药大学附属医院址）。全院调整为 6 个系 10 个专业，6 个系分别为：财政信贷系、经济计划系、贸易系、统计系、会计系、合作社系。1955 年，东北财经学院兴建了一批校舍，各系部全部集中到沈阳市皇姑区崇山西路（现辽宁大学崇山校区），从而结束了校舍分散五处的局面。从 1953 年起，国家开始执行第一个国民经济五年计划，国民经济建设大规模发展，急需大量人才。根据中央高教部的要求，东北财经学院在招收本科生的同时也大办专修科、夜大和函授，为国家经济建设输送了大批专业人才。到 1955 年，仅统计系就有在校生近千人，三年共毕业学生 1100 多人。

随着国家经济建设和时代发展的需要，辽宁在财经类高校和专业方面不断地有所调整，培养高级商业人才的步伐始终没有停止。1958 年，经国家批准，中共辽宁省委决定，东北财经学院与沈阳师范学院、沈阳俄文专科学校合并，组建综合性的辽宁大学。东北财经学院的全部资源并入辽宁大学，组成了该校的经济、财政与计统等三个学系，东北财经学院院长何松亭转任辽宁大学校长。1959 年，原东北财经学院的主体，即计统系与财政系，以及部门经济专业的一部分教师从辽宁大学迁出，与位于大连的辽宁商学院合并，成立辽宁财经学院。1985 年，辽宁财经学院更名为东北财经大学，是全国最早更名的四所财经高校之一。原东北财经学院相关专业迁出后，辽宁大学重新组建了工商管理相关专业，1995 年由工商管理系、财务会计系和市场营销系组建工商管理学院，2010 年 3 月更名为商学院，培养本科、硕士、博士、MBA、EMBA 等各层次专门人才，是辽宁省高级经营管理人才、中国注册会计师等专门人才培养基地。1999 年 9 月，辽宁大学与澳大利亚维多利亚大学联合创办辽宁大学亚澳商学院，实行“2+2”中外联合培养的教育方式，为国家培养适应经济全球化的复合型高层次商业人才。

回望辽宁百余年商业教育历史，令人感慨万千。沈阳作为中国商业人才培养的重镇，具有深厚的文化底蕴和学术传统，一代代、一批批的商业专门人才从这里走向全国，走向世界，谱写了中国商业腾飞的辉煌乐章。

“圈楼”往事

在人来人往的太原商业街步行街北端，中兴大厦北侧，有一片建筑叫协和广场，其主体是商务酒店，周围是商店、快餐店、书店、服装店、折扣超市等。20 多年前，这里曾经是沈阳最大的副食商店——和平副食品商场，人称“和平圈楼”。

这里被称为“圈楼”的原因，在于它的商场建筑为独特的一层圆圈造型，四面有门，中间为货场。人们到里面买菜，从东门进去，鱼、肉、菜、蛋采买完，正好走一圈，还从东门出来，所以人们形象地称之为“圈楼”。“和平圈楼”建于 1928 年前后，由日商“满洲市场株式会社”投资兴建，是它在沈阳经营的三大副食品市场之一。当时太原街叫“春日町”，这个市场就叫“春日町市场”。当时太原街地区属于“南满铁道附属地”，附近居住着大量的日本商民，为了满足日本商民的生活需要，日商在这里开办了大量的洋行、商店，包括这个菜市场。春日町市场内有 40 家私人店铺，其中有日商 28 家，较大的店铺有“义道分庄”“三顺兴”“丸一之店”“石田花屋”等，主要经营蔬菜、肉蛋、水产品、干鲜水果、杂货等商品。光顾商场的主要是日本人，还有一些有钱的中国官员和商人。解放后，这个商场由人民政府接管，1956 年合并为国营商店，先后叫过“蔬菜水果第一商店”“和平副食商店”“东方红副食商店”“和平副食品商场”，是沈阳著名的副食品商店之一。

老沈阳人说，“和平圈楼”之所以出名，无外乎三个原因。一是商品出名，东西又全又好。这里不仅供应各种蔬菜、水果、鸡鸭鱼肉、调料，那个年代，有时还可以买到很“噶咕”、很稀罕的东西，比如鲸鱼肉、野猪肉、野狍子肉、骆驼肉什么的。改革开放后，商店设立了肉类、熟食制品、豆制品、酱菜（包括调味品）等 4 个专柜和糕点、熟食加工厂，增设了鱼翅、海参、干贝、鱿鱼等中高档海产品专柜。哪怕是离市区较偏远的居民，也愿意乘车来“和平圈楼”买副食。二是人出名。和平副食商店曾经出过一个名人，就是“为

| 和平圈楼旧影 |

革命卖菜”的全国著名劳动模范李素文，她1959年被评为全国先进生产者，1965年被授予全国“三八”红旗手，曾经受到毛主席接见，李素文的名字与和平副食品商店一起闻名于全国，很多人包括外地人来这里买东西，就是为了一睹李素文的风采。三是经营业绩出名。和平副食商店地处全市最繁华的太原商业街，临近东北最大的铁路交通枢纽站沈阳站，除了承担商场附近几万居民的副食供应外，还负责该地区大型宾馆、旅社、饭店和驻军等团体的副食供应任务，还要接待来自全国各地的过往旅客。日接待消费者达6万多人次，节日可达10万多人次，日销售额近5万元，节日可达10万余元，销售额与利润居全省同行业之首，在全国也是排得上号的。

在沈阳，“圈楼”就是副食品商场的代名词，一个连接着美好生活的地方。除了和平圈楼，沈阳还有很多个“圈楼”，比如大东圈楼、大西圈楼、北市圈楼、北行圈楼、铁西圈楼等，对应的分别是大东、沈河、北市、皇姑、铁西五大副食品商场。对于沈阳人来说，不管住在哪个区，只要说去“圈楼”，大家都知道指的是最常去的那个副食商场。“圈楼”的建筑式样，除了圆形之外，还有方形。不管房子盖的是圆还是方，其内部商品柜台的陈列基本上都是环形设计，百姓买菜不管从哪个门进来，转一圈又都回到起点，非常方便。在副食凭票供应和市场刚刚放开的年代，所有的“圈楼”只要一开板，各个窗口就开始站大排，赶上过年过节更是人声鼎沸、推搡不动。人们为了抢购年货，往往是全家出动到“圈楼”采购，大人小孩各有分工，分头到卖肉、卖菜的窗口去排队，全买完了再车推手提地满载而归，想着过年时那满桌子的美食，心里那个美就别提了。

“圈楼”不仅留下了沈阳人关于美食的记忆，还见证了沈城副食品市场的发展历程。与全国所有的城市一样，古代沈阳城居民的吃喝，基本上都是周边农民“负贩入城”。史料记载，清道光九年（1829），在小东门护城河畔自然形成一个较为固定的蔬菜早市，每天清晨农民到市场上出售自产蔬菜，这就是沈阳有记载的最早的菜市场——东关菜市场。稍后，在大南关城墙下又形成一个蔬菜市场，到清同治七年（1868），蔬菜市场上经营的品种扩大到肉类、鸡鸭、鱼蟹、水果等，已由农民自销发展到有商贩经营。在这两个菜市场内，有经营蔬菜的业户 80 多户，肉铺 5 户，禽蛋、山货铺各 6 户。1912 年，由于沈城人口增加，东关菜市场范围扩大，从小东门外以北至东北转角的城墙根下，盖有两长趟商棚，100 多户经营蔬菜副食的业者集聚其中。1933 年，伪奉天市政公署在大东城门外以南城墙脚下，修建方形圈楼市场，名为“奉天市营东关市场”，俗称大东菜行，老百姓叫它“东菜行圈楼”。那时候，大东菜行营业面积 2400 平方米，开南、北、东三个门，西边因为紧靠城墙根儿没有开门。楼内有牛羊肉行、鱼虾行、鸟鸡行、海味行、干菜行等，有店商上百户。这就是后来沈阳人熟知的“大东圈楼”——大东副食品商场的前身。

| 市民在皇姑“圈楼”买副食，摄于 20 世纪 50 年代 |

与“和平圈楼”和“大东圈楼”一样，其他几个“圈楼”也是时间打磨、沉淀的结果。继东关菜市场形成后，到1917年，沈阳城内相继形成了7处固定的经营副食品的市场。其中卖菜的有两处，分别在德胜门（大南门）外街西、内治门（小东门）外以南；卖鱼的有两处，鲜鱼市在内治门外菜行之东，鱼行在内治门内大街；肉市一处，在内治门外菜行之西；鸡鸭市一处，在内治门外菜行瓮城南；果市一处，在钟楼南，逢中秋前开市。九一八事变后，伪奉天市政公署在沈阳市内规划了21处副食市场，1932年在北站站前建成“小卖市场”，后改为副食品市场（北市副食品商场前身），1934年在大西边门路南开辟了大西菜行（沈河副食品商场前身），1939年在铁西南六中路建成新阜菜市场（铁西副食品商场前身）。1945年，100多户摊贩在皇姑区北行地区自发形成诚信菜市场（皇姑副食品商场前身）。解放后，沈阳市政府对副食品市场进行了重新规划，1950年市内各区设有副食品市场16处。改革开放后，沈阳又对和平、沈河、大东、北市、皇姑、铁西六大副食品商场进行翻建改造，形成六大“圈楼”、990个网点的副食供应市场格局，为沈城人民提供丰富多样的南北风味副食产品。

如今的沈阳城，随着商品经济的发展、各层次商超的普及，“圈楼”已慢慢淡出人们的生活。1979年1月，党的十一届三中全会刚刚闭幕，与皇姑“圈楼”一路之隔的北行农贸市场就开业了，这是全国第一个恢复经营的农贸市场。一度隔绝的农产品进城之路再次被打开，沈阳各城区蔬菜早市、农贸市场遍地开花，价廉物美的地头菜开始抢“圈楼”们的生意，“和平圈楼”开始到早市出摊卖货。到20世纪90年代，随着副食品供应彻底放开，外资商业也开始抢滩沈阳。1998年，沈阳第一家外资超市——家乐福超市北站店开业，引入超级市场这种新型购物方式。随即超市跟爆米花一样地开张，海量的副食产品随意挑选，人们像不要钱似地涌向超市。大东副食开始打破“圈楼”格局，改造成“太空超市”吸引顾客；沈河副食在大西菜行建起“满客隆超市”，奋起突围。和平副食也受到很大冲击，大批职工下岗或改行，商场柜台或出租或转让。2002 年 9 月，随着太原商业街的改造建设，有着 70 多年历史的“和平圈楼”被动迁拆除。和平副食品商场迁址营业，维系经营。在家门口就能买菜、动动手指头就能送菜上门的今天，曾经陪伴沈阳人近百年的“圈楼”，已成为墙上的照片和老沈阳人偶尔提起的美好回忆。

南有广州骑楼，北有沈阳“圈楼”。作为特定历史背景下的城市商业遗存，它们都曾在各自的城市商业史和人民生活史中留下过浓重的一笔。如今，广州市已出台专门的法规对骑楼等传统风貌建筑进行保护，骑楼作为重要的城市商业文化符号被保留下来，成为现代都市里的特有人文景观，人们来这里打卡、怀旧，感受一座城市的千年商脉。“圈楼”作为沈阳重要的商业文化景观，也将迎来它的新生。

| 大东副食品商场　门中卫摄 |

风雨坛街 热闹路

在沈阳，如果你打听五爱市场怎么走，沈阳人大多会这样告诉你：风雨坛街热闹路。

在百度，如果你搜索“五爱市场”，词条对其位置的表述是：“位于风雨坛街、热闹路沿线……”

在抖音，有许多介绍五爱市场的小视频，主播上来就告诉你：“五爱市场位于风雨坛街热闹路，一个听起来就不怎么消停的地方……”

真是高手在民间啊，一句“不消停”，道出了五爱市场的发展历史和其中蕴含的沈阳人永不停歇的创业激情、创富密码和创新精神。

黎明潮起，黄昏潮落。潮起潮落间，五爱市场就像一块巨大的磁铁，吸引了无数人每天来这里淘货、淘金。“南有义乌，北有五爱”，五爱市场作为全国五大集贸市场之一，东北亚经济圈和环渤海经济圈最大的流转型轻工产品交易中心，也是中国最著名的批发市场之一，每天有 20 多万人次的客流量，交易额达到每天一个“小目标”（1 亿元），诞生了无数地摊起家的创富神话。

历史上，五爱市场所在区域就“不消停”，是一个相当繁华的商业区。

明代沈阳中卫城，城南设有沈阳在城驿，有驿站衙门和急递铺，是驿使驰传和商贾往来的必经之地。清代盛京城扩建后，这里属于南关地区，是辽东半岛南部各城市和港口的商旅及燕行使往来盛京城的必经之地，常常商贾云集、货积如山。附近庙宇众多，有慈恩寺、普济寺、关帝庙、碧霞宫、火神庙、社稷坛、风雨坛，四季香火旺盛，常有庙会集市，人声鼎沸。这里还是清朝皇室子弟学校皇学的所在地，皇亲贵胄、八旗子弟出入其间，马嘶车喧。慢慢地，南关地区就形成了一个颇具规模的商业区，分布着旅店、货栈、车店、饭馆、茶馆、粮栈、油坊、酒局、当铺、漆铺等各类商号，有名的客栈有广昌栈、会元栈、日兴隆外栈等，街巷间分布着菜行、马市、柴草市、古玩市等市场。“热闹路”之所以得名，是因为它位于关岳庙前。关岳庙香火极盛，每年六月都要举行盛大祭祀仪式，庙前的马路变得非常热闹，因此得名。“热闹路”之名至少有 100 多年历史了，起初与五爱市场并无关系，但现在看似乎是为五爱市场量身订制的。“风雨坛街”因附近有清代修筑的风雨坛而得

| 五爱市场外景 门中卫摄 |

名。雍正十一年（1733），承德县令在天佑门（小南门）外建社稷坛，又在社稷坛前修建了风云雷雨山川坛，百姓称之为风雨坛。每逢旱涝，官员们便来祭祀，祈求风调雨顺，丰收之后还要来“报祀”，就是还愿。这个坛现在已经不在了，但留下了“风雨坛街”的地名，护佑着这方土地风调雨顺、民丰物阜。

回首五爱市场的创业史，就像玩魔方一样令人眼花缭乱。1983 年初，有二十几户生活困难的退休工人在沈河区工商局的引导和组织下，在沈河区正阳街大舞台前的马路边上摆地摊。这个小小的马路市场就是五爱市场的雏形。次年，沈河区政府将其迁到西顺城街，人们称之为“西顺城专业市场”。1985 年 8 月，市场又迁至五爱街，“五爱市场”也由此得名。1989 年 10 月，沈河区决定将五爱市场“退路进厅”，在风雨坛街热闹路东南角地块兴建新五爱市场。1990 年 10 月 1 日，五爱市场第一期 2.1 万平方米大棚工程竣工，业户迁入新市场营业。1991 年底，五爱市场设立外国人交易区，吸引了几十名俄罗斯、乌克兰等国客商在此经营。1992 年 8 月，第三期扩建工程全封闭交易大厅竣工，建筑面积 1.6 万平方米，五爱市场经营品种发展到服装、小百货、针织、小食品、布料、床上用品六大类。1993 年，五爱市场完成由“集”到“市”的转变，市场占地已达 10 万平方米，摊位 15327 个，业户 1.6 万户，从业人员 4 万人。1996 年，商品成交额突破 100 亿元。1997 年，五爱市场南区、五爱服装城先后竣工营业，五爱市场已发展成为占地 13.9 万平方米、摊位 2 万余个，从业人员 6 万多人，日均客流量 30 万，节假日可达 40 万人次，经营服装、小百货、鞋帽、针织、布料、床上用品、礼品、玩具、日杂、箱包、小食品、小家电、袜子 13 大类，3 万多个品种的大型批发市场。1998 年 4 月，“网上五爱市场”建成，拉开了五爱市场信息化建设的序幕。1999 年，组建了客货联运站，使市场的客货运输线路延伸国内南至广州、温州，北至绥芬河、黑河，西至呼和浩特，并设置了通往韩国和俄罗斯的专线共 130 余条，五爱市场辐射至全国以及东北亚地区。2000 年初，五爱集团成立。2000 年，五爱市场针纺城竣工，新增营业面积 5.25 万平方米、档口 3000 余个。2001 年，东区一期改造工程开工，新建一座五层购物大厅。到 2008 年，五爱市场成交额达 300 亿元。短短二十几年，五爱市场从仅有 20 多个业户的马路市场，发展到拥有业户 6 万多户、年成交近 300 亿元的全国第二大综合性批发市场，创造了一个个令人瞠目的商业奇迹。

五爱市场的发展奇迹，源自一群“不消停”的人和他们“不安分”的心。20 世纪 90 年代，人们还对个体户存在不理解和偏见，对下海经商存在种种疑虑时，五爱市场的第一代创业者早已成了富翁、富婆，有的已经当起了出租摊床的“甩手掌柜”。五爱市场的摊床价格，已经从最初的 2000 元涨到了百万元级，一个床位每天可以租到 1000 元。1994 年，沈阳电视台拍摄了

| 20 世纪 80 年代五爱市场上热闹的交易场景 陈秀庆摄 |

一部纪录片《个体户的故事》，通过实地采访在五爱市场经营的个体户，讲述他们创业经商的艰辛和心路历程。个体户刘铁军的说法挺有代表性，他说："过去认为（干个体）挺掉价的，现在觉得还行，钱也赚着了，政策也挺好的。"个体户杨爱华过去是工厂打字员，过着早八晚五的生活，自从干上个体后，"心情特别高兴，因为我们在经济上富裕了，想买啥就买啥，想吃啥就吃啥，想穿啥就穿啥！"每个人都经历过穷，但并不是每个人都敢于改变命运。他们为自己的生活努力拼搏的精神，给人们的心灵带来巨大冲击。个体户傅立新说："我以前都是上班，工资不算低，但我们家孩子小，生活紧，穿的都是自己做。有时候到了月末，买个菜都得把家里的旧报纸、牙膏皮收到一起，卖了两块多钱，给孩子买点菜、买点肉。"在这种情况下，傅立新选择了摆小摊卖橡皮，她说："开始一天卖个十块二十块就乐得没法，我挣了三块钱，就急得喊，儿子你们等着，晌午妈给你们买两斤肉炖着吃。"在五爱市场的蓬勃发展中，作家木青深入到市场业户中和工商管理所体验生活，甚至还替人看过摊，创作了反映五爱市场的长篇小说《五爱街》。这部小说自 1996 年 2 月 5 日在沈阳人民广播电台文艺连续播出，沈阳电视台随后拍成电视剧在央视播出，在社会上引起极大的反响。剧中那一个个"不安份"的个体户形象，给观众留下深刻印象，人们的心灵受到极大震动：经商致富合法，当个体户不砢碜！

五爱市场商业奇迹的背后，既有市场无形之手的推动，也有政府有形之手一步步地规划和建设。1988 年，当时还在五爱街摆地摊的五爱市场，因为噪声扰民扰校，占道影响交通，受到了沿线居民和大中小学、科研院所的反对和投诉，人大代表们提出建议，要求关停或者搬迁五爱市场。一时间，山雨欲来风满楼。1988 年 8 月，新任沈河区委书记张玉琢带着问题深入调查研究，一个搬迁市场的思路逐渐形成。于是，他大会小会语出惊人："发展商品经济是一场革命，我们的五爱人就是先锋部队，他们穷则思变，最少保守思想，最勇敢。我们共产党人就是要让百姓过上好日子，要发展经济，凡事都要实事求是看主流，不应泼脏水泼掉了孩子。”最后，区里决定拆迁风雨坛街与热闹路交叉处的一片低矮的棚户区，建市场。可是拆迁和建设需要 2300 万元，这笔钱从哪儿出？沈河区领导们思谋再三，决定用市场的办法来解决市场的问题：按每个床子占地 6 平方米，向业户集资 7000 元，用集资的钱动迁居民和建市场，三年后全部退还。仅一个半月就动迁完毕，走出棚户区的老百姓感动得热泪盈眶。1990 年国庆节，2.1 万平方米的新市场建设完毕，搬进新市场的业户们感动不已：多年风吹日晒站马路，终于进厅了！从此，五爱市场扩建工程一期接着一期地上马，二期工程扩展 1.2 万平方米，三期工程建大厅 2 万平方米刚完工，四期工程又上马了。进入 21 世纪以来，五爱市场成立了集团和党委，持续推进市场滚动开发、升级改造的战略，对市场原有露天棚区市场全部进行了升级改造。五爱内衣袜子毛线城、五爱床品布艺箱包鞋帽城、五爱深港客货联运总站、五爱国际商贸城、五爱精品服装城等相继建成投产，功能日益完备。近年来，五爱集团的仓储、

| 五爱市场　门中卫摄 |

物流、金融、国际贸易、电商等业务板块齐头并进，他们的发展目标已不仅仅是市场或商场的升级版，而是辽宁省最大的国有控股商贸服务业投资平台和东北地区最优秀的供应链综合服务商。

电商潮起百商倾，大浪淘沙见真金。经过了电商大潮席卷行业洗牌，经过了三年疫情实体店遍体鳞伤，作为国内五大综合性批发市场之一的五爱市场如今怎么样了？走进五爱市场，你会发现许多的店铺里都支起了手机和补光灯，小姐姐、大哥哥们正在直播带货。早在 2017 年，五爱集团就启动了沈阳五爱互联网商业品牌代言人孵化基地项目，加强商业与文化的有效融合；2020 年，五爱集团开辟了五爱电商直播基地，吸引各路网红来此选品直播，打造“买全国、卖全国”的全新商业模式。仅当年 8 月的一天，五爱商圈百家商户开展直播带货活动，交易额就达到了 530 万，抖音、快手两平台高峰在线人数达到 30 万人。好嘉服饰是五爱市场最早一批经营内衣的业户，已有 29 年的历史了。自打 2022 年 3 月 7 位年轻人成为店铺的线上合伙人以来，这家老店的线上月销售额迅速冲高，0 到 100 万仅用了 5 个月时间。年轻人利用网络直播新工具，为五爱市场传统商户转型发展找到了新路子。沈阳市还将五爱直播基地作为打造国际消费中心城市的重要场景，计划在五爱国际贸易大厦 A、B 座，搭建集培训、孵化、选品、直播等多功能为一体的直播基地，面积达 21 万平方米。

风雨坛街热闹路，这个“不消停”的地方又一次站在历史的十字路口。移动互联网技术、人工智能的迅猛发展，推动了产业升级、消费升级、流通升级，给传统的集散型市场带来了颠覆性的挑战；“一日达”的高速交通与“点对点”的扁平化物流，使得流通领域“去中间商”化已成大趋势，也给传统集散型专业市场带来巨大挑战。是认命沉沦，还是转型奋起？沈阳五爱市场正用行动做出回答。一个千亿级市场的逆袭，一个百年民族商贸品牌的崛起，就在五爱人加速奔跑的正前方。

『世界第一』话广告

如果有人问，沈阳最著名的地标建筑是什么？大多数沈阳人都会说：彩电塔。不管是白天还是晚上，彩电塔都是最醒目、最有识别性的存在。尤其是晚上，流光溢彩的金廊上，高高耸立的彩电塔洁白如玉，亭亭玉立，在一群高楼大厦中脱颖而出，光彩夺目。

如果有人想，在这个极其显赫的城市地标上做广告，效果会怎么样？这样一个天才设想，犹如站在巨人肩膀上登高远眺，必然是万众瞩目、睥睨天下。可喜的是，已经有人成

—雪花啤酒广告登上辽宁彩电塔—

功地实现过，一举成就了一个单品销量世界第一的品牌——雪花啤酒。

雪花啤酒原本是沈阳地产啤酒，尽管在沈阳也有不错的销量，但终究只是一个名不见经传的地方品牌。1994 年被华润集团收购后，它的命运开始发生逆转。当年，胸怀大志的华润集团进军啤酒行业，运作收购了全国 26 家地方啤酒厂，此后又陆续扩大到 40 多家，产能迅速扩大，但众多地方品牌无法形成一只有力的拳头，于是集团制定了一个“聚猫成虎”的计划，公司所属企业生产的产品，统一以“雪花”品牌走进市场。如何将“雪花”品牌在全国打响，成为华润雪花啤酒要解决的首要问题。为此，华润总部从深圳派来了品牌管理专家王懿先生，出任沈阳华润雪花啤酒总经理，任命深谙广告策划之道的陆虹出任副总经理，负责市场和销售。

当时，雪花啤酒的市场仅限于沈阳，东北都没走出去。产品在本地知名度很高，美誉度却很低，在从计划经济向市场经济的过渡过程中，雪花缺少宣传力度，更谈不上品牌建设。回忆起当时的情景，陆虹说，消费者对雪花的感觉，就像对自己家里结婚多年又不善于打扮的“屋里人”一样，每天都在一起，但没有新鲜感，激情更无从谈起。重塑雪花品牌形象，就成了当时第一要务。从更换酒瓶、酒标开始，重新定位，重新包装。换标后，雪花就像是装扮一新的新娘，需要一场隆重的婚礼来闪亮登场。于是，一场全方位的推广计划展开了，报纸、电视、广播、路牌、新品发布会等等轮番登场。第一轮宣传之后，明显拉动了销量，效果不错，但总感觉冲击力不强，震撼力不够。经过多次内部讨论，王懿决定选择沈阳最高的地标性建筑物彩电塔作为载体，在彩电塔身上打上“雪花啤酒”四个字，同时把新的 logo 也打上去，让雪花啤酒的品牌站上巨人的肩膀。经过运作，事情很快得以实施。

雪花啤酒在彩电塔上做广告啦！全沈阳人的目光都盯在了彩电塔上。305 米高的彩电塔塔身上部，刷上了“雪花啤酒”四个蓝色大字和它的 logo，每个单字 74 平方米，创下了吉尼斯世界纪录，成了沈阳一大景观、全国一大新闻。报纸、电视、广播不仅就此事播发了新闻，而且每次电视新闻拍沈阳外景时都要拍到沈阳彩电塔，“雪花啤酒”自然进入画面，出镜率很高，相当于做了无数条免费的广告。这一事件引起了媒体的广泛关注和社会的极大轰动，一时好评如潮，雪花啤酒的销量和在全国的知名度也是节节攀升。更有趣的是，雪花啤酒和彩电塔签了 3 年合同，按约定合同终止后雪花公司不负责清洗掉广告内容。3 年合同期满以后，因为没有后续“接盘侠”，彩电塔考虑到刷掉“雪花啤酒”四个大字的费用巨大，还是留着它在彩电塔上当风景吧，所以三年之后就成免费广告了。直到 2011 年，彩电塔才重新粉刷，“雪花啤酒”就这样在彩电塔上保留了 10 多年。这一成功案例，成为沈阳广告人引以为骄傲的经典战例。

沈阳的广告市场，是一代代广告人不断探索、大胆开拓出来的。早在清朝时期，沈阳城里各大商号门前高高树立的金匾看榜、招幌广告，就已被朝鲜燕行使、法国摄影师记录下来。民国以后，沈阳出现报纸广告、杂志广告、霓虹灯广告、招贴画广告，促进了商业的繁荣。改革开放后的 20 世纪 80 年代，商品经济快速发展，广告又出现在沈阳人的视野中。但是由于时代的局限，广告创意、制作水平，以及人们对待广告的观念上，还有很多需要提升和改进的地方。比如当时电视广告，只能发字幕版或静止画面版，跟报纸广告一样，做一次广告叫“打一个版儿”。1988 年元旦过后，刚刚开业的中兴商业大厦想在沈阳电视台打个广告，为了做出运动感的画面效果，中兴大厦业务部的负责人想出了一个办法，把在香港制作的中兴大厦楼体模型，放在食堂小餐厅桌面上的转盘上，由一个人蹲在桌子后面，用手慢慢转动餐桌上的转盘，由摄像师对着转动的楼体模型拍摄，回去后在画面上加上“庆祝中兴商业大厦开业”的字样，配上音乐效果，这条 30 秒的电视动感广告片总算做成了。

人们对待广告的偏见和思想上的禁锢，也在被打破。很多人说起 20 世纪 80 年代的电视广告，总能耳熟能详地背上几段，像“燕舞”“东方齐洛瓦”“新时代的东芝”“正义的来弗灵”等等，觉得广告中的年轻人又蹦又跳的，十分轻松好玩。但是，如果把做广告的人，换作一位自己敬重的德高望重的老艺术家呢？人们在心理上过不了这个坎儿。1989年，从沈阳走出去的戏剧表演艺术家李默然拍了一条“三九胃泰”的电视广告，这是中国第一条由名人代言的商业广告，在央视播出后引起了轩然大波。他出差到火车站，出租车司机朝他喊“三九胃泰”，在火车上列车长数落他：“你干吗要去拍那个！”在许多观众心目中，邓世昌就是民族精神的一个象征，观众们不愿看到“邓世昌”拍商品广告，甚至有人认为李默然拍广告就是为了赚钱，玷污了“邓大人”的形象。人们不知道的是，李默然拍广告是受中国戏剧家协会之邀，为第二届戏剧节拉赞助。为了中国戏剧事业的发展，李默然默默承受了非议，他也很理解那些观众：他们要维护心中的艺术形象，所以才觉得“他”做广告是件低级的事，才不能接受。因此他郑重表示：“真的广告谁都能拍，假的广告任何人都不能拍。三九胃泰广告是我拍广告片的开始，也是结束。”

虽然敢吃螃蟹的李默然老师承受了非议，也没再接拍任何一条广告，但由此引起的破冰效应却是喜人的。人们在想李默然老师说的话，名人为什么不能拍广告？只要“真的”广告，就没有问题。从此以后，一批演艺明星、电视主持人开始走上荧屏，为企业或产品代言。沈阳人比较熟悉的本地明星拍的电视广告，有王振华做的彩电塔旋转餐厅广告等等，辽宁电视台、沈阳电视台的当红主持人李枫、娄晔等都做过广告。甚至老劳模张成哲也做了一把广告，为一家搞技术革新的工厂代言，那朴实的笑脸令人印象深刻。北市百货商场还打出了“劳模服务队”的广告，在商场里挂出了郑忠文、王巧珍等劳模的大照片，领衔为顾客提供17项优质服务。广告意识最强的是“卖车大王”孙作树，他频频穿着一身挂满奖章的绿色制服，登上电视和报纸，为“车王商场”代言。

20世纪90年代，沈城各大商场的广告投放非常密集，可以说是一场不见硝烟的商业大战。当时沈阳的大型商场竞争激烈，纷纷通过广告宣传、办节办展、节日促销等方式来争夺顾客。这些广告或直接介绍特色商品，或展示商场购物环境，或突出商场服务理念，或主打感情牌，或强调价值观，八仙过海，各显神通。各大商场的老总们，也频频登上屏幕与观众见面，或给观众拜年，或阐述服务宗旨，或作出品质承诺，一个个意气风发，诚意满满，沈阳商业城、中兴商业大厦、和平商场、联营公司等大商场的老总们，都上电视给自家商场“代过言”。当然，最让人记忆深刻的还是每条广告都带的商场定位语，如“沈阳商业城，城中求诚”“穿在中兴，美在沈城”“大众购物哪儿可靠，还是联营老字号”“铁西买金，终生放心”等等。印象比较

| 青年大街上的万象城 门中卫摄 |

深的是中兴服装节，办了好多届，每次开幕式演出现场、商场里都是人山人海，而且服装款式也确实很时尚新潮。

进入21世纪以后，沈阳的商业竞争更加激烈，广告大战也随之升级。西武、卓展、美美、新世界等高端商业先后进军沈阳，华府、百联、大悦城、万达广场、茂业等商业综合体纷纷落成，家乐福、沃尔玛、乐购、宜家、星摩尔、伊势丹等外资商超发力抢滩沈阳，掀起了一波又一波的广告大战。伴随着手机、房产、汽车等消费市场持续升温，报纸连版广告、广播电视广告、路旗广告、气球广告、传单广告、飞艇广告、大屏广告连番轰炸，各种地推活动、行业论坛、路演活动接二连三。在激烈的商战中，沈阳广告行业得到快速发展。广告代理公司、公关策划公司、文化传播公司如雨后春笋般兴起；广告制作、广告器材等行业飞速成长；沈阳国际广告展连年举办，规模达到3000个标准展位，吸引国内外上千家主流厂商参展，沈阳成为东北最大的广告发布、制作、器材交易市场。2011年9月，第18届中国国际广告节在沈阳举办，一时间大咖云集，盛况空前。

雪花啤酒自从在彩电塔打广告一战成名后，又再接再厉，举办了彩电塔广告亮化点灯仪式、彩电塔登塔比赛、“雪花之夜”啤酒美食节等重量级活动，持续推高热度。到2011年，当“雪花啤酒”广告从彩电塔上淡出之时，雪花啤酒早已走出沈阳，走向全国。2005年，雪花啤酒以158万千升的单品销量成为全国销量第一的啤酒品牌；2008年起，华润雪花啤酒旗下的雪花单品牌成为全球销量第一。从“世界第一”的广告面积到“世界第一”的销售业绩，雪花啤酒创造了沈阳商业文化史上的一个奇迹，而那座印着“雪花啤酒”四个大字的彩电塔，已成为一代沈阳人永远的回忆。

劳模们的『绝活』

老沈阳人都忘不了，沈阳商业系统的那些劳模们的风采。忘不了“顾客贴心人”李素文卖菜一把准、郑忠文量布一撕准的娴熟技艺，忘不了王巧珍百问不厌、温暖如春的亲切笑容，忘不了“卖车大王”孙作树现场装车的高超技术……他们的拿手“绝活”，是沈阳人津津乐道的美好回忆；他们的服务精神，已变成沈阳商业文化宝库里的闪光财富。

今天，让我们一起来回顾一下沈阳商业战线全国劳模、五一劳动奖章获得者们的“绝活”，从他们的“绝活”中去寻找沈阳商业文化的核心密码。

李素文是一个心灵手巧、作风利落、很有志向的姑娘，21 岁就入了党。1956 年，她投奔爱人从河北农村老家来到沈阳，在南塔副食商店第二门市部卖菜，后来又调到和平副食商场卖菜。令人没有想到的是，这样平凡的工作，竟让她干得风生水起。为了节省顾客等候的时间，她练就了一手不用秤称、一抓就准的“绝活”。如果顾客要买一斤菜，她从菜堆里抓出一把，不用称，肯定就是一斤，不差分毫！

在沈阳北市百货大楼服装商场，有一个卖布特别麻利的营业员，她叫郑忠文。老辈人说，看郑忠文量布的过程是一种享受，只见她拿着尺棍飞快地量布，量完在尺棍头上一划，“哧啦”一声将布扯开，又快又准！1956年，郑忠文刚到花布组时，主动跟师傅学习技术，并自制了一个专用的尺棍：先用刀在尺棍留出2厘米长的“V”形豁口，在豁口处背面放上锯条，用胶布固定好。用自制尺棍量好布料后，将布横过来在豁口的锯齿上一拉一拽，布就扯好了。不仅免去了使用剪刀裁布的麻烦，提高了工作效率，减少了顾客等候的时间，还将布料剪裁精确到一分一毫。

中街二百商店“卖车大王”孙作树的“绝活”，不只是现场装配自行车。爱钻研技术，是1953年他参加工作时就养成的习惯。刚上班时店里安排他卖小五金，就是鞋钉、折页、螺丝之类的。当时正在宣传北京百货大楼张秉贵的事迹，他就琢磨，张秉贵卖糖能“一把准”，我卖钉子能不能做到这一点呢？于是就开始练鞋钉“一抓准”，白天练，下班回家也练。一盒鞋钉是一公斤，要抓十几包，手指头扎破了也不在乎。就这样练了一个多月，真的练成了这一本领，顾客要多少鞋钉，他一把抓出来，基本上一个不差，令人叫绝。

所有从计划经济时代过来的人，都有过买东西排长队的经历，一个能够“一把准”“一撕准”“一抓准”的售货员，卖货嘁里咔嚓又快又准，确实让等得心焦的顾客们又服气又赞赏。提高工作效率，减少顾客等候时间，同时又不能短少分毫，这是时代对营业员服务技能的基本要求，能够把“快”与“准”做到极致的人，当之无愧应该是同行们学习的楷模。

但是，在李素文们的字典里，仅有“快”和“准”是不够的。在那个物资短缺的时代，人们买东西不仅要买得到，而且要省着用，让有限的钱和票发挥最大的价值。这些朴素的需求，成为挑战营业员们的难题。一般人觉得做不到的事，劳模们却能想方设法地做到。

有一次，李素文所在的南塔副食商店来了一批盒装的果脯，不少顾客问明价格以后，犹豫一下走开了。为什么问的人多，买的人少呢？李素文心中

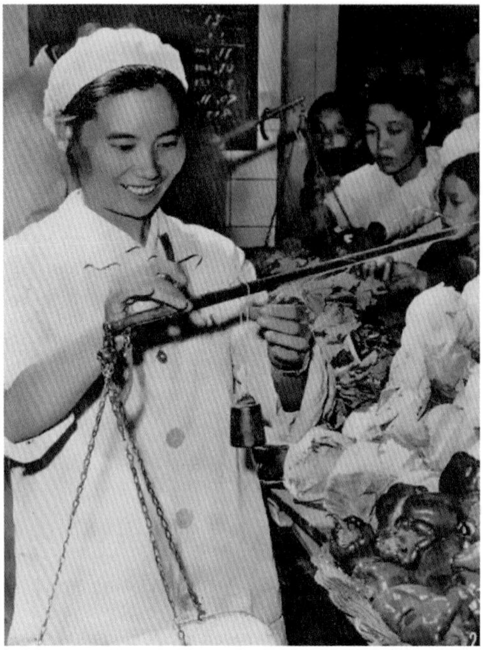

| 李素文在卖菜 |

琢磨。一天，一位老大娘在柜台前指着果脯问道："这东西有没有小盒的？"这一问题提醒了她：顾客可能是嫌盒子大、价钱高。于是，她建议把果脯分成小包出售。领导采纳了她的建议。以前，每盒卖几元钱；改装后，每包才几角钱。而且橄榄、桃、杏等样样都有，顾客可以任意挑选，销售量大大增加。

从这件事情，李素文联想到其他一些商品，也存在来货包装大而顾客需要量少的情况。在她的倡议下，食品、百货、文具等组营业员也不嫌麻烦，将20多种商品由按打、按盒、按捆出售，改为按个、按支、按张出售，还有的由论斤、论瓶改为论块、论两或买多少钱的都行。这样，顾客花一分钱就可以买到大小不同的几根缝衣针，两分钱可以买一个信封和几张信纸等。成双成对的裤钩、枕套等，只要顾客要求，也都拆开卖，很受顾客欢迎。

计划经济时期，商品实行凭票供应。顾客买布料需要凭票定量购买，怎么节省使用布料，几乎是每个家庭主妇都在研究的学问。沈阳北市百货大楼的郑忠文想到，穿衣是百姓的大事，作为卖布的营业员，一定要帮助百姓尽量多节省一些布。她就利用休息时间拜服装加工部的师傅为师，求他整理了一套各种服装用布量草图样本，并运用套裁法归纳出公式和口诀，以此来为顾客量体买布当参谋。她还免费为顾客裁剪小孩衬衣、罩衣、娃娃服和大中小裤头，并把裁剪技术教给顾客，尽可能地帮顾客节省布料。

还有缝纫线、肥皂等凭票购买的商品，郑忠文也尽量为顾客着想。一张线票只能买一支单色线，家里人口少的职工买线、做活儿都不方便。郑忠文就和化杂组的同事商量，把黑、白、蓝、灰、绿五种颜色的支线拆开，混色出售，这样一来，顾客用一张线票就能买到 5 种颜色的线了。还有，一个肥皂票只供应一块肥皂，买增白皂可以供应两块。可是经常有顾客只想买一块增白皂，又舍不得花一张票的情况。郑忠文又想了一个办法，把一块肥皂切成两半，遇到买一块增白皂的，就再卖给他半块肥皂。顾客感动地说："真是想到我们心里去了！"

20 世纪 70 年代，老百姓买自行车也要凭票，买到永久牌、凤凰牌自行车更是奢望。孙作树主动向领导请缨去上海进货，说啥也要把永久、凤凰车买回来，领导当即给他批了 30 万元货款。孙作树费了九牛二虎之力找到厂家，厂方说，自行车都是按计划供应，没有多余的，你回去吧！第二天，孙作树早早就到厂里，给厂长扫地，给科长打水，给食堂刷碗。几天后，厂长告诉他："你的精神太让人感动了！厂里决定特批给你们 200 台凤凰车、1000 台永久车，我们宁可不休息，也要把这 1200 台自行车生产出来！"

俗话说，巧妇难为无米之炊。在买啥都要凭票的年代，没有票想买啥都是白想，有票没货也没戏。可是咱们这些可爱的劳模，愣想出了巧办法，改小包装、混色搭配、上门求货，在不违反原则的情况下想方设法解决问题。这种"自找麻烦"的行为，如果仅从"卖方市场"的思维肯定难以理解，但若是从"用户思维"的角度来看，却不得不让人佩服，这难道不是一种更高级的商业智慧、商业道德吗？

在劳模们的日常工作中，全心全意为顾客服务，已成为他们的一种自觉行为。王巧珍 1958 年调到沈阳市北市百货商店，当了一名营业员。那时，商店所有的商品都是隔着柜台售卖，顾客再着急想看或者想买什么商品，也得等着营业员递给你。一个营业员每天要接待的顾客不会少于 500 人次，其辛苦可想而知。这样的售货方式和劳动强度，营业员一般都会产生厌倦心理，长期下去就懒得多说话，更甭提主动介绍商品了。于是，顶撞顾客或者怠慢顾客等问题成了屡见不鲜的现象。商店营业员对顾客的“生、硬、顶”，已成了商业的“老大难”问题。而王巧珍却始终面带微笑地接待顾客，不厌其烦地给顾客介绍商品，百问不厌，百挑不烦，赢得了顾客的一致好评，他们说：“这姑娘的笑，真好看！”

| 王巧珍 |

针对行业的“老大难”问题，李素文根据自己的工作经验，提出了营业员“五不、六个一样”的服务标准。“五不”即工作时不想私事，不谈私事，不开后门，不走后门，不买快货。“六个一样”即接待生人和熟人热情服务一个样，对老人和小孩服务周到一个样，对买多买少介绍商品一个样，对买与不买主动热情一个样，开业后和闭店前柜台商品丰满一个样，工作忙与闲服务质量一个样。“五不、六个一样”真正以顾客的需要为中心，做到顾客百问不烦、百挑不厌，这一服务标准在沈阳商业系统得到推广，深受群众欢迎。

想顾客所想，做顾客的贴心人，是李素文的一贯追求。有一次，一位顾客来买菜，指着一种菜问它的做法，李素文回答不上来。为此，她整理出了各种蔬菜如何烹饪的问题，专门向单位食堂里一位有着 30 多年烹饪经验的老厨师请教。在掌握了烹饪技术之后，李素文又学习了各种菜品的营养搭配，以后再有顾客来买菜的时候，她都会主动传授经验，尽力为顾客提供更多、更好的服务。

郑忠文常说，商店就是为群众服务的，就该千方百计为群众解难。一天，商店快要闭店了，突然急匆匆跑进来一名顾客，要买自行车链卡子，不巧这种商品卖完了。郑忠文想到，不能让顾客推着车回家，就跑到商店内部修车点，在装零件的盒子里翻出一个旧链卡子，求修车的同志帮顾客接上了链子。顾客感激地说："太感谢你们了，沈百服务得太周到了！"这件事使她认识到，服务也是一种品牌，是商店的无形资产。

干一行，爱一行，用专业的服务当好顾客的参谋和助手，是孙作树的工作习惯。1964 年，二百商店调孙作树到自行车部卖车。面对新的岗位，孙作树马上找老师傅学习怎样组装自行车，怎样帮顾客选车，怎么判断故障、维修车辆等等，没日没夜地练习，很快成为卖车的行家里手。他不仅帮顾客挑车、现场装车，还帮顾客修车、调换新车，深受顾客信任。20 世纪 80 年代，商店重点经营沈阳本地产的白山牌自行车。为了掌握白山车的特点，孙作树多次到沈阳自行车厂请教，到车间考察、学习，了解白山车的生产过程和性能特点。之后在给顾客介绍时，孙作树总是讲得更细致、更明白，使白山车销售直线上升，一年最多卖出一万多台，被沈阳市商业局授予"卖车大王"的称号。

时代在进步，服务也在进步，劳模们的服务理念也在进步。改革开放以前，在还没有售后"三包"服务的时候，郑忠文所在的沈阳百货大楼就率先提出，对卖出的自行车"保修一年"。改革开放以后，孙作树所在的二百商店提出了自行车"保修三年"等服务承诺。仅 1995 年，孙作树就免费给顾客解决困难 3000 多人次。每当人们问起"卖车大王"有什么高招时，孙作树都响亮地回答："我主要就是做顾客的知心朋友。在市场经济条件下，我

| 劳模李素文卖菜雕像 门中卫摄 |

们就应该像孝敬父母一样服务好顾客。否则，顾客不满意，你就没有市场了。”郑忠文担任北市百货领导后，她一心为顾客服务的心始终没有变，她经常告诫大家：商场不仅要用商品吸引人，更重要的是要用服务吸引人，“它是一种让顾客产生信任的魔力”。

在市府大路沈阳劳动模范纪念馆，有一组李素文卖菜场景的雕塑，引来了参观的人们驻足观看，无限回想。雕塑中的李素文面带笑容，正把秤盘里称好的蔬菜倒入一个小女孩举起的菜筐里，场面温馨感人。这再普通不过的场景，正是沈阳千万名商场营业员为顾客服务的日常，它的不普通之处在于，李素文带着笑意看着小女孩的眼神，满含着对顾客亲人般的温情。这种超越利益关系、打动人心的真挚情感，正是沈阳商业文化生生不息的核心“密码”。

亚洲第一夜市

我爱逛夜市，这充满人间烟火气的地方，让人放松，让人沉醉。从 20 世纪 90 年代沈阳的老北行夜市、彩塔夜市，到 10 年前最火的兴顺国际夜市，

| 塔湾兴顺国际夜市　张文魁摄 |

再到如今新潮的歇马夜市，我都喜欢光顾，逛逛吃吃，格外放松。特别难忘的印象，是号称“亚洲第一夜市”的沈阳兴顺国际夜市开市时的壮观景象，绵延几里的长街灯火通明人头攒动烟火缭绕，其人气之旺、声势之宏令人叹为观止。

曾经有人说，沈阳没有夜生活，人们下班以后就回家，老婆孩子热炕头。我要说，这都是哪年的老皇历？早在清朝康熙年间，中街的孙祖庙胡同就有夜市，有很多卖小吃的，沿街商铺夜间也营业，人们晚上来这里闲逛，吃小吃，很是热闹。清朝同光年间，沈阳的茶馆文化就很发达，人们吃完晚饭喜欢到中街、西关、小河沿的茶馆去听大鼓书，直到夜半二更天才回家。这一时期沈阳还有“鬼市”，即天亮前营业的市场，刘世英《陪都纪略》说，“粮车进城，先到鬼市，买卖有成，在天亮时”。当然，鬼市上交易的不可能仅仅是粮食。民国以后，沈阳又开辟了南市场、北市场、第一商场乐游园，更是人们夜间消遣的好去处，人们在这里逛街吃小吃，泡茶馆听书、听相声，泡戏园子看戏、捧角儿，去电影院看电影，到登瀛泉、第一池去泡澡堂子等等，夜生活十分丰富。

改革开放以后，随着市场经济的洪波涌起，沈阳各城区都辟有夜市。天一擦黑，商贩们就沿街摆起地摊、扯起电灯、支起炉子，卖衣服鞋帽、日用杂货、蔬菜瓜果和各种小吃，还有套圈的、打气球的、唱卡拉 OK 的等娱乐项目，吸引不少晚上出来遛弯儿的人们来闲逛，顺便买点用得着的小东西，品尝点风味小吃。夜市上卖的东西什么都有，吃的穿的玩的用的都有，且都便宜着呢，人们顶着孩子、陪着妻子，或带着三五好友，随着人流溜达着，逛着，吃着，笑着，一般要到晚上 11 点来钟才散去。渐渐地，沈阳形成了一批有名的夜市，如彩塔街夜市、西塔夜市、北行夜市、吉祥街夜市、西关美食街夜市等等，不满足在家门口逛的人们，晚上还会跨区去逛，只为寻找那份“心头好”。

不管是哪个夜市，吃都是一个不变的主题。每个夜市都有自己的特色美食，满载着沈阳人的成长记忆，亲切而温暖。差不多每个沈阳人，都能说出一串自己难忘的夜市小吃：炒焖子、冰粉、烤香肠、炸鸡架、烤肉串、烤豆皮、烤猪蹄、铁板鱿鱼、臭豆腐、章鱼小丸子、烤生蚝、烤扇贝、烤大虾、烤油边、麻辣涮串、炒海锥、旋风薯片、麻辣小龙虾、花甲粉、钵钵鸡……简直太多了！彩塔街夜市的美食最为人所称道，这里的炒焖子永远都排着长队，川味、广式、长沙、新疆、港台等各地小吃应有尽有。西塔街夜市的脊骨汤、西关美食街的羊肉串也都各有特色。人们一边逛吃一边聊天，或三五老友在街边把酒言欢，体验着难得的闲情与快乐。这场景虽然谈不上有多高大上，但浓浓的生活气息扑面而来，让城市的夜色更加活色生香、多姿多彩，让人们感受到生活是如此的有滋有味、热气腾腾。

兴顺国际观光夜市的出现，让沈阳夜市“咔”就上了一个台阶。2013年7月25日，借鉴了台湾六合夜市管理模式的铁西区兴顺街国际观光夜市开始试营业。全长1.8公里的兴顺街，在夜里临时封闭车辆通行，变成了一条商业步行街。道路中央整齐地摆放着摊床和小吃档口，改变了以往那种马路两侧摆摊、人车混行杂乱无章的地摊经营模式。每个商户都采用标准化可拆装的摊位，白天拆卸后街面可正常通行，整个夜市共设立约600个可拆装摊位，加上沿街商家和临时摊位，整个夜市有近2000家商家经营，为亚洲规模最大的夜市。夜市下设特色小吃区、服饰区、百货区和农副产品区等区域，按路段划分，每段都有专人进行监护，管理有序，令人耳目一新。兴顺夜市不仅囊括了老铁西马路夜市的全部类别，更包含了全国各地特色小吃等新鲜内容，尤其是台湾特色小吃大肠包小肠、蚵仔煎、“棺材板”、牛肉面等，一推出就大受欢迎。

新颖时尚的观光夜市，吸引了沈阳人纷纷前来打卡。人们或全家出动，或呼朋唤友，都来兴顺夜市一看究竟、一尝新鲜，大快朵颐。周边鞍山、辽阳、抚顺、铁岭等城市的市民都闻香赶来，他们或乘坐专线大巴，或自驾私车，像过节串门一样地赶来，在这里逛吃逛吃，好不快活。还有全国各地来沈的旅游团，也把兴顺夜市作为夜间观光的必游景点，兴致勃勃地来这里体验沈阳夜间的烟火气。似乎是一夜之间，兴顺夜市就全国闻名，其“亚洲第一夜市”的名声不胫而走，各地游客纷至沓来，沈阳人也忍不住感叹：过去亲切如自家后院的马路夜市，怎么摇身一变就成了外地游客都来打卡的高大上的旅游景点？

兴顺夜市的成功，开启了沈阳文化旅游夜市的新篇章。夜市不再只是沈阳人自娱自乐的地方，而是政府有意打造的文化地标和旅游景点，被注入了各种主题和越来越多的文化创意元素。2016 年，由于毗邻的交通主干道修建地铁不得不封闭，兴顺街要承担部分交通分流流量，因此兴顺夜市搬迁至

| 彩塔夜市　门中卫摄 |

皇姑区塔湾地区，改名沈阳塔湾兴顺国际夜市。塔湾兴顺夜市新址在沈阳副食集团肉食加工厂大院内，大院白天经营，夜间改作夜市，经营空间比较宽阔规整，上下水、公共卫生间、停车场等配套设施比较完善。兴顺夜市搬迁到塔湾后，不仅保留了原有的经营项目，各经营区域划分更加整齐，还增加了儿童游乐场、中心广场演艺舞台、共享餐厅等设施，让市民和游客逛、吃、玩、购的体验更好。人们在这里不仅可以吃到各地特色小吃美食，还可以在海鲜大排档现点现做海鲜大餐，和三五好友喝着啤酒撸着串，在一片喧嚣嘈杂的市声中感受片刻的闲适与宁静。逛吃之余，人们还能欣赏到劲爆的歌舞表演，即兴参加喝啤酒大赛、手机与大屏互动抽奖等活动，陪孩子玩玩淘气堡、碰碰车和冲浪，在欢声笑语中赶走夏日的闷热。随着市场搬迁与升级，运营更加规范的兴顺夜市作为沈阳市一张旅游名片，如磁石般吸引着更多的旅游者前来打卡。

沈阳各城区的夜市，也推出了各种新颖的主题，植入了更多的时尚文化元素，吸引市民和游客。如和平区推出了文体主题的辽展夜市，人们在辽展广场可以喝着啤酒，看着对面辽宁电视大厦上巨屏直播的足球比赛，可以看广场文艺演出，还可以在二手书集市淘书；还有沈阳站前的奉天巷夜市，主打复古潮玩主题，人们在这里可以感受民国风的奉天文化，淘到盲盒、手作皮具、手绘老地图等好玩的特色小物件，还可以吃到各地美食。大东区吉祥街推出了汽车主题夜市，各种汽车造型的摊车食肆，汇聚了烤肉、啤酒、咖啡等各种美食。沈河区彩塔夜市永远是美食主题，随着几十年老牌美食夜市的名声远播，前来淘金的年轻创业者越来越多，带来了更加丰富的美食品种，涵盖了各种菜系风格，主题摄影、网红直播、VR体验等新潮文化元素的融入，使最“本色”的彩塔夜市更添迷人的魅力，成为外地旅客必来打卡的沈阳新景观。

自古以来，夜市并不只是集市交易的场所，更是文化活动的舞台、涵养人文的渊薮。人们把吃喝玩乐作为一种休闲娱乐、调节生活的方式，在古代夜市的经营项目上已得到充分体现。宋代是夜市十分发达的时代，夜市上不仅售卖各色小吃美食、清玩杂货，还有勾栏瓦肆等文娱场所表演杂耍曲艺，官民同处一处看戏听曲，有研究者称宋代夜市“一切都那么充满了文化情调，但又不失其商业性，二者有机结合，水乳交融，从而写就了中国古代城市夜市最具光彩的一篇”。近年来，上海、武汉等城市将夜市作为一个展示城市文化的舞台，将夜市越做越“漂亮”，将名气越做越大，并通过网络传播推广出去，使得夜市慢慢地变成经营城市的“品牌”。沈阳的夜市作为拉动经济发展的重要引擎、打造国际消费中心城市的重要场景，已从美食为主的单业态模式，逐渐走向融合艺术、文创、文博、旅游、演艺等多业态模式。2023年，沈阳市推出了41个夜经济街区，高水平打造夜消费场景，推出“购物+休闲”“社交+健康”“餐饮+文化”等不同业态融合的体验式、娱乐式、互动式、沉浸式消费场景，其中8个被评为省级夜经济示范街区，它们是：中街步行街、太原街步行街、歇马夜市、沈阳天地、红梅文创园、铁西万象汇“西红市”夜市、状元市集、赛特奥莱风情小镇。沈阳的夜市是越来越好玩了！

“年年岁岁花相似，岁岁年年人不同。”经过了特殊的三年之后，2023年沈城的夜市经济呈现井喷行情，差不多所有的夜市都是人潮涌动，似乎全城的人都出来逛夜市了。有位网络博主说：“没了夜市这点烟火气，人生就是一段孤独的旅程。”我深以为然，夜市之于市民和城市，其实是一种集体的治愈，大家聚在一起，在弥漫的烟火气中寻找的，正是一种生活的激情。

一棵酸菜的生意与情意

| 满族传统名菜酸菜白肉血肠 门中卫摄 |

下雪了，正想着晚餐是涮火锅还是吃点别的,门铃响了，是京东快递员，送来了我前天从网上订的榆园酸菜氽白肉。汤锅里加点水烧开，打开一袋酸菜氽白肉倒进去,小火慢炖，几分钟后屋里便飘满了炖酸菜特有的香气。尝尝味道正好，汤酸爽醇厚，菜丝丝如金，肉洁白如玉，热气腾腾一大碗端上桌，顿感春意盎然，神清气爽，窗外飘舞的白雪更增添了室内的暖意。

作为生活在沈阳的南方人，我一直对东北的酸菜颇有好感。酸菜白肉血肠、酸菜炒粉、酸菜炖排骨、酸菜馅饺子、酸菜炖冻豆腐、酸菜火锅……在沈阳，尤其是冬天，到处都是酸菜的味道。20世纪90年代，我刚到沈阳工作，就入乡随俗地爱上了它。但我不会渍酸菜，都是在市场上买的，偶尔也有朋友送几棵，好几层塑料袋包着拿来，满满的都是情意。每次在市场上看着卖菜的大姐戴着胶皮手套在浮着冰碴的大盆里捞酸菜时，还有自己在家里一刀一刀片酸菜时，我总想：酸菜这么大的消费量，难道只能这样散装地整棵卖？有没有更方便、卫生的酸菜产品呢？

东北酸菜的主要原料是大白菜，是东北最常见的一种蔬菜。白菜古称"菘"，原产于中国北方，春秋战国时已有种植，最早得名于汉代。元朝时，民间开始称之为白菜。明朝医学家李时珍在《本草纲目》中记载："菘性凌冬晚凋，四时常见，有松之操，故曰菘。今俗呼之白菜，其色清白。"有一篇农业方面的研究文章说，白菜在唐朝时传入东北。明代《辽东志》记载，那时辽东地区"物产"里就有"白菜"。清代《盛京通志》在"物产"篇中记载："菘，俗呼白菜，有二种，肥厚嫩黄者为黄芽白，窄茎者为箭杆白。"可见在明清时期，沈阳已广泛种植和食用大白菜了，且品种多样，"黄芽白"和"箭杆白"的品种名称一直沿用至今。

东北人渍酸菜大约也始于唐代，而中国人腌渍酸菜历史，要追溯到两千多年前。《诗经》中有"中田有庐，疆场有瓜，是剥是菹，献之皇祖"的描述。《说文解字》解释说："菹菜者，酸菜也。"北魏贾思勰在《齐民要术》里，详细介绍了用白菜（古称菘）制作酸菜的方法。在唐代，白菜及制作酸菜的方法从中原传入东北，逐渐形成了东北酸菜独特的工艺和饮食文化。酸菜缸是家家户户过日子离不开的家当，明清时期沈阳城东关北关外都有卖缸坛的市场。20世纪90年代，还可以看到许多老沈阳人家里都还留有祖传的酸菜缸，甚至压酸菜的石头都成了传家宝。

有人笑称，白菜和酸菜是东北人冬天续命的菜，此言不虚。《奉天通志》记载了一个世纪以前沈阳人的饮食，"菜以杂蔬为常品，春则多食白菜、酸菜、土豆、干粉、汤粉、鸡卵、豆腐之类”，白菜和酸菜排在头两位，地位显赫之至。与南方相比，在寒冷的东北地区，人们冬春之季的菜食是何等的单调，大白菜和酸菜在东北人的生活中是多么的必不可少，所以变着花样地吃。白菜的吃法自不必说，光是酸菜就有炖、炒、烩、涮、烤、煎、包馅、打汤等各种做法和几十种吃法，对沈阳人来说，没有酸菜的冬天是无法想象的，那该是何等的没滋没味。

所以在沈阳，秋天买大白菜、渍酸菜是件天大的事。20世纪末，每到秋天，满大街都是卖大白菜的大车。家家户户都要买上几百上千斤，一部分渍酸菜，一部分窖藏起来过冬吃。大家买菜、运菜、晾菜，渍菜，忙得不亦乐乎，满城尽是大白菜，蔚为壮观。《奉天通志》中也记载了这样经典的场景：“及至秋末，车载秋菘，渍之瓮中，名曰酸菜；择其肥硕者藏之窖中，名曰黄叶白。”从中我们可以得知，一百年前甚至更早的时候，沈阳人也是这样热火朝天地囤白菜、渍酸菜的。

现在，沈阳人渍酸菜的少了，买酸菜的人多了。随着平房一片片地消失、楼房一片片地崛起，城里人渍酸菜的大缸没了安身之所。加上温室农业和现代物流的兴起，人们即使在冬季也能吃到各种新鲜的蔬菜了，因而自家渍酸菜的人就更少了。但沈阳人对酸菜的热爱，是刻在基因里、长在年轮里的。过去吃酸菜是有季节的，每年三四月份，家家的酸菜缸就见底了，想要再吃还得等来年。在东北酸菜行业鼎鼎有名的沈阳榆园酸菜创始人罗刚，毕业于辽宁大学生物系，曾是营口一所中学的生物老师，一次他听朋友抱怨说，过了春天就吃不到酸菜了。他心中一动，便辞职下海，在沈阳办起了一座现代化的酸菜加工厂，搞起了人工乳酸菌发酵酸菜，做成半颗装的或切成丝的袋装酸菜，方便又卫生，投入超市销售，走上了千家万户的餐桌。专注酸菜28年，榆园酸菜已经从第一代的乳酸菌发酵酸菜系列产品，开发出了第二代酸菜深加工系列产品，有酸菜汆白肉、酸菜大骨汤自热米饭等。现在我要是想吃酸菜了，几分钟就可以热热乎乎地来上一顿，方便又快捷，解馋又解乏。

过去走不出自家厨房的酸菜，现在不仅走出了沈阳，还走进了国际市场。沈阳生产酸菜的企业除了最早的榆园食品公司，在盛产大白菜的新民市还有很多家。新民市大民屯镇是辽宁省主要的绿色蔬菜生产基地之一，以出产大白菜闻名，这里出产的黄心白等优质大白菜畅销全国。当地农民自发组成蔬菜合作社，还建起了酸菜加工厂，把秋天收获的大白菜做成四季菜，以大缸渍制酸菜行销全国。目前新民市以大白菜为原料的酸菜生产企业已经超过 60 家，年产量近 14 亿斤，年产值超 5 亿元。最近我从一篇新闻中看到，经过近 30 年的努力，沈阳生产的酸菜不仅满足了本地市场，还卖遍了全东北，卖到了全国各地，甚至还出口到了美国、加拿大、法国、韩国、新加坡等国。在纽约的超市里，一袋酸菜卖到接近 4 美元。一位在美国的朋友给我发微信说，今年过年他包了饺子，酸菜猪肉馅的，过了一个很有家乡味儿的春节，这让我感慨良久：一个历经千年传承的中国东北传统食品，在全球化贸易体系下，竟然能与相隔万里的海外游子产生如此神奇的情感连接。

由酸菜引发的文化共鸣，也令人称奇。我曾经听人说，世界上与东北人一样爱吃酸菜和猪肉的，是德国人，但一直没有看到实证。直到 2016 年 6 月 14 日，时任德国总理默克尔访问沈阳，在香格里拉酒店用午餐时，连吃了两碗酸菜炖白肉，临走时还意犹未尽，特意向大厨要了菜谱，准备回去复刻一下。尽管德国也有一道传统美食叫“酸菜猪排”，但中国东北的酸菜炖白肉却是别有一番风味，难怪默克尔这么恋恋不舍！后来，我在沈阳一家德国风味的啤酒吧，吃了一次地道的德国脆皮猪肘子，配的酸菜就是咱们东北酸菜，猪肉皮脆肉糯，酸菜酸爽杀口，荤素搭配，中西合璧，味道简直是绝配。

东北酸菜的味道为什么那么迷人？我曾经就此请教过榆园酸菜创始人罗刚，他说，酸菜是一道世界性的菜肴，世界各地都有酸菜食品，其发酵原理都差不多，只是所用原料和制作工艺有所不同。像德国和美国的酸菜，其主要原料是甘蓝，他们都是酸甘蓝的出口大国；我国南方的酸菜又叫泡菜，主要原料是芥菜，还要加入生姜、花椒、辣椒等调料；我国西北甘肃的酸菜叫浆水菜，各种蔬菜都可以泡制；而东北酸菜主要原料是大白菜。在密闭的容器里，蔬菜中的乳酸菌等众多微生物共同发酵，将菜中的糖转化为乳酸等有机酸和乙醇等醇类物质，它们相互作用发生酯化反应，产生酯类芳香物质，形成酸菜特有的酸香风味。东北大白菜因为生长期长，可以包心，菜中含糖量高，经过充分发酵后，其酸度要比其他酸菜更酸，所以风味更佳。尽管近年来有很多不充分发酵的快速酸菜制品抢占市场，但榆园酸菜始终坚持乳酸菌充分发酵的工艺，产品中不添加任何防腐剂，就是为了保持东北酸菜的纯正口感，为消费者提供安全、健康、美味的东北酸菜产品。

越是民族的，就越是世界的。一棵小小的酸菜，从东北人自渍自食的越冬储备食品，到出口世界各国的贸易产品，它所承载和传递的，不仅仅是其商品价值和使用价值，还有许多无形的价值，比如原产地的饮食文化、风土人情。从沈阳走向世界的酸菜，既是一门颇具地域特色的生意，还带着沈阳人淳朴火热的情意。

冰点与沸点

“冰与火相恋，温暖的瞬间，爱是冰的沸点，火的冰点……”一首《冰点与沸点》，唱尽了恋人之间的极致情感，也道出了沈阳人对冷饮冰点的火热情感。沈阳，是一座人们极爱吃冰点，并且把冰点做成大生意的城市，换句话说，沈阳人把冰点做火了。

| 德氏冷饮的创意雪糕　门中卫摄 |

作为一个南方人，我初到沈阳时曾被一个现象困惑。冬天下着大雪，街上却有很多人在排队买冷饮冰点，人们捧着小豆冰粥、牛奶冰激凌半液、小山一样的草莓冰激凌、板砖一样的大雪糕吃得津津有味，满脸的幸福与满足，就感到大惑不解：明明天已经很冷了，为什么还要吃那么多冰冰凉凉的东西？后来我明白了，沈阳人爱吃冷饮冰点是不分季节的，是打骨子里的喜爱，也理解了沈阳一种特殊的商业业态——“雪批”，就是专门批发雪糕的小店，每条街都有。有的地方即使没有专门的“雪批”店，在食杂店、奶品店、社区小超市里，都会有几个大冰柜，一年四季售卖各种雪糕和冰激凌，因为冰点之于沈阳人，就像柴米油盐一样，属于不可或缺的日常消费品。冬天抱着火炉吃雪糕，在别处可能是一大景观，但在沈阳它根本就不是个事儿——太平常了。

要想知道沈阳人有多爱吃冷饮冰点，可以上中街去看看。中街冷食厅是无数沈阳人美好的童年记忆，现在叫“中街冰点”，还在老地方，还是那样红火，不管什么时候去，门前零售窗口和店内大堂里永远都在排队，楼下、楼上和楼梯间永远都是熙熙攘攘。一楼除了卖中街大果，还卖双皮奶、菠萝包和炸串之类的小食；二楼卖冰激凌、半液之类的冷饮冰点，人们就着冷饮、冰激凌撸着炸串，这搭配也是相当别致，可能全中国也就沈阳人这么吃吧！冷饮和炸串都是沈阳人的最爱，什么热的凉的，就都一起来吧，冰火两重天，吃的就是这份豪爽和随性！中街冰点对面，中街步行街里有一座冰果亭也是同样热闹，这里售卖的“大政殿”“凤凰楼”“紫气东来”“正红旗甲胄”冰激凌和“大宋红”冰糖葫芦，都十分抢手，人们举着这些造型别致的雪糕，或拍照打卡，或边吃边逛街，别提有多惬意了！让外地游客都禁不住有样学样，连连赞叹：这也太沈阳了吧！

沈阳人是从什么时候开始吃冰点的？有人说，最早源于清朝皇宫。沈阳是清朝的发祥地，1625 年努尔哈赤迁都沈阳后，每到冬天皇宫里就派人到浑河取冰，存于地下冰窖，待夏天时拿出来做成刨冰，或者用来冰镇汤羹、瓜果之类。清入关以后，每年冬天仍然要从盛京取冰送往京师，《辽左见闻录》记载："辽左水味最佳，每严冬时凿冰于河，锯截之，方尺余，用毡包裹，车运入京。"从盛京运来的冰块到了北京即储于冰窖，到了夏天做成冰碗、冰激凌供皇室享用。现存于沈阳故宫博物院的一个乾隆年制的掐丝珐琅宝相花大冰箱，就是当时清宫使用冰箱制作冷饮的的佐证。过去只有皇帝或王公贵族才能享受的冰点冷饮，在清朝年间开始走向民间。从 1919 年开始，沈阳市场上开始有冰糕出售，人们争相购买品尝，每年夏令时节都生意兴隆。九一八事变后，日本冷饮进入沈阳市场，沈阳商人也开始用冷冻机生产冰果，产品除在沈阳销售外，还供应周边城市。后来日伪政府实行"经济统制"，不给中国商人配给制作冷饮的原料，沈阳的中资冷饮业全部关张。抗战胜利后，沈阳冷饮业者恢复经营。1946 年 3 月，曾在张氏帅府做过冷饮的朱渊红和舅舅在中街租下几间平房，开起了一家"华兴冰果店"，先后推出"牛奶雪糕""中街大果"等产品，因料足味美，大受市民欢迎。这就是后来的"中街冷食厅"、今天的"中街冰点"的前身。

解放后，沈阳市政府一直十分支持发展冷饮业。强大的工业生产能力，也保证了沈阳人爱吃雪糕冰点的这份口福。1955 年，沈阳共有冷饮业者 111 户，1956 年公私合营后改组为 91 家，有冷冻机、电动机等设备 256 台，能生产各式雪糕冰果。生产所用的淀粉、砂糖、糖精、鸡蛋、牛奶、水果汁等原料，全由国营企业供应。即使在三年经济困难时期，在主副食品供应十分紧张的情况下，沈阳市对冷饮业的生产原料仍保证供应。因此在当时，用料十足的雪糕冰果成了沈阳人争相抢购的紧俏商品，人们坚信"雪糕有营养"。从这时起，沈阳市开始在冬季经营冰果。在全市商业繁华地段，差不多都设有卖冰果的门市网点，有的网点除经营冰果外，还销售冷点心、汽水、冷牛奶、咖啡、可可等品种。太原街的太原冰果店（1981 年改为沈阳冷食宫）、圆路餐厅，中街的中街冷食厅，兴顺街的铁西冷食宫，都是沈阳人记忆中的欢乐胜地，在这些地方吃一顿冰点，是多少人终生难忘的奢侈享受。偏僻地段的网点在零售的同时还兼营批发，小贩们批发来雪糕后装在保温箱里，用小推车推着或用自行车驮着，走街串巷地叫卖，一声悠长的“雪糕雪糕，皇姑雪糕……”有如天籁之音，深深地印在一代代沈阳人的记忆中。

改革开放后的20世纪八九十年代，沈阳的冷饮业迎来了大发展时期。不少新开业的集体、个体业户开始经营冷饮业，打破了过去只能由国营企业经营的局面，之后合资企业、民营企业纷纷加入，一时间沈阳冷饮市场热度空前。中街冷食厅的“三色冰激凌”“果味狮子冰激凌”和“豆沙冰果”，圆路餐厅的“童乐冰点”，南风冷食店的“浇汁冰激凌”，沈阳冷食宫的“鲜果冰果”和“冰山”，盛京饭店冷食厅的“火炬冰激凌”和“半液冰激凌”，皇姑冰果厂的“皇姑雪糕”，红星礼拜天的“奶油冰激凌方砖”，美登高的“巧克力冰激凌”等，各种雪糕冰点争奇斗艳，数不胜数。沈河区一家街办集体企业“小河沿冰果店”，因为靠着沈阳市动物园，所生产的“白娃雪糕”一直销量不错，但后来慢慢就不行了。1986年，在国营五三工厂上班的王德刚扔了“铁饭碗”，和弟弟一起承包了这家冰果店，开始了创业之路。兄弟俩一上来就搞改革，把做雪糕的模具改大，做雪糕的牛奶、白糖等原料保证真材实料，大号瓷实的“白娃雪糕”一下子就卖火了，打了个漂亮的翻身仗。经过30多年的不断创新发展，这家小小的冰果店如今已成长为中国冷饮食品界最大的民营企业——“德氏冷饮”。

“中国冰激凌看东北，东北冰激凌看沈阳。”最近，我从杂志上看到这样一种说法，深有同感。虽然没有经过严格考证，但我觉得它至少道出了一个基本的事实——沈阳的冷饮产业在国内已是高山一样的存在。经过多年的市场竞争和整合，如今沈阳冷饮市场形成了“中街”和“德氏”两强并立的格局。两家公司的产品研发、创意设计花样百出，令人眼花缭乱，他们在竞争中成长壮大，在创新中不断发展，市场覆盖范围早已超越沈阳和东北，走向了全国和国际市场。咱沈阳人从小就爱吃的“中街”和“德氏”，如今已成了风靡全国的大品牌，一支支美味的雪糕、冰激凌把“沈阳”的美名传扬四海，怎能不让人小小地骄傲和自豪一把？

“中街冰点”走出了一条国潮、健康的产品路线。2000 年，沈阳冰点城公司顺应历史潮流，转制为私有制企业，“中街冰点”的发展进入快车道。2003 年，“中街冰点”在沈北新区辉山经济开发区购置了 100 亩土地，建成了新的生产加工基地，生产中街大果、各式冰点、季节性食品、冷冻食品，销售网络遍及全国 100 多个城市。自 2013 年起，“中街冰点”先后在哈尔滨、天津、上海建立加工基地、大大提高了东北、华北区域及南方的供货量，使“中街冰点”这一老字号品牌走出辽沈大地，销往全国。多年来，“中街冰点”坚持产品制胜的经营策略，将冷饮食品研发向顺应消费趋势的低脂肪、低糖、

| 中街冰点城　门中卫摄 |

低盐、高蛋白的方向发展，开发了鲜水果、谷类、果仁、巧克力、咖啡等中高档产品，“中街记忆”“经典国潮”“食遇食尚”“轻养生活”等系列产品持续受到消费者欢迎，2022年开发的“国风糯米糍”大受追捧，在冷饮市场掀起中街国风糯米糍的热潮。线上主打的“中街1946”定位中式冰点，走高端路线，现在网上一盒12支的产品售价已超百元，卖得爆火，产品还出口到了美国和欧洲。

“德氏冷饮”走的是时尚、文创的发展路线。经过37年的发展，“德氏冷饮”已成为中国驰名商标、冷饮行业东北第一强势品牌、中国冷饮业民营企业第一品牌，靠的就是“创新引领”和“文化战略”。沈阳故宫是沈阳历史文化的象征，也是沈阳冷饮文化的发源地，“德氏冷饮”便与沈阳故宫联名推出了“奉旨吃冰”系列文创产品。“凤凰楼——轻牛乳冰激凌”“大政殿——厚乳焦糖冰激凌”“紫气东来——松露巧克力冰激凌”和“正红旗甲胄—多肉草莓冰激凌”等产品一经推出，就大受欢迎，成为线上线下爆火的网红产品。“大政殿”和“凤凰楼”两款产品还卖到了美国，成为第一个登陆美国的中国冷饮产品，很快还将进入欧盟和英国市场。起源于南宋年间的冰糖葫芦，也成了“德氏冷饮”的文创题材，他们推出的“大宋红”冰糖葫芦，精选优质山楂去核制作，冰冻冷食，别有风味，一年四季随时都可以享用。“德氏冷饮”董事长王德刚透露，公司最新研发出一款“冰磨”设备，能将水“磨”成冰、将牛奶“磨”成冰激凌，已成功复刻出唐代宫廷冷饮“酥山”，即将在沈阳、北京、上海、杭州、苏州、西安、海口等城市推出“古磨酥山”系列文创产品。

“好产品会说话！”面对关于沈阳冷饮产品成功秘诀的提问，“德氏冷饮”董事长王德刚回答说，“我们的宗旨是，为中国和世界消费者制作健康、愉悦、浪漫的冷饮食品。”我终于明白了，沈阳的冰点之所以广受欢迎和喜爱，是因为它有一颗火一样浪漫的心。

『到三好街去！』

东软集团创始人刘积仁，新松机器人创始人曲道奎，“网上三好街”CEO杨立新，币圈首富李笑来，“江小白”创始人陶石泉，能同时用10口大勺炒饭的“大勺哥”郑建安……您可能有点疑惑，把这些“神人”列在一起，是几个意思？很简单，看起来毫不相干的他们，其实有一个意想不到的交集——在沈阳三好街创过业。

三好街，是创业者的天堂，走出了两家“中国第一”的上市公司——中国第一家软件类上市公司“东软集团”和中国第一家机器人上市公司“机器人”，诞生了许多创业成功的千万、亿万富翁，以及无数小有所成的中小企业者，在这里不管是卖电脑还是卖炒饭都可以赚钱，留下人生路上的重要足迹。

这里也是淘宝者的天堂，集中了成千上万家IT商铺，汇聚了当前最潮的电脑品牌和最新的型号、款式，以及最全的配件、耗材、软件和外设产品，让你在这里轻轻松松攒出人生第一台电脑，买到最便宜、最流行的游戏软件、影视光盘，吃到隐藏在小巷子里的各种美食，留下难忘的青春记忆。

沈阳三好街，又名“中国电脑软件城”，最早是以IT产业闻名的商业街，号称沈阳的“中关村”。2005年入选首批十大“中国特色商业街”，2015

年被确定为沈阳市“创业创新大街”。一直以来，这里都是沈阳最魔性、最有活力的商业街区。

时代催生了三好街，时代造就了三好街。20 世纪 80 年代，随着电子信息产业的发展，国内的中关村等高校周边地区得风气之先，出现了卖 IT 产品的商铺。1986 年，紧靠东北大学和中国科学院沈阳自动化研究所的三好街，就已经出现了经营 IT 产品的业户。随着国内 IT 产业的迅猛发展，2.7 公里长的三好街人气也在不断凝聚，沿街为市已不能够满足 IT 产业发展需要。1990 年，三好街第一座专业电子市场维用大厦建成并投入使用。在之后的几年里，东科、东软电脑城、桑地、赛博、百脑汇等大型卖场相继落成，开办的 IT 企业数量达到数千家，标志着三好街的 IT 商圈形成。三好街当年属

| 三好街街景 门中卫摄 |

于“沈阳国家级高新技术产业开发区”，IT产业辐射整个东北地区，是“中国IT市场指数”下属六大区域监测站所在地之一。走在三好街上，满眼所见，除了铺天盖地的电脑广告、永远堵车的街道，就是急匆匆运货的小推车和拎着机箱、抱着显示器的行人，一切都像上满了发条一般高速地运转，喧嚣而忙碌，一刻也不停。

东软集团是三好街成功的象征，也是三好街IT产业的重要参与者。1988年，东北工学院计算机系软件与网络工程研究室成立，留美博士刘积仁仅靠一间半的实验室房间、三台破电脑，在三好街开始了创业，先后创建了东大阿尔派公司和东软集团。1993年，东大阿尔派投资兴建了当时三好街规模最大的电脑城东软电脑城，经营范围囊括了DIY、品牌机、耗材、网络产品等诸多门类，业户经营方式也涉及零售、批发、系统集成等多种模式。从1993年到1998年，东软电脑城旗下共兴建了A、B、C、D四座卖场。由于经营历史较长，加之其依托的学府背景，一直稳坐三好街卖场龙头老大的位置。1996年，东软集团在A股上市，其总部东大阿尔派大厦就建在三好街边的东北大学东门。东软集团以软件解决方案为主营业务，吸引了大批东大学子投身软件开发业务，也引领了三好街软件开发业务的发展。

到三好街去创业，成为很多年轻人的梦想，不管本人是不是学计算机专业的。被称为币圈首富的“暴富者李笑来”，大学学的是会计专业，毕业后在银行工作，但他不甘于挣每月几百元的死工资，1997年到沈阳三好街卖过碟，开过公司。父亲病倒之后，他卖掉了三好街的柜台、档口和公司，回了延边老家开始新的创业，后来成为国内网络“币圈”的大玩家。1982年毕业于沈阳一所大学计算机专业的杨立新，曾在国企从事过技术管理工作，1988年步入IT行业，从事IT散件产品的市场推广业务，取得过不小的成功。1999年，他创办了“网上三好街”网站，发布三好街IT产品商情，独创自助式商讯网上发布系统，以收费模式为三好街在线商家提供全面及时的信息推广平台，很快网站注册商家达到8000余家，个人注册用户超过10万人，日点击量百万以上，成为网上推广三好街、了解东北IT行情的风向标。2000年，那时候QQ还叫作OICQ，《大话西游》游戏才刚刚上市，互联网开始成为年轻人的生活方式，当别人都在忙着取网名、打游戏、聊天交友的时候，辽宁科技大学学生陶石泉却跑到沈阳的三好街，淘来一堆电脑零件，组装起一批电脑，在学校里开了一家网吧，赚到了人生的第一桶金，后来创建了网红品牌“江小白”。这一代的三好街创业者来源广泛，他们更多的是把三好街创业当作一场修行，为成就更大事业积聚能量。

三好街的快节奏和巨大、多样的市场需求，成就了三好街服务行业的快速发展。伴随着三好街的崛起，这条街上的金融、餐饮、酒店、超市、教育培训等服务行业也迅速成长起来，到21世纪初三好街已成为以IT业为主的商贸餐饮综合服务区。除了数千家IT公司和店铺外，三好街及周边还有东北大学、鲁迅美术学院、沈阳音乐学院三所大学和中国科学院沈阳自动化研究所，有辽宁电视台、沈阳电视台和沈阳广播电台三大新闻机构，还有两所高水平医院——中国医科大学附属盛京医院和沈阳中医院，还有辽宁展览馆、南湖五金城、沈阳图书批发市场和南湖大剧院，以及20家银行和4家证券公司，都是人流密集的场所，富集了教育、医疗、人才、金融、传媒、文化、会展、商贸、信息等各种要素资源。平日里三好街商圈每天客流量多达10余万人，节假日多达二三十万人，是沈阳最火爆的商圈。巨大的客流量，意味着巨大的生活、服务需求和更多的细分市场，各种饭店、小吃快餐店、咖啡店、便利店、商务酒店、宾馆、洗浴中心、美发店纷纷开张，还有为大学师生和艺考生服务的乐器行、画廊、专业书店、文具店、教培机构也应运而生。肯德基餐厅、迪欧咖啡永远是满客，连街边卖饮料、炒饭、报刊的小摊都生意火爆。每到饭口高峰，能够同时用10口大勺做炒饭的“大勺哥”郑建安就这样出了名，成为三好街商业繁华和快节奏生活的一个象征。可以说，三好街是沈阳最有科技感和文艺范儿的商圈，复合成色彩斑斓的都市生活画卷和蓬勃向上的时代烟火气息。

风生水起中，三好街也经历了成长的烦恼，跨过了阻碍发展的沟沟坎坎。由于前期的快速、粗放发展，进入 21 世纪后，三好街的 IT 产业发展速度放缓，一些问题暴露出来，影响了三好街的发展。拼装电脑是早期三好街最火的一项生意，但因为没有统一的产品质量和服务标准，造成一些拼装电脑出现质量问题和价格纠纷，诚信经营问题成为影响三好街发展的一个坎儿，沈阳高新区重点就此展开了一系列专项整治行动。2004 年 7 月，“网上三好街”提倡并组织了“三好街网上诚信联盟”，得到了沈阳高新区商城办、沈阳高新区工商局、消协等政府部门的大力支持，得到了三好街广大商家的拥护，更得到了广大消费者的认同。交通拥堵也一直是三好街一个令人头疼的问题，随着三好街 IT 卖场越开越多，每天人流车辆挤满街道，但三好街一直以来实施单向通行，停车位也极少，交通极为不便。2008 年，沈阳市将单向四车道的三好街改成双向六车道，缓解了交通压力。2010 年，新建的诚大国际数码广场提供 1600 个停车位，华强电子世界提供 500 个停车位，在一定程度上缓解了三好街的停车压力。目前，三好街地铁站正在建设中，三好街内各商厦间的空中连廊和地下通道也在规划中。三好街发展遇到的最大的问题，是管理权的归属问题。三好街在地域上属于和平区，1998 年三好街实行封闭管理时，经济管理权归沈阳高新技术产业开发区（后并入浑南区），行政及社会管理权归和平区。这个多头管理的问题越来越制约三好街的发展，两区为争夺三好街归属问题也已争执多年。沈阳市委、市政府经充分论证，决定自 2014 年 11 月 1 日起，三好街地区的行政、经济和社会管理权全部调整由和平区政府统一管理，理顺了管理体制，解决了制约三好街发展的历史遗留问题。

潮起潮落间，三好街也遇到了产业发展的瓶颈，面临转型升级的挑战。

进入21世纪后，随着三好街IT卖场快速扩容，IT行业的竞争越来越激烈、利润越来越薄，在扩容与微利的双重挤压下，“赚钱难”开始成为三好街中小业户的口头禅。但三好街发展的脚步没有停，产业结构的调整也一直在进行。2009年，三好街继续扩容，实施南进东扩，同时引进新的业态，开始向IT技术研发孵化和综合商贸服务区转型。东面的诚大国际数码广场，引进了数码相机、mp4等更多数码产品，并在IT卖场中加入电影院、商务客房、餐饮一条街等元素；南面的华强电子世界，增加了手机和电子元器件卖场，并开辟了IT技术研发孵化空间。这一时期，沈阳市内其他商圈和大型商业综合体也在飞速发展，也卖电脑、手机和数码相机等IT产品，加上电子商务异军突起，人们开始网络购物，进一步分散了三好街的客流。三好街各个商厦同质化竞争愈加激烈，商家的利润空间不断缩小，不少商厦出现兑铺、空置、笔记本电脑等优势产品向一楼集中的现象。2014年，三好街回归和平区管理后，和平区提出“产业升级”和“大三好街”两大战略，拟创建国家自主创新示范区和高科技产业中心，建设以IT研发和高科技为基础、以文化传媒和商务会展为主体的产业体系，引领东北地区IT产业的发展；规划了包括南湖街道、长白岛经济区在内的“大三好街”，建设三好街高科技产业创业园，为中小微科技创新企业提供更好的发展平台。此时，北京中关村早已确定了“告别电子卖场，吸引创新型企业”的战略目标，率先走上了产业转型升级之路。随着国家创新创业、京沈合作等战略的实施与推进，三好街的未来与中关村紧紧地联系在一起。

在三好街寻求产业转型的过程中，三好街又一家上市公司“机器人”诞生了。2000年4月，在三好街浸泡了十几年的曲道奎博士，从我国机器人的摇篮、中国科学院沈阳自动化研究所位于三好街的大院里走出来，与所里20多名科研人员一起，成立了沈阳新松机器人自动化股份有限公司，一脚踏进机器人产业这片“无人区”。他说：“公司刚刚成立之时，新松还是一个典型的‘三无’企业，无固定产品、无客户资源、无办公生产场所，仅有的资产就是我们20多个人的大脑。”经过9年的奋斗，2009年10月，大约在三好街东扩南进的同时，新松机器人上市了，成为中国机器人行业上市第一股。这个消息令所有三好街人都虎躯一震：如果仅仅靠卖电脑，整个三好街多少年才能挣出一个“机器人”？

如今的三好街，还是那么时尚前卫，繁华依旧，但已是另一种繁华。枯燥的数据，往往能揭示生动的变化。2014年，三好街有市场主体7140户，从业人员6万余人，日客流量10万人次；到2022年底，三好街共有8400家市场主体，从业人数近4万人，日客流量10万人次。对比之下我们发现，三好街客流量没变，市场主体增多了，从业人员却减少了。这背后的底层逻辑是什么？产业结构变了，三好街正由劳动密集型的卖场经济向知识密集型的创新经济转型。2014年起，和平区与东北大学、清华启迪签署了全面战略合作协议，共同推进三好街转型发展的重大项目，如东大IT产业园、北欧及台湾企业孵化器、东北区域超算中心等，规划、建设了清华启迪众创空间、清华科技园等。政府还出台了10余项政策，为创新创业提供政策支撑，打造了一批低成本、便利化、全要素、开放式的众创空间，如东北第一家众创空间“梧桐谷创业咖啡”、东北大学学生创新创业中心、东北大学创业学院、三好众创空间、辽宁创意智慧产业联盟等，并成功举办了多届创新创业大赛。三好街开始在创新创业的赛道上发力奔跑。

到三好街去创业，再次成为年轻人的追求，不过这一轮来的人不一样了。2019年，和平区支持清华启迪组建并成功运营“全国高校三好街校友之家”，吸引了大量高校人才、技术、项目等优质资源汇聚到三好街。仅5个月，通过平台引入的项目就有100余个落户到三好街，其中三分之一以上是硕士、博士创业项目。曾在日本从事云计算、AI智能开发的张卓，是辽宁省实验中学校友代表性领军人物之一，他在三好街创办的沈阳卓芯数据科技，就是这一政策吸引来的高端人才。人才和项目还在纷至沓来，2022 年，东北大学——三好街科技成果转化基地入驻项目团队 10 个、院士团队 2 个，启迪科技园成为国家级众创空间，举办双创活动 158 场、路演 23 次……

三好街，正在华丽转身，变得更加内敛、丰富和从容。如今在三好街，你会发现传统 IT 公司、商铺变少了，而新兴的科技公司、众创空间变多了，在这里还能品尝到更多的美食，体验到各种最新智能产品，买到来自世界各国的免税商品，在这里天天都有机会参加各种项目说明会、商业路演活动，遇到更多的创业者、投资人和研发人员。在三好街，你会发现，人才正在成为最大的财富，众创空间正在成为最亮丽的风景。

“到三好街去！”这是时代发出的呼唤。这里富饶的商业文化土壤、富集的高层次人才种子，一定会开出灿烂的花，结出丰硕的果，谱写出新的商业传奇。未来的三好街，也许，会是另一个“硅谷”。

老字号的秘密

拿起这瓶老龙口酒，你会觉得它不是一瓶酒，而是一部活的历史。

蓝色的外包装上，正面是醒目的红色“老龙口”商标，及“经典青花”商品名称和青龙图案，侧面是“老龙口酒厂历史沿革一览表”，清楚地列明了老龙口酒厂从康熙元年（1662）至今各个时期的名称沿革，另一侧则印着酒厂的重要历史档案、商标注册证和历史上使用过的“老龙口高粮酒”酒标，上书几行大字：“老龙口酒厂自清康熙元年（1662）原址、原井、原窖、原工艺连续酿酒至今”。拿着这瓶酒，立刻能感受到瓶中的酒体所蕴含的 360 多岁老窖池持续散发的绵绵醇香。

老龙口，是沈阳现存最古老的酒厂，也是榜上有名的中华老字号企业，是沈阳最早的民族工业之一，是中国唯一原址、原井、原窖、原工艺连续酿酒至今的酒厂。在位于大东区珠林路 1 号的老龙口酒厂院内，有一座老龙口酒博物馆。在这座飘着酒香的博物馆里，可以通过实物和图片资料，看到酒厂 360 多年的发展历程。这是一个堪称沈阳骄傲的地标，凝聚了一代代老龙口人的心血、汗水和默默的守护。

一个穿过 360 多年风雨走到今天的老字号，本身就是一个奇迹。老龙口酒厂始建于清康熙元年(1662),由来自山西太谷县经营烧锅的孟子敬所创建。1662年,山西连年旱灾,孟子敬卖掉家业,持银携眷来到关外,投奔在盛京(今沈阳)开酱园的同乡亲戚张乐山,在张乐山的资助下,又筹措了一些资本,于小东门外教军场临街的地方(今厂址)建起义龙泉烧锅。因地址位于清盛京之东边门,正置龙城之口,故名曰“老龙口”。康熙年间,老龙口酒就曾作为“宫廷御酒”贡奉皇室,曾有“爱新觉罗酒”之称。雍正四年(1726)《清实录》记载,“万隆泉烧锅生意兴隆,驰名关内外,远销南洋一带”,在国内外享有很高的声誉。沈阳解放后,老龙口酒获得国家历届酒类评比的荣誉及奖励,产品销往日本、菲律宾、马来西亚、德国及港澳地区。1959年,中央政府征调老龙口白酒10吨运至北京,用于国庆十周年招待用酒。1991年,老龙口陈酿白酒在第三十届布鲁塞尔国际博览会精品评选会上荣获金奖,老窖佳酿名扬海外。

近百年来,老龙口酒厂数易其主,厂名数次变更,几度濒于倒闭,又数次起死回生。20世纪30年代以前,酒厂虽数易其主,但皆以山西太谷人相传经营,从而继承和发扬了悠久的酿造传统。1940年以后,财东换了孟香圃、戴德茂,年产老龙口酒75万斤左右。由于伪满后期产品销售由日本人控制的“白酒配给组合”管理经销,酒厂无权自行销售,只能维持经营。1946年后国民党统治时期,万隆泉生产状况极不景气,粮源紧缺,生产停滞不前,至沈阳解放前,濒临倒闭之境。1948年11月沈阳解放后,酒类改为国家专卖,沈阳市人民政府专卖局买下万隆泉酒厂,改名为地方国营沈阳市烧酒四厂,由“私营”变“国营”。1952年,酒厂生产能力达到70万公斤,此后陆续研制出酱香型大曲酒、陈酿头曲酒。1960年,酒厂恢复老字号“沈阳市老龙口酒厂”厂名。1966年受“文革”影响,酒厂更名为“沈阳市太阳升酒厂”,1973年恢复老龙口厂名。1992年至1994年,老龙口酒在全国白酒行业年产量居第二位,利润和质量评定全国第五,一时风光无限。2000年10月,老龙口酒厂引进新加坡天江公司与老龙口酒厂成立合资公司——沈阳天江老龙口酿造有限公司。2016年合资公司因经营不善濒临倒闭，变为内资。2017年5月，为拯救已有350多年历史的老龙口品牌，沈阳市及大东区政府推荐同为百年老字号企业的沈阳八王寺饮料有限公司，全资收购沈阳天江老龙口酿造有限公司，开启了老龙口的崭新篇章。

沈阳八王寺饮料有限公司董事长李秀实，是地地道道的沈阳人，在海外留学创业多年，对祖国、对家乡怀有深厚的感情。2003年，沈阳市引进海外学子回国创业，李秀实怀着实业报国之心，接手了濒临倒闭、即将消失的沈阳民族饮料品牌“八王寺”。诞生于1920年的八王寺汽水，是沈阳人难忘的童年记忆，李秀实也是喝着八王寺汽水长大的。20世纪90年代初期，可口可乐为了占领东北市场，低价吞并了沈阳市八王寺汽水厂，并将“八王寺”品牌封存长达十年之久，在可口可乐自认已完全“消灭”、吞并了“八王寺”原有的市场和优势后，将沈阳市八王寺汽水厂连同全部债务退还给地方政府。自此，具有近百年历史的民族品牌“八王寺”濒临“灭亡”。2003年，留学归来的李秀实毫不犹豫地接手了沈阳八王寺汽水厂，开始了恢复、弘扬沈阳老字号的艰难创业之路。

“八王寺”是沈阳著名的民族品牌，从诞生起就承担起弘扬国货的重任。1920年，当时北京朝阳门里双合盛啤酒厂财东朱晓斋来到奉天，租用八王寺清泉井西边三亩香火地，盖了十多间房子建起汽水厂，年产汽水2000箱。1922年初，由朱晓斋会同张惠霖、金恩祺、沈宜清、高荣久、董泽民等人，筹集资金32万大洋，扩大租用八王寺前香火地52亩，订约20年，建立“奉天八王寺汽水啤酒酱油股份有限公司”，当年11月投产，年生产能力为汽水10万箱（每箱48瓶），啤酒10万箱（每箱48瓶），酱油1000万斤，成为奉天新兴的民族工业之一。八王寺汽水以水质甘洌的八王寺清泉水为原料，以口感清洌、制作精良而远近驰名，产品受到广大群众欢迎，有力地抵制了当时涌入中国市场的大量日本饮料。八王寺以“金铎”为商标，意在警醒国人振兴国货，抵御外国的经济侵略。九一八事变后，日本大阪昭和商会以低价强行收买八王寺啤酒汽水公司，改厂名为“奉天八王寺酿造工业株式会社”，仍然使用“金铎”商标生产汽水。1946年春，国民党市党部接收奉天八王寺酿造株式会社，恢复汽水生产。1947年将工厂退还给原主，改名为“沈阳八王寺民生工业股份有限公司”，生产汽水并兼营豆油、酱油。沈阳解放后，人民政府于1949年5月收购该公司，改名为“沈阳市八王寺酿造厂”。1962年，工厂正式定名为“沈阳市八王寺汽水厂”，生产广受市民喜爱的八王寺系列汽水和运动功能饮料，直至1993年被吞并后停产。

重获生机的“八王寺”和“老龙口”，在新的管理团队的精心呵护下，如凤凰涅槃般重新焕发生机，再次展翅高飞。近些年来，“八王寺”先后荣获了“辽宁老字号”“辽宁省著名商标”“辽宁名牌”“沈阳特产”“国家AA级工业旅游景区”“食品安全标兵企业”“最受沈阳市民欢迎的食品品牌”等荣誉。2013年，八王寺产品荣获“中华人民共和国第十二届全运会唯一指定碳酸饮料”。八王寺产品不仅牢牢地占领了沈阳市场，还随着航空、高铁飞向国内市场，覆盖了东北三省、内蒙古、河北、山东等地，个别单品已远销上海、深圳。2019年底，“八王寺”饮料系列产品成功登陆海外市场，覆盖美国、加拿大、新西兰、澳大利亚等国家的几乎所有华人超市及饭店。百年民族品牌“八王寺”，不仅收复了失地，而且走出国门，走向了世界。2017年后，“老龙口”的命运也发生了逆转。新一代的“老龙口人”在弘扬民族品牌、再创历史辉煌的同时，正努力打造“沈阳1662老龙口历史文化街区”。2018年以来，老龙口酒获得“辽宁名牌产品”“国家地理标志”及“中欧地理标志保护产品”称号，老龙口品牌被评为“中华老字号”，老龙口酒厂被评为“国家工业遗产”，厂区被命名为“国家工业旅游示范区”，老龙口酿造工艺被评为“国家级非物质文化遗产”，老龙口酒博物馆被评为“国

| 八王寺汽水厂老厂门（原址复原） 门中卫摄 |

家 AAA 级景区”，360 多年历史的民族品牌“老龙口”正成为沈阳的新名片。

亲身经历了两个老字号企业涅槃重生，李秀实对“老字号”三个字的体会格外深。他说，老字号的核心竞争力就是一个字——“老”。这个“老”是年份，是企业以产品和服务品质为原粮、以消费体验和市场美誉度为酒曲，经过岁月窖藏，酿造出的一坛老酒。虽然有的老字号会有一些独特的配方、工艺，或者特殊的水源、微生物环境，但这些都不是最根本的，最重要的是要经过时间的检验和沉淀，是不是一直都能满足市场的需求、一直被老百姓认可，这个很难。一代一代的经营者都要坚持初心，一方面要传承、维护好这个“老”字，保持老工艺、老口味、老包装，做足“老”文章；另一方面又不能故步自封，要敢于突破、改变自己，创造新工艺、新口味、新产品，吸引新客户，才能行稳致远。所以说，评选老字号，年份是一个关键指标。

在八王寺工业遗址展示馆，李秀实带我参观这家百年老字号的不凡历史。展示馆前，是在原址复原的八王寺汽水厂老厂门和八王寺清泉水老水井；展示馆一楼大厅内，展示着八王寺工厂老档案、老式压盖机和洗瓶机，还有当年奉天农工商部颁发的营业执照复印件。李秀实说，这些都是老的，就是要让人一进来就能感受到“八王寺”这个老字号的历史年份。这里也有新的，你看这款汽水，它也甜，但是没有添加糖，是零蔗糖、零脂肪、零热量的，饮料行业口味变化快，就是要与时俱进，常变常新。但白酒行业就不一样了，口味要稳定，所以我们以原址、原窖、原井、原工艺生产老龙口酒，就是尊重这个“老”字。老龙口酒的酿造工艺是国家级非物质文化遗产，其制酒主料为东北特产红高粱，用小麦、大麦、豌豆等原料制曲。其传统工艺是先将主料红高粱、辅料稻壳蒸熟灭杂，拌入曲粉和老糟，打入 360 年古井水，入窖发酵 80 多天后起窖，入甑蒸馏分质摘酒，以陶坛及木酒海窖藏多年成为佳酿。消费者今天喝到的老龙口酒，跟康熙年间的是一个味道，这是经过了市场几百年检验的。

作为沈阳市老字号企业协会的会长，李秀实对沈阳老字号企业的发展满怀信心。沈阳的老字号共有 73 家，其中中华老字号 14 家，省老字号 46 家，市老字号 13 家，都是经历了时间检验、深受沈阳人喜爱的老品牌。这些老字号整体传承、发展、运营都很好，像中华老字号的萃华金店、老边饺子、副食集团、老龙口，辽宁省老字号的康福、八王寺等企业的运行都很好，个别老字号企业运行不太理想的，也正在改造升级，创新突破。他说，沈阳老字号企业要充分领会“文化自信”“文化传承”的深刻内涵，充分理解政府支持关注弘扬老字号企业的相关政策，精诚团结，抱团取暖，相互借力，互通有无，发扬沈阳老字号的优秀传统，将沈阳老字号品牌不断深耕，开拓创新，让老字号在我们手中发扬光大，不枉祖辈之辛劳，不负人民之信赖！

| 老龙口酒厂老窖池　门中卫摄 |

后记

在一年中最热的时节，《市列珠玑》这本书终于完稿了。

感谢主编初国卿先生，在策划这部“沈阳文化丛书”时，把完成本书的光荣任务交给了我。初老师是辽沈学界、文坛的大家，一直是我非常尊敬和景仰的前辈。在本书的写作过程中，初老师对于本书的选题、体例、标题、章法等都给予了细致的指导，令我在实践中深受裨益，最后能顺利完成任务，也得益于初老师的鞭策和鼓励。

感谢沈阳出版社的赵长伟副总编辑，在我初次提出关于沈阳商业文化的选题设想时，给予了热情鼓励和支持。又在策划出版“沈阳文化丛书”时向主编热情推荐，让我有机会能够把近年来研究地方商业文化的一些积累和思考付诸笔端，呈现于读者众方家面前。感谢沈阳出版社责任编辑张晶，对本书的精心设计和精当编辑，为本书增色不少。

感谢沈阳市政协于学利主席、于龙副主席、闫卫东秘书长、王英辉主任的信任和指导，给予我莫大的勇气来完成这项重要而具有挑战性的任务。感谢沈阳市老字号企业协会会长李秀实、巩天民第六子巩国威，以及所有在我采访和写作过程中给予过热情支持和帮助的人们，谢谢你们！

我还要感谢摄影家门中卫，在烈日炎炎的夏天辛苦拍摄照片，感谢《沈阳日报》摄影记者张文魁、李浩，文史研究者王连老师等提供珍贵的资料照片，为本书配上精美的插图。

为保证所引用史实的准确性和观点的权威性，在本书的写作过程中，我查阅了《全辽志》《盛京通志》《辽海丛书》《奉天通志》《沈河区志》《和平区志》等大量的地方志史料，《燕行录》《辽左见闻录》《陪都纪略》《沈城百咏》等第一手文人记述，辽宁省政协、沈阳市政协、和平区人大、沈河区政协、大东区政协等收集编印的相关文史资料，参阅了顾奎相《沈阳城市发展史》，张志强《沈阳城市史》，马尚斌《奉系经济》，姜念思《沈阳史话》，佟悦《清代盛京城》，齐心、齐守成《市井风情》等著作，以及其他一些作者的研究文章，多有引用和借鉴，在此对所有作者一并表示感谢！

最后，我要感谢沈阳这座物华天宝、钟灵毓秀的城市，是你的丰饶文化滋养了我，是你的深沉内蕴丰富了我，让我还知道自己的渺小和所做工作的意义，因而汲汲孜孜，不敢有丝毫懈怠。沈阳的商业文化是一片有待深入探究的广袤森林，本人初次涉足，未免目不暇接，挂一漏万，且限于学识和阅历，书中错谬不当之处在所难免，真诚地期待读者方家不吝批评指正。

千里之行，始于足下。我出发了。